国家社科基金重大项目“中国经典诠释传统的理论化与现代化研究”（14ZDB006）阶段性研究

经典诠释方式与唐宋学术转型

——白居易文学式经典诠释方式研究

谭立 著

湖南大学出版社·长沙

内容简介

本书通过分析白居易等人对儒、道、释三家经典的援引、诠释与吸收，着重探讨了中晚唐士人的思想形成与当时盛行的文学式经典诠释方式的内在联系。与两汉以来的经学式经典诠释方式不同，文学式经典诠释方式注重义理的阐发和情感体验的表达，但不甚注重经典本义，且缺乏理性而严谨的义理分析，因而难以形成系统的新理论和新思想。宋代义理式经典诠释方式，则是对文学式经典诠释方式的扬弃。从经典诠释方式入手，不仅可为我们合理解释包括白居易在内的中晚唐士人思想世界的构成敞开新的视野，也可为我们深入考察唐宋学术转型提供新的思路。

图书在版编目（CIP）数据

经典诠释方式与唐宋学术转型：白居易文学式经典诠释方式研究/谭立著．—长沙：湖南大学出版社，2021.8（2022.8 重印）

ISBN 978-7-5667-2296-6

Ⅰ.①经… Ⅱ.①谭… Ⅲ.①中国文学—古典文学研究—唐代 Ⅳ.①I206.2

中国版本图书馆 CIP 数据核字（2021）第 168505 号

经典诠释方式与唐宋学术转型

——白居易文学式经典诠释方式研究

JINGDIAN QUANSHI FANGSHI YU TANG-SONG XUESHU ZHUANXING

——BAI JUYI WENXUESHI JINGDIAN QUANSHI FANGSHI YANJIU

著　　者：谭　立

责任编辑：严小涛　向彩霞

印　　装：河北文盛印刷有限公司

开　　本：710 mm×1000 mm　1/16　　**印　张：**16　　**字　数：**204 千字

版　　次：2021 年 8 月第 1 版　　**印　次：**2022 年 8 月第 2 次印刷

书　　号：ISBN 978-7-5667-2296-6

定　　价：68.00 元

出 版 人：李文邦

出版发行：湖南大学出版社

社　　址：湖南·长沙·岳麓山　　**邮　　编：**410082

电　　话：0731-88822559（营销部），88823547（编辑室），88821006（出版部）

传　　真：0731-88822264（总编室）

网　　址：http://www.hnupress.com

电子邮箱：463229873@qq.com

序

谭立的博士学位论文经过修改即将正式出版，他希望我能为之作序。作为他的指导教师，我当然乐意谈谈自己的看法。

我的研究方向主要是中国经典诠释传统，2014 年以来又主持国家社科基金重大课题“中国经典诠释传统的理论化与现代化研究”，因此我特别希望自己指导的研究生也能从事这方面的研究。谭立在硕士阶段研习的是中国古代文学，对于中唐著名文学家白居易的作品比较熟悉，所以他最初想以“白居易对《周易》的接受研究”作为他的博士学位论文题目。但我和另外几位博士生仔细看了他的提纲、了解他的基本想法之后，觉得这个题目并不好写，这不仅是因为学界已经有了不少研究成果，更因为白居易对于《周易》以及其他经典其实很少有专门而系统的诠释，往往只是在文章中随文征引和发挥，而且常常是各家经典之语杂陈，很难确定其观点究竟源于哪一家的哪一部经典。经过反复讨论，最后我们建议谭立，通过深入分析白居易对于儒释道诸家经典的援引、诠释与吸收情况，着重探讨白居易的思想形成与其所采用的经典诠释方式的内在关联。谭立听取了这个意见，并顺着这个思路进一步拓展，终于写出了一篇较好的博士学位论文，顺利地通过了外审评议和论文答辩，获得了哲学博士学位。

我认为，谭立此书最具新意之处，就是通过细致分析白居易等人对儒释道三家经典的援引、诠释与吸收，深入探讨了中晚唐士人的思想形成与当时盛行的“文学式经典诠释方式”的内在联系。“文学式经典诠释方式”是谭立提出的新概念，意指中晚唐士人在各种体裁的文章（广义的文学作品）中对经典文句的随文援引和发挥，其中包含了经典诠释，但这种诠释不仅是零散片断不成系统的，而且目的也主要不在于彰显经典本义，而是表达作者个人的思想、情感和体验。这种“文学式经典诠释”显然不同于两汉以来的“经学式经典诠释”，后者是成系统、重传统、重本义的，是以章句注疏为主要形式，以名物训诂为主要手段，以政教之道为主要旨趣的。因此，从中国经典诠释传统的历史来看，“文学式经典诠释方式”实际上摆脱了两汉以来注疏传统的束缚，扩展了经典诠释的意义空间，更注重情感体验的表达和义理阐发，诠释风格也更为自由开放。这种经典诠释方式无疑可对新理论、新思想的产生具有积极的促进作用，正因如此，它才成为中晚唐经典诠释的主要方式，对当时人们的思想形成发挥了重要作用。但是，“文学式经典诠释方式”也有其明显局限，它由于不甚注重经典本义和诠释传统，虽能时有新见，但不是通过严谨的文献爬梳和义理分析得来，因而纵能开启新理论、新思想，却既不易成系统，也很难被广泛接受。正因如此，在唐宋学术转型的历史进程中，这种经典诠释方式可以有开启新机之功，却很难完成转型之大业。也正因如此，宋代学者才会扬弃这种“文学式经典诠释方式”，而普遍推行“义理式经典诠释方式”。当然，这里所说的扬弃是黑格尔意义上的，是扬其长而弃其短。

谭立的上述探索实际上为考察唐宋学术转型提供了一个新的视角。自 20 世纪以来，国内外学者对于唐宋学术转型有过很多研究和讨论，并且注意到这种转型与经典诠释方式密切相关，但一般认为是从汉唐学者的“经学式经典诠释方式”直接转向为宋代学者的“义理式经典诠释方式”。然而，谭立此书通过深入分析，揭示了其中实际上还存在着一个中间环节，这就是中晚唐学者普遍采用的“文学式经典诠释方式”；同时指出了宋代学者的“义理式经典诠释方式”不仅扬弃了儒释道的经典诠释传统，也扬弃了中晚唐士人的“文学式经典诠释方式”，特别是在义理诠释与情感体验相结合这一点上。

谭立揭示的“文学式经典诠释方式”也为考察中国历代文士的思想构成与思想世界提供了一个新的思路。比如白居易的思想构成明显具有儒释道杂糅的特点，但其中究竟是以儒释道的哪一家为主呢？为此，学者们提出了各种不同意见，有的说白居易的思想始终以儒家为主，有的则说他的思想是先儒后释，至今莫衷一是。谭立则指出，白居易采用的“文学式经典诠释方式”决定了其思想整体一方面始终具有结构松散、诸家杂陈的特点，另一方面又可以随处境的变化“随时合宜”地呈现不同的思想面向。因此并非环境的改变与宦途的波折使白居易的思想发生了急剧的变化，而是处境的变化，使得原本隐藏在白居易思想中某个方面的观念，获得了可以彰显的条件。在我看来，这种解释似乎更接近白居易思想的实质。

当然，对于“文学式经典诠释方式”的分析与讨论还可以进一步深入。比如，这种经典诠释方式究竟是如何兴起和发展的，特别是如何在中晚唐逐渐成为普遍盛行的经典诠释方式，以及在宋代的“义理式经典诠释方式”兴起之后又如何继续发挥作用，甚至包括“文学式经典诠释方式”这个说法是否准确，这些都值得进一步探讨。

不管怎样，谭立的上述探索都值得我们认真对待，同时也说明了深入考察历史上不同的经典诠释方式，既是梳理中国经典诠释传统的一项重要内容，也是审视思想家个体的思想形成、考察学术思想发展和转型的一个重要途径。

现在谭立的这部著作即将付梓面世，可以更广泛地得到学术界同行的批评指正，我为他感到由衷的高兴，也希望他再接再厉，取得更大的学术成就。

李清良

2021 年 6 月

目次

第一章　绪　论

白居易（772—846），字乐天，晚年号香山居士，又号醉吟先生，祖籍山西太原（至其曾祖父时迁居下邽，即今陕西省渭南市临渭区北部），生于河南新郑。白居易在中晚唐文坛地位崇高，元稹曰："乐天于翰林中书，取书诏批答词等，撰为程式，禁中号曰白朴。每有新入学士求访，宝重过于六典也。"[①] 白居易曰："礼、吏部举选人，多以仆私试赋判传为准的。"[②] 史家刘昫《旧唐书·白居易传》论曰："元和主盟，微之、乐天而已。臣观元之制策，白之奏议，极文章之壸奥，尽治乱之根荄。非徒谣颂之片言，盘盂之小说。"[③] 陈寅恪认为："元和一代文章正宗，应推元白，而非韩柳。"[④] 作为唐代著名文人，白居易为后世留下了许多脍炙人口的作品。这些作品糅合了儒、释、道思想，并形成了一个有着丰富内容的思想系统。这一思想系统反映了当时儒、释、道合流的时代特征，也体现了当时文人思想系统内容繁杂、结构松散的特点。白居易的大部分思想观念是在多部、多家经典共同影响下形成的，因此很难完全厘清白居易的思想来源，也不能简单地以儒家、道家或佛家来定义白居易的思想归属。本书拟从经典诠释方式这样一个新的视野来考察白居易的思想构成及特点，并进一步审视这种经典诠释方式与唐宋学术转型的内在关联。

---

① 元稹. 元稹集［M］. 冀勤，点校. 北京：中华书局，1982：284.
② 谢思炜. 白居易文集校注［M］. 北京：中华书局，2011：325.
③ 刘昫，等. 旧唐书［M］. 北京：中华书局，1975：4360.
④ 陈寅恪. 元白诗笺证稿［M］. 北京：生活·读书·新知三联书店，2001：117.

第一节 研究缘起

历代学者都在试图厘清白居易思想的来源，但真正走进白居易的思想世界，却发现它是如此复杂，以至于很难清楚地界定他的总体思想究竟源自儒、释、道中的哪一家。这就促使我们不得不思考白居易思想形成的过程和原因。

一、白居易思想与儒、道、佛关系的复杂性

白居易的思想形成与儒、道、佛三家都有密切的联系。后人为他写传记时，已有这方面的讨论。《旧唐书》对白居易儒学的家世背景作了说明：“自锽（白居易祖父）至季庚（白居易父亲），世敦儒业，皆以明经出身。”① 这就肯定了白居易思想的形成与儒学存在密切联系。同时，《旧唐书》也指出白居易与佛僧来往甚密，并对佛家经典深有研究：

> 居易儒学之外，尤通释典，常以忘怀处顺为事，都不以迁谪介意。在湓城，立隐舍于庐山遗爱寺，尝与人书言之曰：“予去年秋始游庐山，到东西二林间香炉峰下，见云木泉石，胜绝第一。爱不能舍，因立草堂。前有乔松十数株，修竹千余竿，青罗为墙援，白石为桥道，流水周于舍下，飞泉落于檐间，红榴白莲，罗生池砌。”居易与凑、满、朗、晦四禅师，追永、远、宗、雷之迹，为人外之交。每相携游

① 刘昫，等. 旧唐书［M］. 北京：中华书局，1975：4340.

> 咏，跻危登险，极林泉之幽邃。至于翛然顺适之际，几欲忘其形骸。或经时不归，或逾月而返，郡守以朝贵遇之，不之责。①

《旧唐书》肯定了白居易会通儒释的做法，也无形中认定白居易思想主要来源于儒、佛两家。

《新唐书》则略有不同，其中并没有介绍白居易的儒学家世背景，倒是对白居易政治失意后沉迷佛教的做法表达了不满："暮节惑浮屠道尤甚，至经月不食荤，称香山居士。"② 但《新唐书》并未因此认定白居易思想的核心内容源自佛家，因为它对白居易基于儒家立场的人格操守和政治态度给予了高度肯定："观居易始以直道奋，在天子前争安危，冀以立功，虽中被斥，晚益不衰。当宗闵时，权势震赫，终不附离为进取计，完节自高。……呜呼，居易其贤哉!"③ 可见《新唐书》与《旧唐书》类似，认为白居易思想的形成主要与儒、佛两家思想有关；不同的是，《旧唐书》对白居易融汇儒佛的做法持肯定态度，《新唐书》则批评白居易沉迷佛学。有学者指出，两《唐书》对白居易的评价之所以不同，主要是因为成书时代的学术背景各有不同。④ 但是，这也说明两《唐书》无法明确判定白居易思想的核心内容究竟源自儒家还是佛家。换言之，白居易思想的内容相当繁杂，两《唐书》的作者在分析白居易思想时，无法对其给予明确的定位。

两《唐书》似乎都忽视了道家思想对白居易的重要影响。这一缺陷在元代辛文房的《唐才子传·白居易传》中得到了弥补：

---

① 刘昫，等. 旧唐书［M］. 北京：中华书局，1975：4345.

② 欧阳修，宋祁，等. 新唐书［M］. 北京：中华书局，1975：4304.

③ 欧阳修，宋祁，等. 新唐书［M］. 北京：中华书局，1975：4305.

④ 赵羽. 论两《唐书》中《白居易传》在编撰方面的宏观差异［J］. 黑龙江史志，2011（3）：11-12.

> 初以勋庸暴露不宜，实无他肠，怫怒奸党，遂失志，亦能顺所遇，托浮屠死生说，忘形骸者。……居易累以忠鲠遭摈，乃放纵诗酒。既复用，又皆幼君，仕情顿尔索寞。卜居履道里，与香山僧如满等结净社，疏沼种树，构石楼，凿八节滩，为游赏之乐，茶铛酒杓不相离。尝科头箕踞，谈禅咏古，晏如也。自号“醉吟先生”，作传。酷好佛，亦经月不荤，称“香山居士”。……公好神仙，自制飞云履，焚香振足，如拨烟雾，冉冉生云。初来九江，居庐阜峰下，作草堂烧丹，今尚存。[①]

辛文房有意识地对白居易思想的变化进行了总结。在他看来，白居易最初积极入世，后政治失意而沉迷佛、道。辛文房受到两《唐书》的影响，所以他对白居易大部分的评价与两《唐书》并无太大差别，但有意识地指出了白居易信奉道教炼丹之术。由此可见，辛文房看到了白居易与道家思想的联系。

其实，白居易与道家思想的联系不只表现在他对炼丹之术的沉迷上，在白居易作品中可以看到他对道家经典的大量援引及解释，这表明白居易思想与道家经典之间存在密切联系。陈寅恪先生曾对这一点有过深入的讨论。他在《元白诗笺证稿》中对白居易的思想根源进行了探讨，断言白居易“所谓禅学者，不过装饰门面之语”，“乐天老学者也，其趋向消极，爱好自然，享受闲适，亦与老学有关者也”。[②] 这一论断与两《唐书》及《唐才子传》存在较大出入。两《唐书》及《唐才子传》更多的是在讨论儒、佛对白居易的影响，似乎认定了白居易最根本的思想观念来源于儒、佛两家。但是陈寅恪打破了这一判定，认为白居易与道家思想之间的关联是密切的，并居于

---

① 傅璇琮. 唐才子传校笺：第三册［M］. 北京：中华书局，1990：8，12，17.

② 陈寅恪. 元白诗笺证稿［M］. 北京：生活·读书·新知三联书店，2001：337，341.

重要地位，相较而言，佛家思想的影响倒显得无足轻重。

陈寅恪先生的论断虽然影响很大，但并未成为学术界的共识。当代学者杨东明就认为，“儒家仁政思想植根于白居易的思想深处，并成为他安身立命的基本准则”，“信道、礼佛是白居易（理想破碎后）寻求解脱的聊以自慰”。[①] 这显然是认为儒家思想才是白居易思想的核心。亦有学者认为白居易“壮年是儒家思想为主，佛道思想次之；中年是儒佛思想为主，道家思想次之；晚年是儒道思想为主，佛家思想次之”。[②] 这就将白居易思想置于动态的变化过程中加以考察。不过这种粗线条的动态描述虽有合理性，但也忽视了许多问题，例如白居易思想变化的时间节点究竟有哪些？具体的变化又有哪些？

从以上讨论中，可以看出白居易思想定位的困难以及白居易思想的复杂性。褚斌杰指明了这一点：“纵观诗人白居易一生的思想，就十分复杂而充满矛盾。”[③] 儒、道、佛思想在白居易那里参差交错，彼此之间存在诸多互相诠释的现象，这使得我们很难判定白居易的思想观念究竟来源于何处，甚至连判断它们对白居易思想形成的实际影响程度都十分困难。

这表明，我们无法简单地厘清儒、道、佛在白居易思想形成中所占据的地位和比重，而必须细致考察白居易思想观念的构成方式和形成过程。当前大多数学者认为，白居易思想观念的形成是由当时的历史环境及其人生境遇决定的。这种解释诚然是正确的，相关研究也已相当丰硕。不过我们却试图采取另外一种思路。

我们在阅读白居易作品时发现，他的思想中充斥着儒、道、佛甚至法家、杂家的思想观念。这些思想观念可以相互印证，相互支撑，

---

① 杨东明. 白居易思想演变轨迹初探［J］. 井冈山学院学报（哲学社会科学），2006（3）：22-25.

② 王拾遗. 白居易研究［M］. 上海：上海文艺联合出版社，1954：186.

③ 褚斌杰. 白居易的人生观［J］. 文学遗产，1995（5）：64-74.

但也存在很大差异甚至相互矛盾，白居易对经典的诠释却忽视了这些差异和矛盾，而将它们看作可以相互贯通的整体。这种思想阐发方式使得白居易的思想具有很强的开放性，但也让他的思想内部充满了矛盾。

白居易复杂的思想，主要是通过经典诠释而形成的，作为文士的白居易对经典的诠释方式却与传统的经学家有着明显不同。因此，我们很有必要分析经典诠释方式在白居易思想形成过程中所发挥的作用，以及这种经典诠释方式与中晚唐思想发展的关系。

二、唐代文学取士与经学没落对经典诠释方式的影响

从中国经学史来看，唐代经学相对衰微。皮锡瑞在《经学历史》中曾断言“惟唐不重经术”①。《唐六典·尚书吏部》曰：“《礼记》《左传》为大经，《毛诗》《周礼》《仪礼》为中经，《周易》《尚书》《公羊》《穀梁》为小经。通二经者，一大一小，若两中经；通三经者，大、小、中各一；通五经者，大经并通。其《孝经》《论语》并须兼习。”② “通二经已上者，为明经；明闲时务，精熟一经者，为进士。”③ 皮锡瑞曰：“盖大经，《左氏》文多于《礼记》，故多习《礼记》，不习《左氏》。中、小经，《周礼》《仪礼》《公羊》《穀梁》难于《易》《书》《诗》，故多习《易》《书》《诗》，不习《周礼》《仪礼》《公羊》《穀梁》。”④ 这就直接造成一些经典少有人习。另外，由于当时科举中的明经只重记诵，不求经义，亦不如进士“明闲时

① 皮锡瑞. 经学历史［M］. 周予同，注. 北京：中华书局，2008：212.

② 李林甫，等. 唐六典［M］. 北京：中华书局，1992：45.

③ 李林甫，等. 唐六典［M］. 北京：中华书局，1992：748.

④ 皮锡瑞. 经学历史［M］. 周予同，注. 北京：中华书局，2008：210.

务”，皮锡瑞认为“故明经不为世重，而偏重进士”。[①] 这种局面的形成与唐王朝以《五经正义》统一经学，进而实现国家稳定的文化策略存在密切关联。文廷式在《纯常子枝语》中就指出：“唐人以诗赋为重，故《五经正义》既定，而经学遂荒，一代谈经之人，寥寥可数。”[②] 由此可见，唐代经学的衰落一方面与《五经正义》颁行并进入科举所形成的经学统一局面有关，另一方面与科举考试注重诗赋取士有关。

《五经正义》颁行并成为科举教科书，使唐代试图通过科考步入仕途的文士皆具备了一定的经学基础。这使经学对唐代文士及文章之学产生了影响。皮锡瑞在《经学历史》中明确指出：“自《正义》《定本》颁之国胄，用以取士，天下奉为圭臬。唐至宋初数百年，士子皆谨守官书，莫敢异议矣。故论经学，为统一最久时代。”[③] 由此可见，唐代经学虽然衰落，但是依旧具有十分重要的地位。在此背景下，当时鼎盛的诗赋之学以及凭借诗赋入仕的文士也受到经学的影响。这一点在白居易的身上得以体现。白居易在《与元九书》中曾言：“天之文三光首之，地之文五材首之，人之文六经首之。就六经言，《诗》又首之。”白居易十分重视六经，尤其是《诗经》。他批评自秦之后诗道渐失以致政教之风日堕的习气。所以，他主张“文章合为时而著，歌诗合为事而作”，并直言自己“志在兼济，行在独善。奉而始终之则为道，言而发明之则为诗。谓之讽谕（喻）诗，兼济之志也。谓之闲适诗，独善之义也”。[④] 由此可见，白居易及其诗赋文章皆受到经学的影响。何诗海指出：“唐代每一次文章变革思

① 皮锡瑞. 经学历史［M］. 周予同，注. 北京：中华书局，2008：211.
② 文廷式. 纯常子枝语［M］. 扬州：广陵古籍刻印社，1990：212.
③ 皮锡瑞. 经学历史［M］. 周予同，注. 北京：中华书局，2008：207.
④ 谢思炜. 白居易文集校注［M］. 北京：中华书局，2011：322，324，326.

潮，都是经学思想高涨在文章学上的必然结果。”[①] 经学对文章之学的影响昭然可见。

唐代科举制度偏重诗赋文学取士，这使当时文人的地位得到提升。随着经学的不断衰微，儒家义理的阐发责任就逐渐转由当时的文士承担。以文学式经典诠释方式诠释经典成为当时的潮流。据《旧唐书》记载，唐高宗即位后，“政教渐衰，薄于儒术，尤重文吏。……及则天称制，以权道临下，不吝官爵，取悦当时。……至于博士、助教，唯有学官之名，多非儒雅之实。……生徒不复以经学为意”[②]。经学既衰，儒家思想的传播与阐发重任便落在了文士肩上。曲景毅曾详细讨论了文儒之于唐代儒学发展的重要意义，认为“唐代儒学的实践性体现在大量的文章创作中，唐代每一次思想秩序的重建与复振都与‘大手笔’作家的政治与文学活动紧密相联”[③]。

但是，必须看到文章之学在阐释经义方面与经学存在明显的不同。经学与文章之学表面看来呈现出一种相辅相成的和谐态势——经学深刻影响着文章之学，文章之学一定程度上诠释并传播着经义，但二者也存在一定的差异与矛盾。经学强调对经义的理性阐发，它所建立的思想理论一般都具有严密的义理结构和完整的系统。文章之学则不同，它对严谨、严密的理性思维并不十分注重，更多的是基于感性和情感来思考与表达。当然在表达情感时，它也需要一定的理性支撑，但是它一般无法形成具有严密义理结构的系统思想。

---

① 何诗海. 唐代经学与文章之学［J］. 浙江学刊，2009（1）：90-96.

② 刘昫，等. 旧唐书［M］. 北京：中华书局，1975：4942.

③ 曲景毅认为：“‘大手笔’最初是指有学识、有文采、为皇帝赏识的文章家代表国家或皇帝本人草拟的‘哀册谥议’、‘文檄军书及禅授诏策’、‘诏诰’类的朝廷公文，鲜明地表现出为王者代言的特征。由于撰写这类公文的文章家多数是以文章著称，即他们不但擅长公文写作，也长于创作墓志、碑文、行状、赋等较有文学色彩的文章，所以‘大手笔’逐渐地扩展指称善属文的文章家，并进而由专写文章延伸到各种文学样式兼擅且成就卓荦的文学大家。”见曲景毅.“大手笔”作家与唐代儒学的三次复振［M］//徐中玉，郭豫适. 中国文论的方与圆. 上海：华东师范大学出版社，2010：171-187.

学者们已注意到唐代存在两种文学观念："在唐代存在着两脉截然悖反的文学观念，一脉是在《五经正义》阐释学方法与原则的威压中复归先秦两汉的元文学观念，这是一脉官方在政治统治上所力图打造的国家文学观念；另一脉是完全悖立于《五经正义》阐释学方法与原则之外的世俗的唯美主义文学观念，在这脉文学观念中所生存的文学创作主体不仅有世俗的文人，还更有诸种政治层面的权力者，可见审美或唯美的文学无不是独立于国家政治与权力之外的人性本色。"[①] 所谓"元文学观念"即潜含在经及注经文献典籍中用以维系经之内在价值的语言观念，而"自觉的审美文学观念"更像文学自身所具备的一种独立的语言观念。前者与经学存在密切的联系，后者则与经学的诠释方法和诠释原则相悖。因此可以说，这两种相悖立的文学观念包含着两种不同的真理表现方式及原则，一种是经学的方式和原则，一种则是文学的方式和原则。在唐代，经学对当时文士有巨大的影响，同时这些文士大多是进士出身，擅长文章诗赋。这就使两种不同的真理表现方式与原则纠缠在一起，相互悖立又相互影响。

三、中晚唐尊儒与三教融通矛盾的再思考

唐王朝统一之初，儒、道、佛三教都无法单独地在意识形态和学术思想上占据完全的支配地位，三教分庭抗礼的局面已然形成。虽然唐太宗极力推行儒家教化，并宣称："朕今所好者，惟在尧、舜之道，周、孔之教，以为如鸟有翼，如鱼依水，失之必死，不可暂无耳。"[②]

---

① 杨乃乔，李丽琴. 唐代经学阐释学与两种文学观念的悖立：兼论《五经正义》的阐释学方法与原则［J］. 学术月刊，2009，41（4）：86-95.

② 骈宇骞. 贞观政要［M］. 北京：中华书局，2011：423.

但是，他也崇奉祀祭老聃，其《令道士在僧前诏》曰："老君垂范，义在清虚；释迦贻则，理存因果。求其教也，汲引之迹殊途；穷其宗也，宏益之风齐致。然大道之兴，肇于邃古，源出无名之始，事高有形之外，迈两仪而运行，包万物而亭育，故能经邦致治，返朴还淳。"① 由此可见，唐太宗对于儒、释、道三教，并没有独尊一家，而是以开放的态度调和三教。这种三教调和的开放态度也逐渐成为唐代统治阶层的态度。唐高宗在改革科举制度时就将《老子》纳入科举考试范围："其进士帖一小经及《老子》，皆经、注兼帖。"② 同时，他还追封老子为"太上玄元皇帝"。唐玄宗则把《老子》一书尊为《道德真经》。③ 到了中晚唐，更多皇帝迷信道教外丹术。佛教更是对唐王朝影响巨大，"隋唐佛学"这一术语足可证明。

唐代学术也呈现出一种三教融通的态势，我们可从唐代著名的经学著作入手来说明这一点。

首先是在唐代政治制度中占据重要地位的《五经正义》中的《周易正义》。孔颖达的《周易正义》严格上来讲是王弼《周易注》的疏，正如龚鹏程所说《周易正义》"是王弼易注的阐述者"④。但王弼的《周易注》带有浓郁的道家色彩，依照"疏不破注"的原则，《周易正义》受到道家学说的影响自是难以避免。更重要的是，孔颖达虽在《周易正义·序》中说："原夫易理难穷，虽复'玄之又玄'，至于垂范作则，便是有而教有。若论住内住外之空，就能就所之说，斯乃义涉于释氏，非为教于孔门也。既背其本，又违于《注》。"⑤ 这表现出明显的排佛倾向。但其《周易正义》也无形中吸收了佛教思

---

① 董诰，等. 全唐文［M］. 北京：中华书局，1983：73.

② 李林甫，等. 唐六典［M］. 北京：中华书局，1992：45.

③ 王溥. 唐会要［M］. 上海：上海古籍出版社，2006：1661.

④ 龚鹏程. 唐代思潮［M］. 北京：商务印书馆，2007：63.

⑤ 阮元. 十三经注疏［M］. 清嘉庆刊本. 北京：中华书局，2009：14.

想。龚鹏程的《唐代思潮》一书详细讨论了这一问题，并指出“排佛与用佛这两种悖逆的现象可以同时并存于《正义》（《周易正义》）中”[①]。

其次是李鼎祚的《周易集解》。《周易集解》是唐中期最为重要的《周易》注疏，其序文明言：“原夫权舆三教，钤键九流，（《周易》）实开国承家修身之正术也。”[②] 这可以明显看出，唐中期儒家对待佛教的态度已有所改观。章太炎已看到这种变化：“详李氏此说，非但佛法在内，墨、道、名、法，均入《易》之范围矣。”[③] 潘雨廷也指出：“此书（《周易集解》）之旨，在使玄学合易理以权舆三教，犹在改革道教，开创三教合一的新义。可见唐代有李通玄、李鼎祚二人，实为完成以魏、晋易与汉易之理，通往佛、老二途的代表者。”[④]

再次是李翱的《复性书》。此文在解读经典中的一些条目时，引了许多佛理。例如，在解读《周易》“天下何思何虑”时，他就援引了佛教的“斋戒其心”加以解读。同时，他还于此处表现出“灭情复性”的思想主张，这与佛道思想也有密切关系。

这就说明，唐代统治者主张三教调和的开放态度使得经学也呈现出融通儒、释、道的倾向。

经学尚且如此，中晚唐文士更是“从自己的人生需要出发，对儒、释、道思想也往往采取兼收并蓄的态度”[⑤]。白居易亦是如此。他以儒家“兼济独善”的理念作为自己的志向，但又礼佛信道。值得注意的是，在白居易那里儒、释、道看似和谐，实际上却存在着矛

① 龚鹏程. 唐代思潮［M］. 北京：商务印书馆，2007：93.

② 李鼎祚. 周易集解［M］. 上海：上海古籍出版社，1989：4.

③ 章太炎. 国学讲义［M］. 北京：海潮出版社，2007：106.

④ 李道平，潘雨廷. 周易集解纂疏［M］. 北京：中华书局，1994：7.

⑤ 谢思炜. 试论中唐的道教批判运动［J］. 清华大学学报（哲学社会科学版），2006(3)：80-83.

盾与斗争。他在《议释教》一文中对佛教进行了批判，认为佛教虽然可以辅助教化，但“贰乎人心”，耗费国力，应当加以遏制：

臣伏观其教（佛教），大抵以禅定为根，以慈忍为本，以报应为枝，以斋戒为叶。夫然亦可以诱掖人心，辅助王化。然臣以为不可者，有以也。臣闻天子者，奉天之教令。兆人者，奉天子之教令。令一则理，二则乱。若参以外教，二三孰甚焉？况国家以武定祸乱，以文理华夏。执此二柄，足以经纬其人矣。而又以区区西方之教与天子抗衡，臣恐乖古先惟一无二之化也。……虽臻其极则同归，或能助于王化；然于异名则殊俗，足以贰乎人心。故臣以为不可者，以此也。况僧徒月益，佛寺日崇。劳人力于土木之功，耗人利于金宝之饰。移君亲于师资之际，旷夫妇于戒律之间。……臣窃思之，晋、宋、齐、梁以来，天下凋弊（敝）未必不由此矣。[①]

白居易的《貘屏赞》也说：

三代以降，王法不一。铄铁为兵，范铜为佛。佛像日益，兵刃日滋。何山不刬（铲）？何谷不隳？铢铜寸铁，罔有孑遗。[②]

《两禾阁》中亦有：

寺门敕榜金字书，尼院佛庭宽有余。青苔明月多闲地，比屋疲人无处居。忆昨平阳宅初置，吞并平人几家地？仙去双双作梵宫，渐恐人间尽为寺。[③]

这些都是对当时佛教盛行、大肆兴建寺庙的批判。焦尤杰认为白

---

① 谢思炜. 白居易文集校注［M］. 北京：中华书局，2011：1589-1590.
② 谢思炜. 白居易文集校注［M］. 北京：中华书局，2011：84.
③ 谢思炜. 白居易诗集校注［M］. 北京：中华书局，2006：364.

居易的批佛行为与其儒学背景及尚不了解佛学有关，这真切地反映了白居易早期思想以儒学为本的特性。[①] 但真实情况远比这复杂。白居易早期虽然立足于国家政教对佛教多有批评，但在日常生活中，不但与佛僧往来甚密以求习佛法，而且借助诗文表现他对佛家思想的浓厚兴趣。这意味着白居易早期思想中就有批佛与融佛的矛盾。

据谢思炜考证，白居易也参与了中唐的道教批判运动，并写了大量讽刺批判道教的诗文，但是白居易也无法彻底摆脱道教的影响，其批道行为是理性精神的高扬，“但贪欲、本能、习俗势力、偶然性和种种困境，会一次又一次地击倒理性，将人们重新带入昏暗迷茫之中”[②]，所以白居易总是在批判与沉迷中徘徊。

这种理性和欲望的矛盾，特别值得我们在研究中注意。从白居易的思想中，我们可以清晰地看到他尊儒与三教融通的特点。站在国家与文化的理性视角上，白居易深知佛道盛行所带来的种种弊害。但是他始终无法坚守这种理性，而是不断被欲望拉回到儒、道、佛思想的斗争中。这种行为上的矛盾，事实上就是白居易思想内部的矛盾的外在体现。

这就促使我们有必要重新思考中晚唐尊儒与三教融通的问题。纵观唐代文化，儒学是其底色，但由于统治阶层对三教持一种并重开放的态度，三教融通成为当时社会及学术思想发展的主要趋势。三教融通的方式有两种：一是理性的融通，主要表现为经学积极吸收佛、道思想；二是感性的融通，主要表现为当时文士对三教的处理方式。前者注重三教思想观念上的统一，并试图凭借严密的理性分析，以儒学为根本来吸纳佛、道思想观念；后者则明显带有强烈的主观色彩，

---

① 焦尤杰. 白居易《策林·议释教》论析［J］. 焦作师范高等专科学校学报，2013，29（2）：24-27.

② 谢思炜. 试论中唐的道教批判运动［J］. 清华大学学报（哲学社会科学版），2006（3）：80-83.

大多是基于特定的生活境遇，对三教中各种思想观念进行不同程度的杂糅。前者具有坚实的理论基础和义理结构，后者却缺乏坚实的理论基础，结构松散，充满矛盾。我们将以白居易为例，试图思考文学式经典诠释方式与这种思想世界的内在关联。白居易基本上是以文学的方式诠释经典。经由这种经典诠释方式所形成的，并不是系统的、严密的思想理论，而是一种自由开放、结构松散的思想形态。这种思想形态极易发生变化，这便导致白居易思想总是处在矛盾与动荡之中。我们将通过分析白居易对儒、释、道三家经典的援引与解释，来探讨和说明这一问题。

第二节　文献综述

自 20 世纪初至今，随着白居易思想研究的不断深入，其思想观念也逐渐成为学界关注的对象，不少学者已经注意到白居易思想的形成与儒释道经典有着密切关系。

一、白居易思想研究综述

早在 20 世纪 30 年代，就有学者关注白居易思想与儒释道之间的关系。陶愚川指出白居易“喜欢参禅”，并认为白居易“乐天知命”的人生观受到老庄影响。[①] 与之相似，陈国雄也指出：“他（白居易）的人生观，也成为乐天的；很细心谨慎地来卫护他的生命嫩芽；以不急急（汲汲）于富贵，不戚戚于贫贱是向；唯追慕老聃的自然无

① 陶愚川. 诗人白居易析论［J］. 大厦年刊，1933（4）：197-212.

为。"[1] 这肯定了白居易思想的形成与道家思想存在密切联系。陈寅恪先生更认为"乐天老学者也，其趋向消极，爱好自然，享受闲适，亦与老学有关者"[2]。王启怀则认为白居易"乐天知命"的人生观受到佛道两家思想的影响。[3]

总的来说，民国学者基本上认为白居易的人生观明显受到道家思想的影响，对于其是否受到佛家思想影响的问题，则存在争议。这表明民国学者对于白居易的思想渊源并没有达成统一意见。更严重的问题在于，他们似乎都忽略了儒家思想对白居易的影响。例如陶愚川肯定了白居易对政治和社会生活的关注及其"诗歌合为事而作"的文学观，但并未指出它们与儒家经典及思想的联系。事实上白居易"诗歌合为事而作"的文学观明显受到儒家经典《诗经》的影响。陈国雄在这一点上表现得更加明显。他指出："他（白居易）虽是'儒学之外，尤通释典'，但他的儒家思想，并不是如孟子高唱着'劳心者治人，劳力者治于人；治于人者食人，治人者食于人'的阶级意识，苦心孤诣地来维持着那种不耕而食的士的特殊阶级。把社会分为治者与被治者两个对立的阶级。而白先生站在那种不事生产的阶级，看了那饥寒不保的农民，有无限的惭愧，且有无限的感伤。"[4] 这就将白居易与孟子划清了界限。其实白居易深受孟子的影响，其在《与元九书》中说："'穷则独善其身，达则兼济天下。'仆虽不肖，常师此语。"此外，单就人生观而言，白居易"乐天知命"的思想亦非单纯地来源于道家、佛家，亦受到儒家思想的影响。这在《进士策问五道·第一道》中就有体现。"《语》曰：'不知命，无以为君

① 陈国雄. 白居易之研究［J］. 民钟季刊，1936（2）：133-149.
② 陈寅恪. 元白诗笺证稿［M］. 北京：生活·读书·新知三联书店，2001：341.
③ 王启怀. 平民诗人白居易评传［J］. 学生文艺丛刊，1934（7）.
④ 陈国雄. 白居易之研究［J］. 民钟季刊，1936（2）：137.

子。'《易》曰:'乐天知命故不忧。'又《语》曰:'君子忧道不忧贫。'斯又忧道者,非知命乎?乐天不忧者,非君子乎?"① 由此可见,白居易"乐天知命"的思想观念与儒家经典《论语》及《周易》存在密切联系。但民国学者显然忽视了这一点。之所以出现这种现象,主要是因为民国时期的学者大多受到西方民主观念的影响,将白居易理解为崇尚民主、力求推动社会变革的伟大诗人,认为以儒家为代表的旧有思想是一种落后的、压抑人性的思想,白居易正是力求打破旧有思想束缚的伟大代表。显然,这种诠释是对白居易的误读。

中华人民共和国成立之后,白居易思想研究者明显意识到这一问题。苏仲翔在 1957 年出版的《白居易传论》一书中指出,白居易的思想和性格具有如下表现:"从政方面,出于儒家的'政为不忍之寄'的观点;生活方面,近于道家的放任自然;修养方面,早岁炼丹,晚年参禅,幻灭后只好醉饮自遣了。"② 苏氏之论断相较于民国学者更加全面、深入和中肯。从白居易的诗词文章来看,关于政治的论述基本以儒家的思想观念为主体,并吸收了道家的部分政治观念;在生活方面,则主要吸收了道家思想;修养和宗教信仰上则主要受到道家、佛家的影响。但苏氏既未将白居易思想与儒释道思想进行比对,亦未看到白居易思想与儒释道经典之间的联系,所以他的论断更像一种印象式的描述,忽视了其中隐含的复杂问题,缺乏细致的分析。

后来受到"文化大革命"的影响,白居易的政治主张被纳入了"儒法斗争"的讨论。其中,刘大杰于 1976 年完成的《中国文学发展史》最具代表性。他在此书中明确指出白居易的政治倾向"固然

① 谢思炜. 白居易文集校注[M]. 北京:中华书局,2011:444.
② 苏仲翔. 白居易传论[M]. 上海:古典文学出版社,1957:35.

也受有儒家的一些影响，但其主导方面是属于法家的”[①]。此外，李鹏的《试论白居易的政治倾向》一文亦以“儒法斗争”为纲来解读白居易的政治思想。“统一与分裂是唐中晚期儒法斗争中的焦点。白居易始终站在法家路线这一边，和儒家分封势力进行斗争，这就清楚地说明了他的政治倾向。”[②] 李玉森等的《白居易与永贞革新——兼论白居易诗歌的政治倾向》亦认为“他（白居易）是一个具有法家思想的进步诗人”[③]。这种明显受到政治影响的论断缺乏文本依据。值得注意的是，白居易的政治思想之所以被列入法家而非儒家，是因为它虽然明显受到儒家思想的影响，却非完全来源于儒家。

“文化大革命”结束之后，这种论断被迅速纠正。1981 年，蹇长春对陈寅恪与刘大杰的观点进行了批评和反驳：“陈氏（陈寅恪）未免过分注重乐天的宗教感情，而忽视了他的世俗感情，忽视了乐天思想中出世与入世之间的内在矛盾。因而，他的结论并不完全符合白居易的思想实际，是值得商榷的。至于刘大杰先生在其新编《中国文学发展史》第二册中……肆意歪曲事实，武断地论定白居易的思想主要是法家思想，其性质远远超出了学术是非的范围，应当给予坚决地驳斥。”事实上，“（白居易）基本上是以儒家思想为其思想的主干的，只不过他的前期思想更多地反映了‘兼济天下’、积极用世的儒家思想的积极面；而在后期，他虽然说过‘栖心释梵，浪迹老庄’之类的门面话，但实质上他既不佞佛，也不信道，而是以‘执两用中’的儒家中庸之道，作为支撑其思想和行为的杠杆的”。[④] 在某种意义上蹇长春此文是对过去白居易思想研究的一次驳正和总结，其

---

① 刘大杰. 中国文学发展史：第二册［M］. 上海：上海人民出版社，1976：299.

② 李鹏. 试论白居易的政治倾向［J］. 南京师大学报（社会科学版），1976（2）：92-96.

③ 李玉森，焦志刚，刘会军，等. 白居易与永贞革新——兼论白居易诗歌的政治倾向［J］. 辽宁大学学报（哲学社会科学版），1975（2）：46-54.

④ 蹇长春. 白居易思想散论［J］. 西北师大学报（社会科学版），1981（4）：88-99.

论断有其合理性。但是，若判定白居易思想的底色是儒家思想，“栖心释梵，浪迹老庄”不过是门面话，似乎并不符合白居易思想的实际。蹇长春在论证白居易深受儒家中庸之道影响时，引用了《中和节颂》《大巧若拙赋》《策林·兴五福，销六极》等材料。首先，《中和节颂》更多是受到了《周易》的影响，故其开篇曰：“乾清而四时行，坤宁而万物生。圣人则之，无为而无不为。”其中，“无为而无不为”一语与儒道两家皆有关系。在“中”“和”概念的定义上，白居易说：“中者，揆三阳之中；和者，酌二气之和。”此说与《中庸》“喜怒哀乐之未发，谓之中；发而皆中节，谓之和”存在明显的差别。其次，《大巧若拙赋》在题目上就与《老子》具有密切的联系。并且在语言上，白居易模仿《老子》一书的句式，例如“动兮静所伏，静兮动所倚”就是对“祸兮福之所倚，福兮祸之所伏”的模仿。由此可见，白居易思想在受到儒家思想影响的同时，亦受到道家思想的影响。从观念的相似性来判定思想归属的做法，在白居易这里并不完全适用。

学者们之所以将儒家思想看作白居易思想的核心内容，是因为将白居易视为一个思想家，并预设了白居易思想的渊源是单一的。但这种预设适用于思想家，并不适用于像白居易这样生活在儒释道思想并行时代的文士。另外，在讨论白居易思想时，学者们也没有详细分析白居易对各家经典的援引和解释，而是像之前的学者一样，把白居易思想与儒释道的思想观念进行比对，并以此来判定白居易思想渊源和发展过程。这种方法本身存在问题，因为白居易很多思想观念的形成，不是仅仅受到某一家而是同时受到多家思想的影响，若简单地将其与各家思想进行比对，皆有契合与悖逆处。

后来的白居易思想研究中，一些学者依旧沿用了这种方法。诸如

《白居易生平思想研究》[①]《白居易思想考》[②]《白居易思想演变轨迹初探》[③]《论白居易思想中儒家思想的根本性》[④]《亦儒亦道 殊途归一——论白居易内心中的儒与道》[⑤]《诠释学视角下的白居易儒家思想的变迁和分期》[⑥] 等文皆通过思想观念比对，认为白居易思想的形成具有单一稳定的核心内容和清晰的变化过程。但是，依照同等的研究方法，一些学者也得出了相反的结论。例如，《白居易佛教思想与道家思想的关系》[⑦]《白居易处世哲学的庄子情结》[⑧]《谈白居易处世方式》[⑨]《庄子思想与白居易人生境界》[⑩] 等文就认为，在白居易的独善思想和人生观中佛家、道家思想占据着重要的地位。这直接显示了以观念对比来剖析白居易思想的研究方法的局限性以及白居易思想的复杂性。

白居易思想的复杂性在其思想转变节点中得到了充分体现。1961年，王士菁在顾肇仓、周汝昌《白居易诗选》一书的前言中指出，白居易在元和十年（815）被贬为江州司马，“这在白居易的政治生活和创作生活中是一个较为显著的转折点。这之后，他虽然并没有从根本上放弃自己的政治主张，改变他的政治态度，但是他的锋芒却没

---

① 马斗全. 白居易生平思想研究［J］. 三晋文化研究论丛，1997（10）：103-119.

② 顾学颉. 白居易思想考［J］. 传统文化与现代化，1999（2）：48-58.

③ 杨东明. 白居易思想演变轨迹初探［J］. 井冈山学院学报（哲学社会科学），2006（3）：21-25.

④ 王宏娟. 论白居易思想中儒家思想的根本性［J］. 剑南文学（经典教苑），2013（2）：273-274.

⑤ 汤平. 亦儒亦道 殊途归一——论白居易内心中的儒与道［J］. 湖北经济学院学报（人文社会科学版），2013，10（7）：100-102.

⑥ 徐芳. 诠释学视角下的白居易儒家思想的变迁和分期［J］. 甘肃社会科学，2015（1）：62-66.

⑦ 范海波. 白居易佛教思想与道家思想的关系［J］. 殷都学刊，1993（3）：52-56.

⑧ 肖伟韬. 白居易处世哲学的庄子情结［J］. 安阳师范学院学报，2013（1）：66-69.

⑨ 焦尤杰. 谈白居易处世方式［J］. 和田师范专科学校学报，2013，32（3）：90-93.

⑩ 张瑞君. 庄子思想与白居易人生境界［J］. 文学评论，2011（3）：95-101.

有之前那么显露了"[①]。褚斌杰亦持这一观点："他的一生，依此大体可以分为前后两期，从入仕到贬江州司马以前，治国平天下的'兼济'思想占据主导地位……后期，尤其是在他的晚年，明哲保身的'独善'思想占据着主导地位，又加上佛、道思想的影响，使他走上了妥协、乐天知命、颓废消极的道路。"[②] 游国恩等主编的《中国文学史》肯定了白居易思想的复杂性。此书认为："白居易的思想带有浓厚的儒、释、道三家杂糅的色彩，但主导思想则是儒家的'穷则独善其身，达则兼济天下'。"同时，此书还指出"他（白居易）的一生，大体上即可依此分为前后两期，而以四十四岁贬江州司马为分界线"。前期是"'志在兼济'的时期"；后期是"'独善其身'的时期"。[③] 而《中国古代文学指要》中的观点几乎与游国恩的观点如出一辙。[④] 蹇长春的《白居易评传》也吸收了这一观点。[⑤]

王士菁的观点与后来的学者有一点不同。在他看来，白居易的政治主张和政治思想前后并非有本质的变化，只不过在态度上有所改变而已。但后来的研究者认为白居易的思想以元和十年为节点，发生了从积极到消极的改变，甚至是从儒家思想主导，逐渐转向佛、道思想主导。不过这一差别并未引起后来学者的注意，反而在时间节点的选择上引发了激烈讨论。王谦泰认为白居易思想转变的界限"应划在元和五年（810）卸拾遗任之时"[⑥]。张安祖则认为"应以长庆二年（822）白居易自请外任为界"[⑦]。陈西洁指出，"白居易的思想并不能

① 顾肇仓，周汝昌. 白居易诗选［M］. 北京：作家出版社，1962：6.

② 吕慧鹃，刘波，卢达. 中国历代著名文学家评传：第二卷［M］. 济南：山东教育出版社，2009：496.

③ 游国恩，王起，萧涤非，等. 中国文学史［M］. 北京：人民文学出版社，1963：135-137.

④ 褚斌杰，袁行霈，李修生. 中国古代文学指要［M］. 沈阳：辽宁教育出版社，1987：110.

⑤ 蹇长春. 白居易评传［M］. 南京：南京大学出版社，1991：192.

⑥ 王谦泰. 论白居易思想转变在卸拾遗任之际［J］. 文学遗产，1994（6）：51-58.

⑦ 张安祖. 论白居易的思想创作分期［J］. 求是学刊，1996（1）：83-88.

以任何一个时间点作为界限截然分成两个阶段，其复杂思想的形成是一个流动的过程，它的起点是渭村闲居”，在他看来，自元和六年（811）在渭村闲居开始，白居易的思想格局逐渐复杂，“儒、道、释三家思想从此时在白居易的思想领域开始统一协调，形成复杂的思想格局，以儒家思想为主，向老庄、佛家倾斜”①。

暂且搁置不论白居易思想转变节点问题，以上讨论所展现出的问题涉及两个：一是白居易的思想究竟有没有发生变化；二是白居易自元和五年（810）至长庆二年（822）这十几年间他的思想是一种什么样的状态。从王士菁的观点来看，“穷则独善其身，达则兼济天下”的思想贯穿了白居易一生，从未改变，改变的只是白居易对待生活的态度。这意味着儒、释、道思想杂糅的复杂思想格局在白居易那里从未发生变化。这种观点与《旧唐书》中的“居易儒学之外，尤通释典，常以忘怀处顺为事，都不以迁谪介意”颇为契合，这显示出白居易通达佛、道思想似乎并非始于元和十年（815）或某个明显的时间节点，而是在政治失意之前即已如此。谢思炜在《白居易集综论》中也说明了这一问题：“他（白居易）本人的佛教信仰大概开始于步入仕途的三十岁前后。”② 此即意味着在公元 802 年前后，白居易就已经有了佛教信仰。这距离元和五年（810）有近 10 年的时间，而距离元和十年（815）有近 15 年的时间。白居易接触道家思想应当更早，因为在白居易早期的文章中援引了大量的道家经典。关于白居易思想转变节点的讨论，更是凸显了这一点。目前学界认为白居易思想转变最早的时间点为元和五年（810），最晚的时间点为长庆二年（822）。两个时间节点相距 10 余年。这意味在这 10 余年间

① 陈西洁. 白居易复杂思想格局的起点：渭村闲居［J］. 渭南师范学院学报，2016，31（23）：64-68.

② 谢思炜. 白居易集综论［M］. 北京：中国社会科学出版社，1997：252.

白居易思想中的“兼济”与“独善”观念所占据的地位模糊不清。

自 20 世纪 80 年代以来，儒家思想观念是白居易思想的核心这一论断已成为白居易研究者所普遍赞成的观点，同时也有学者注意到白居易儒家思想本身就包含着矛盾。杜学霞对此有过详细分析并认为，“白居易的儒家思想存在着矛盾，其矛盾主要表现为‘兼济’与‘独善’的矛盾，民本仁政的仕进思想与冷漠的退隐思想矛盾，‘志于道’与迷茫‘中庸’的矛盾”，且“由于个人境遇的不顺利和个性脆弱等方面原因，他对儒家思想的理解是有一定局限性的，也并没有把他信奉的儒家思想坚持到底”①。

这充分显示了白居易思想的复杂性，同时也显示出研究方式的不足。学者们在研究白居易思想时，总是认为其变化必然与其个人的生活经历、所处的社会环境之间存在密切联系。这固然是很重要的原因。但是，也有可能存在其他的因素影响着白居易思想的形成与变化，例如，我们所强调的经典诠释方式。杜学霞“白居易对儒家思想的理解是有一定局限性的”的观点，正表明很有必要追问白居易思想与经典诠释方式之间的关系。在古代中国，文士的身份要求白居易去关注经典、解释经典，相反经典也影响着白居易思想的形成和变化。

二、白居易与诸家经典关系的研究综述

白居易与经典之间关系的研究，最早始于宋代的晁迥。他最先剖析了白居易名字的来源。“白公名居易，盖取《礼记·中庸》篇云：‘君子居易以俟命。’字乐天，又取《周易·系辞》云：‘乐天知命故

① 杜学霞. 论白居易儒家思想的矛盾及其成因［J］. 河南师范大学学报（哲学社会科学版），2014，41（4）：142-144.

不忧。'吾观公之事迹，可谓名行相符矣。"[①]

肖伟韬认为《周易》中的"中道""时位"思想对白居易的"中庸"哲学及"执中"的思维模式产生了深刻的影响；"阴阳""动静""刚柔""变易"等思想，是白居易思想与性格形成的直接因素；《周易》"乐天知命故不忧"思想，为白居易"乐天""得所"人生哲学张本，是其思想性格通变达观、较少拘滞的重要原因。《周易·讼卦》对白居易刑法思想和人道主义思想具有直接影响。[②] 同时，他也详细分析了白居易对《论语》《孟子》的援引、解释和接受；[③] 又着重分析了白居易诗学与儒家经典之间的关系。在他看来，白居易诗学吸收和阐扬了许多儒家思想观念，具有浓郁的儒家色彩。[④] 其硕士、博士论文均以探究白居易生存哲学为主题，详细分析了儒、道、佛经典对白居易思想的影响。

梁艳则深入分析了《周易》中"随时"观念对白居易的思想、性格以及创作的影响，认为："'《易》尚随时'是白居易对《周易》时位观的概括，表现了一种'变'和'不变'之'变'，以至于合和（和合）的境界。……在这样的人生哲学的指导下，白居易的闲适诗创作更为明显地体现了他的'《易》尚随时'观，从'不偏执'的创作心态和'合和（和合）'境界的诗美追求两个方面体现了《易经》中的智慧和美感。"[⑤]

邢春华、邢子馨也详细分析了白居易的易学思想渊源以及对

---

① 陈友琴. 白居易资料汇编［M］. 北京：中华书局，1962：35.

② 肖伟韬. 试论白居易对《周易》的受容［J］. 殷都学刊，2008，29（4）：58-62.

③ 肖伟韬. 白居易《论语》《孟子》思想论析［J］. 宁夏大学学报（人文社会科学版），2012，34（3）：106-109.

④ 肖伟韬. 白居易诗学思想的儒家经典来源［J］. 河南理工大学学报（社会科学版），2010，11（2）：180-184.

⑤ 梁艳. "《易》尚随时"观对白居易思想和创作的影响［J］. 海南师范大学学报（社会科学版），2015，28（1）：78-83.

《周易》的援引、解释和接受，认为“易学不仅影响了白居易的人生观、价值观和世界观，更影响了白居易前期诗歌现实主义创作态度”①。此外，也有学者讨论了白居易诗作与《周易》的关系。刘铭、徐传武认为白居易的《井底引银瓶》诗是用《周易·井卦》来起兴的，具有讽喻、象征意义。② 刘洪强也认为《井底引银瓶》由《周易·井卦》生发而来，在用典、意境和情节上明显受到《周易·井卦》的影响，并在思想感情上吸收了魏王弼注与唐孔颖达疏的思想。③

除了《周易》外，学界对白居易“诗经学”的研究亦占据较大比重。崔萍指出：“白居易的很多理论和诗作体现了对《诗三百》的继承与延续。”④ 孙庆艳认为白居易“继承并发扬了《诗经》关注现实、美刺讽喻的传统……提出《诗》为六经之首（的主张）……（并）推崇‘采诗说’”，基于此创作的《新乐府》在编纂体例上与《诗经》极为类似，在“主题思想上，吟咏情性，讽谕（喻）褒贬，是对《诗经》的继承和发展”，“与《诗经》有异曲同工之处”。⑤ 邹晓春通过详细分析，指出：“白居易诗歌无论在文本本身还是其蕴藏的艺术魅力，都与《诗经》一样散发着相同的艺术气息，在诗歌发展史上，白居易主动扛起‘风雅’精神的大旗，将《诗经》的精髓内化传承，并与之遥相辉映，呈现出鲜明的互文性，为中国诗歌文学

① 邢春华，邢子馨. 白居易与《易》学［J］. 中国高校科技，2017（S1）：26-28.

② 刘铭，徐传武. 白居易《井底引银瓶》诗主旨新解：以《周易·井卦》为坐标［J］. 周易研究，2009（3）：81-85.

③ 刘洪强.《周易·井卦》与《井底引银瓶》之关系探微：兼论《周易·井卦》对《金瓶梅》人物命名的影响［J］. 阿坝师范高等专科学校学报，2010，27（3）：87-89.

④ 崔萍. 论白居易的《诗经》情结［J］. 西南科技大学学报（社会科学版），2018，35（3）：57-61.

⑤ 孙庆艳. 从《新乐府》看白居易的《诗经》观［J］. 临沂大学学报，2012，34（4）：104-106.

留下了不朽的财富。”[①] 邹晓春还认为元白在诗词的创作上模仿《诗经》，并试图“通过《诗经》的教化意义来推动唐朝的政治发展”[②]。

由此可见，学者们已关注到白居易思想与经典之间的关系，并且也注意到白居易吸收了经典中的许多思想观念。但是，学者们并没有注意到，白居易对经典的诠释方式对其思想形成产生的影响，忽视了白居易对经典的解释与经典本义之间的差异。研究者往往默认白居易对经典的解释符合经典本义，而未注意到白居易对经典的诠释存在许多复杂的情况。

三、唐宋学术转型研究综述

自20世纪20年代开始，“唐宋变革”问题引起了中外学者的关注，他们普遍认为唐宋之际的中国社会发生了巨大变革。

（一）外国学者的唐宋变革观

20世纪20年代，甚至更早，日本学者内藤湖南从历史目的论出发，指出中国与西方一样，都是不断向“现代化”发展的，因此中国史亦可按照西方文明的演进阶段划分为“古代”“中世”“近世”三个阶段。基于此，内藤湖南提出了宋代就是中国乃至世界近世开端的假说，并从政治、经济、文化、社会等多个角度对“唐宋变革”问题进行了讨论。[③]

内藤湖南虽然很早看到了唐宋之际中国社会所发生的巨大变革，但是他的论断并没有引起中国学者的注意。从20世纪50年代到80年代中期，中国学界一般将唐宋之际的社会变化定位为封建社会内

① 邹晓春. 白居易诗歌与《诗经》互文性研究［J］. 文艺评论，2015（10）：113-115.

② 邹晓春. 元白对《诗经》接受研究［D］. 吉林大学，2013：129.

③ 李庆. 关于内藤湖南的“唐宋变革论”［J］. 学术月刊，2006，38（10）：116-125.

部的变化。

但内藤湖南的观点引起了美国宋史学界的兴趣，李华瑞认为："美国宋史学界起初也受日本学者'唐宋变革观'的影响，到上世纪70年代，美国的宋史学者研究的重点转向士大夫和学术文化思想，受当时西方流行的社会学中精英与分层理论的影响，他们以唐宋时代士人的变化为切入点，重新思考唐宋变革，进而否定日本学者的'唐宋变革观'。"① 汉学家包弼德认为以内藤湖南为代表的传统宋史研究者"关于唐宋转型的阐释，是以历史的目的论观点为基础的"，这种阐释"在某些方面是错误的……它会阻碍人们理解宋代对于中国史的历史重要性"。故包弼德主张"把唐宋的社会转型定义为士或士大夫（他们是政治和文化精英）之身份的重新界定，以及他们逐渐变为'地方精英'的过程，以此来取代以往把这一转型定义为门阀制的终结和'平民'的兴起"②。

1990年，包弼德在《斯文：唐宋思想的转型》一书中明确提出了"唐宋儒学转型"的问题，其对中国学界产生了重要影响。包弼德以"士"的转型作为思考唐宋学术转型的切入点。他认为从唐到北宋再到南宋，"士"发生了从"门阀"到"官僚"再到"地方精英"三个阶段的转变。此外，他还将文学作为思想来研究，通过分析"士"阶层对"文"即文学的反思，来说明唐至南宋"士"阶层确立核心价值的过程。③

（二）中国学者的唐宋变革观

李华瑞在《20世纪中日"唐宋变革"观研究述评》一文中曾详

① 李华瑞."唐宋变革"论与唐宋之际的变革［J］. 文史知识，2012（4）：17-22.

② 包弼德. 唐宋转型的反思：以思想的变化为主［J］. 中国学术，2000（3）：63-87.

③ 包弼德. 斯文：唐宋思想的转型［M］. 刘宁，译. 南京：江苏人民出版社，2000：4-5.

细梳理过20世纪中国学者的“唐宋变革”观。[①] 这里不再赘述，只稍做说明。

侯外庐认为，“唐代则以建中两税法为转折点，以黄巢起义为枢纽，处在由前期到后期的转变过程中”[②]。换言之，“唐宋变革”不过是封建社会内部的变革。这种观点在中国20世纪50年代至80年代是主流。

钱穆则指出：“论中国古今社会之变，最要在宋代。宋以前，大体可称为古代中国，宋以后，乃为后代中国。秦前，乃封建贵族社会。东汉以下，士族门第兴起。魏晋南北朝迄于隋唐，皆属门第社会，可称为是古代变相的贵族社会。宋以下，始是纯粹的平民社会。……其升入政治上层者，皆由白衣秀才平地拔起，更无古代封建贵族及此后门第传统之遗存。故就宋代言之，政治经济，社会人生，较之前代，莫不有变。”[③] 此即是说唐宋之际中国社会由贵族社会逐渐转向了平民社会。

另外，傅乐成提出了“唐型文化”与“宋型文化”两个概念：“大体说来，唐代文化以接受外来文化为主，其文化精神及动态是复杂而进取的。唐代后期的儒学复兴运动，只是始开风气，在当时并没有多大作用。到宋，各派思想主流如佛、道、儒诸家，已趋融合，渐成一统之局，遂有民族本位文化的理学的产生，其文化精神及动态亦转趋单纯与收敛。南宋时，道统的思想既立，民族本位文化益形强固，其排拒外来文化的成见，也日益加深。宋代对外交通，甚为发达，但其各项学术，都不脱中国本位文化的范围；对外来文化的吸

① 李华瑞. 20世纪中日“唐宋变革”观研究述评［J］. 史学理论研究，2003（4）：87-95，159.

② 侯外庐. 中国思想通史：第4卷［M］. 北京：人民出版社，1992：1.

③ 钱穆. 中国学术思想史论丛：第三册［M］. 台北：联经出版事业公司，1998：280.

收，几达停滞状态。这是中国本位文化建立后的最显著的现象，也是宋型文化与唐型文化最大的不同点。"① 唐宋文化的转型即中国民族本位文化逐渐建立的过程。

进入21世纪之后，中国学界关于"唐宋变革"的讨论更为细致。冯兵认为宋代儒学的复兴是古文运动、疑经惑传思潮和三教融通思潮共同作用的结果。② 朱汉民、王逸之则将中国士大夫的发展分为三个阶段："在夏商周历史时期，'士大夫'就是那时的'封建贵族'；到了汉唐历史时期，'士大夫'就是当时的'士族门第'；而到了宋代以来，士大夫就成为这时的'白衣秀才'。"③ "唐宋变革"即与士大夫阶层的下移有关。张国刚指出，唐宋之际社会的演变与士族礼法文化的下移有关，而"唐宋之际士族礼法文化的下移，是波及方方面面的多重因素综合作用的结果，展现了中国传统伦理文明逐步深入到普通民众之中并为之接受的漫长的社会演变过程"④。

总之，学者们已指出，唐宋之际中国社会及学术文化发生了重大变革，这是多种因素共同作用下的结果。在思考唐宋变革的问题时，我们总是无法绕开中晚唐及北宋初期的古文运动。在这段时期内，儒学与文学融合在一起，文学不再是一门追求形式之美的艺术或技艺，而是承担着文化传承与经典义理阐扬的任务，相应地，文学式经典诠释方式成为当时主流的经典诠释方式。因此，探讨文学式经典诠释方式在唐宋学术转型中所发挥的重要作用，很有必要。但目前学界对此的探讨相对甚少，本研究试图以白居易等人为例加以初步考察。

---

① 傅乐成. 汉唐史论集［M］. 台北：联经出版事业公司，1977：380.

② 冯兵. 儒学的自我革新与儒释道三教论衡：宋学形成路径的思想史考察［J］. 江苏社会科学，2018（3）：36-44.

③ 朱汉民，王逸之. 宋代士大夫与唐宋学术转型［J］. 中国哲学史，2018（3）：35-42.

④ 张国刚. 中古士族文化的下移与唐宋之际的社会演变［J］. 中华文史论丛，2014（1）：1-30，388.

第三节 研究方法和研究意义

一、研究方法

过去的研究者大多基于文本分析和思想内容的对比来判定白居易思想的来源。但是这种研究方法并不完全适用于白居易。这是因为白居易思想具有以下几个特点。第一，思想来源颇为繁杂。白居易吸收了儒家、佛家、道家、法家、杂家以及部分史书中的思想观念，用这些思想观念相互解释、把它们相互等同。第二，缺乏坚定的理论基础。白居易思想带有强烈的实用主义色彩，什么能够解决当前的问题，他就会加以吸收或转变。第三，思想观念之间缺乏严谨的分析和论证。白居易思想中的很多观念是通过自由的联想相互关联在一起的，观念与观念之间没有明显的逻辑联系。简单地将白居易的观点抽离出来与各家观念进行比对，往往合者半，不合者亦半，故通过观念对比，始终无法清晰地确定白居易思想的来源。

有鉴于此，本研究将着重采用如下方法。

第一，以经典诠释方式为中心，考察思想构成与经典来源的复杂关系。本研究将通过细致考察白居易对儒、释、道经典的援引、解释、吸收和融通，探讨他在诠释经典的过程中接受了哪些观念，忽视了哪些内容，又创造性地提出了哪些观点，从而与儒、释、道经典之间构成了怎样的复杂关系。换言之，我们是将白居易思想与儒、释、道思想的关系置于白居易诠释各家经典的过程中加以讨论的。

第二，以经典诠释传统为视野，考察经典诠释方式与思想构成的内在关联。本研究在考察白居易的经典诠释方式时，将结合唐宋期间经典诠释方式的转型历程以及当时的风尚潮流加以综合分析。这一方法将使我们看到，白居易所采用的文学式经典诠释方式，实际上是整个中晚唐士人占据主流的经典诠释方式和思想构成途径，并且是从汉唐经学训诂式经典诠释方式向宋代经学义理式经典诠释方式转型的中间环节，因而也是唐宋学术转型过程中的一个重要层面。

第三，义理辨析与文本统计相结合。本研究在考察白居易对儒、道、佛三家经典的诠释、吸收和融通时，着重辨析白居易的理解与各家经典的本义及诠释传统是否一致，同时又全面统计白居易对诸家经典的引用情况及其在不同文体中的分布情况。通过这种方法，我们可以非常清楚地看出白居易的文学式经典诠释方式的基本特点及这种方式对白居易思想构成的制约和所发挥的作用。

总之，与之前研究白居易思想的方法相比，我们更加关注白居易思想的构成与经典诠释方式的内在关联，希望由此呈现白居易思想与儒、释、道经典之间的复杂关系，总结文学式经典诠释方式的基本特点，并探讨这种经典诠释方式在中晚唐时期对个人及社会的思想构成所发挥的重要作用。

二、研究意义

本研究的研究意义主要包括以下几个方面。

第一，为白居易思想研究提供新视角。本研究是从经典诠释的角度展开的。在过去的白居易思想研究中，学者们多是通过直接分析白居易文本来讨论白居易思想的整体结构和主要观念，并且主要通过观念对比来说明其思想来源，很少有学者从经典诠释的角度出发加以探讨。但通过阅读相关文献，我们发现白居易思想主要是通过文学式经典诠释方式，对儒、道、佛诸家经典加以诠释、吸收和融通而形成的，这就意味着，我们在研究白居易思想时只有深入考察其经典诠释方式，才能真正讲清楚其思想来源、思想结构和思想特点。因此本研究的分析探讨可为白居易思想研究提供一个新的视角，同时也可为中国思想学术史如何探讨个人思想的形成提供某种启示。

第二，为探讨唐宋学术转型提供新思路。学界对唐宋学术转型已有许多思考和成果，也有学者注意到此一学术思想的转型与经典诠释之间的内在联系，但从经典诠释方式入手来探讨唐宋学术转型的研究较少，特别是将中晚唐乃至北宋初期占主流的文学式经典诠释方式纳入考察视野的探讨就更不多见。本研究以白居易以及韩愈、柳宗元为个案，深入讨论中晚唐文学式经典诠释方式对当时士人思想形成及学术思想变化的重要作用，并将其与汉唐经学训诂式经典诠释方式与宋代经学义理式经典诠释方式结合起来，以考察经典诠释方式与唐宋学术转型的内在关联，这就可为探讨唐宋学术转型以及其他时代的学术文化转型提供了一个新的视角和思路。

第三，为清理和总结中国经典诠释传统提供新的关注焦点。全面清理和总结中国经典诠释传统是近 20 年来汉语学界的一个热点问题。但到目前为止，学者们主要侧重于梳理中国经典诠释传统中的诠释观念与诠释方法，很少注意到经典诠释方式。其实相较于具体的诠释方法而言，诠释方式具有更强的综合性，它除诠释方法外，还包括诠释载体、诠释体例等内容；而相较于诠释观念而言，诠释方式又更为具体。因此深入梳理和总结各种诠释方式的基本特点、流变及其对学术思想的构成、发展与转型所发挥的作用，是系统梳理中国经典诠释传统的一项重要内容。本研究主要以白居易为个案，详细讨论文学式经典诠释方式在中晚唐的兴起及其对唐宋学术的深刻影响，可为方兴未艾的中国经典诠释传统研究提供一个新的关注焦点。

第四节　创新点、重点与难点

一、创新点

本研究的创新点主要体现以下两个方面。

在思路和方法上，本研究强调通过考察经典诠释方式的基本特点和对经典的实际诠释来研究白居易思想。前人对白居易的研究，成果已颇为丰硕。但是随着学术思想和治学理念的不断变化，研究视角也随之变化。纵观白居易研究的历史，很少有学者从经典诠释方式的角度出发来研究白居易思想。尽管不少学者已注意到，白居易和绝大部分中国古代士人一样，主要是通过经典诠释这一途径形成和表达个人的思想的，但之前的研究者往往忽视了白居易经典诠释方式的基本特点，以为白居易援引某部经典的条文即意味着他一定是吸收了该经典的思想观念。事实上，由于白居易所采用的文学式经典诠释方式具有自由随性的特点，他对经典的理解和解释与经典本义之间存在一定的差异。有鉴于此，笔者认为，在研究白居易思想时，不能简单地直接根据白居易本人的言语及其与诸家经典观念的简单对比来研究其思想，而应通过考察其经典诠释方式的特点及其对儒、道、佛经典的实际诠释，来把握其思想来源、思想结构、主要观念和思想特点等。

在具体观点上，本研究明确提出白居易和很多中晚唐士人主要通过“文学式经典诠释方式”来援引、解释、吸收和融通诸家经典，并通过白居易、韩愈、柳宗元等个案初步总结了这种经典诠释方式的基本特点及其对个人和社会的思想形成所产生的重要影响，从而对白居易的思想来源、思想结构、主要观念和思想特点加以重新解释和审视；同时又将此种经典诠释方式与唐宋学术转型结合起来考察，指出它是从汉唐经学训诂式经典诠释方式向宋代经学义理式经典诠释方式转型的过渡环节。本研究由此揭示了深入考察历史上不同的经典诠释方式，既是梳理中国经典诠释传统的一项重要内容，也是审视个人思想构成与历代学术思想发展和转型的一个新的视角。

二、重点

研究的重点主要有三。

第一，系统梳理和辨析白居易对儒道佛三家经典的诠释。本研究主要参照谢思炜的注本来收集白居易对经典的援引材料，立足于文本本身和诸家经典及诠释传统，细致分析白居易对经典的解释、吸收及白居易的理解与经典本义之间的差异，并将这些材料进行归类整合，为进一步研究打下坚实的基础。

第二，分析并总结白居易所采用的文学式经典诠释方式的基本特点。白居易援引经典所涉及的内容颇多，本研究着重针对能够确切反映白居易经典诠释方式特点的文本材料加以详细分析，并结合白居易研究已经取得的丰硕成果，细致分析不同观点之间的联系与矛盾，进而真实呈现白居易思想的来源、结构及特点。

第三，根据文学式经典诠释方式的特点，综合分析这种经典诠释方式对白居易及同时代人思想形成所产生的积极影响和消极影响，从而推导出以下结论：文学式经典诠释方式虽能推动唐宋学术转型，但不能从根本上完成这一转型，必待宋代经学义理式经典诠释方式兴起，始能真正实现唐宋学术转型。

三、难点

研究的难点主要有二。

第一，准确细致地梳理和辨析相关材料与诸家经典的复杂关系。目前白居易著作最完备的校注本为谢思炜的《白居易文集校注》和《白居易诗集校注》。从这两个注本可知，白居易著作中涉及大量的经典援引和诠释。本研究系统分析白居易对儒、道、佛诸家经典的援引和诠释，特别是深入考察白居易的理解与融通是否与诸家经典原义和诠释传统一致，故须对相关材料加以细致准确的辨析，这一工作极为繁复。

第二，恰当处理诗歌作品中经典诠释的模糊性问题。不同于其他文体可对经典进行详尽而明确的解释，诗歌作品中的经典诠释具有情绪性和模糊性的特点。白居易作为著名诗人，其诗歌作品中的经典诠释显然不能忽视，但这为研究带来了很大困难。鉴于白居易诗歌涉及的经典思想的广度和深度相对有限，亦无法充分体现白居易文学式经典诠释方式的特点，本研究主要以其文集中的材料加以分析，只适当借助相关诗歌作品来加以佐证。

第二章　文学式经典诠释方式在唐代的兴起

在“三教调和”的文化政策及频繁的政治变革影响下，至唐代中叶，唐代社会出现了思想信仰多元和社会秩序散乱的现象。在此种社会背景下，唐代知识分子表现出重建思想与秩序的强烈诉求。他们试图打破章句注疏之学的束缚，通过新的经典诠释方式产生能够解决时代问题的新理论、新思想。唐代科举制度注重诗赋取士，文学成为人际沟通的重要媒介，唐代社会逐渐形成了“文学崇拜”的氛围，文人与文学也获得了前所未有的崇高地位。在反对轻浮华丽文风的过程中，文质并重的文学观念再次兴起，这使文学与儒学深度融合。在这些因素的共同影响下，文学式经典诠释方式逐渐取代以章句注疏为主要形式、偏重文字名物训诂的经学训诂式经典诠释方式，成为中晚唐主要的经典诠释方式。

第一节　重建思想与秩序的时代诉求

唐王朝建立之后，唐高祖李渊深知儒学之于政治统治与国家统一的重要意义，故“颇好儒臣”，并多次颁诏“兴化崇儒”。[①] 同时，为了统一思想和维护政权的合法性，他又下诏排定三教次序为道、

① 刘昫，等. 旧唐书［M］. 北京：中华书局，1975：4940.

儒、佛，即“老教孔教，此土先宗，释教后兴，宜崇客礼，令老先次孔末后释”[①]。

唐太宗沿用了唐高祖时期的文化策略，但做出了一些改变。他一方面声称“朕今所好者，惟在尧、舜之道，周、孔之教，以为如鸟有翼，如鱼依水，失之必死，不可暂无耳”[②]，一方面又宣称自己是老子李耳的后裔，并下诏将道教置于佛教之上。“自今已后，斋供行法，至于称谓，道士女冠，可在僧尼之前。庶敦本之俗，畅于九有；尊祖之风，贻诸万叶。”[③] 可见，唐太宗同样奉行三教并行的文化政策，但将唐高祖排定的“道、儒、佛”次序改为了“儒、道、佛”。他诏令孔颖达等人编纂《五经正义》。当《五经正义》颁行并进入科举体制之后，儒家经典在政治权力与世俗利益的双重推动下重新获得了话语权。但是，这并未打破魏晋南北朝以来儒、释、道三家鼎立、交融的思想格局。

经学的统一以及与权力、利益的纠缠直接扼杀了经学的思想活力，形成了“《五经正义》既定，而经学遂荒，一代谈经之人，寥寥可数”[④] 的局面。与此同时，原本就已影响广泛的佛教思想进一步获得了发展空间。《唐会要》载，上元元年（674），唐高宗诏曰：“公私斋会及参集之处，道士、女冠在东，僧、尼在西，不须更为先后。”而借佛教称帝的武则天在天授二年（691）再次变更佛道位次：“释教宜在道教之上，僧、尼处道士之前。”睿宗于景云二年（711）也下诏：“僧尼道士女冠，并宜齐行并集。”[⑤]

佛道位次的变更尚可视为唐代统治阶层的政治和文化策略，但

---

① 周绍良．全唐文新编：第1部第1册［M］．长春：吉林文史出版社，2000：24.

② 骈宇骞．贞观政要［M］．北京：中华书局，2011：423.

③ 宋敏求．唐大诏令集［M］．北京：中华书局，2008：587.

④ 文廷式．纯常子枝语［M］．扬州：广陵古籍刻印社，1990：212.

⑤ 王溥．唐会要［M］．上海：上海古籍出版社，2006：1006.

道家经典进入科举以及道举的产生，则在一定程度上反映唐代统治阶层思想与信仰的反复。

上元元年（674）武则天在“建言十二事”中提到：“伏以圣绪出自玄元，五千之文，实惟圣教。望请王公以下，内外百官，皆习老子《道德经》。”[①] 上元二年（675），唐高宗即下诏将《老子》纳入科举之中。之后，武则天为扶持佛教，则停止将《老子》纳入科举。但在武则天政权被推翻后，唐中宗于神龙元年（705）二月再次敕令“天下贡举人，停习《臣范》依前习《老子》”[②]。开元二十一年（733）唐玄宗完成了《老子注》，又诏令“士庶家藏《老子》一本，每年贡举人，量减《尚书》《论语》一条两策，加《老子》策”[③]。这些都表明科举考试中道家经典对儒家经典的冲击。[④] 开元二十九年（741）唐玄宗又在科举内容中增加道家经典，并增设道举：

> 二十九年，始置崇玄学，习《老子》《庄子》《文子》《列子》，亦曰道举。[⑤]

唐玄宗注释《道德经》的同时，还注释了《孝经》《金刚经》。开元十年（722），唐玄宗颁布了他注释的《孝经》，试图借此重整道德秩序。在《孝经注·序》中，他将“孝”看作“德之本”，并称：“圣人知孝之可以教人也，故因严以教敬，因亲以教爱。于是以顺移忠之道昭矣，立身扬名之义彰矣。”[⑥] 开元二十二年（734），他又颁行自己注释的《金刚经》，将《金刚经》与《道德经》《孝经》并列，且说“不坏之法，真常之性，实在此经”，这就表明“似乎连皇

---

① 王溥．唐会要［M］．上海：上海古籍出版社，2006：1626-1627.

② 王溥．唐会要［M］．上海：上海古籍出版社，2006：1627.

③ 王溥．唐会要［M］．上海：上海古籍出版社，2006：1631.

④ 杨学为．中国考试通史：第一卷［M］．北京：首都师范大学出版社，2008：435.

⑤ 欧阳修，宋祁，等．新唐书［M］．北京：中华书局，1975：1164.

⑥ 董诰，等．全唐文［M］．北京：中华书局，1982：444.

帝的枪法和阵法都已经混乱”①。

唐王朝建立之初，统治阶层主要是将“三教调和”作为一种维护统治的政治、文化策略，相较于西汉的“罢黜百家，独尊儒术”，这种策略显然更加开放和包容，但也较易造成思想与信仰的多元和不稳定。在此时代语境下，儒、释、道三教的地位不断更迭。但唐玄宗同时注释《孝经》《金刚经》《道德经》，则标志着“三教调和”已经不能单纯地被视为唐代统治阶层的政治、文化策略，而成了唐代思想与信仰不稳定的真实写照。这种局面在安史之乱之后并没有发生变化。唐肃宗、唐代宗依旧出于政治方面的考虑表面宣扬崇尚儒学，实际上却崇奉佛教。唐德宗虽然崇尚儒学，但依旧奉行“三教调和”的政治、文化主张。这与安史之乱前三教位次交替更迭的局面并无二致。

在这种思想、信仰以及政治社会秩序复杂的背景下，重建思想信仰与政治社会秩序成为唐代统治者理政的核心问题，因而“学界人人竞以谈义理、明理道、崇教本为务”，相应地，“章句之学乃至单纯的诗赋之学均已遭人鄙夷”。② 正如葛兆光指出的：“作为主流思想的知识系统或典籍文本，本来唐代人的主要依托是经学，而经典之学中可以直接推衍于社会、政治与思想的，又主要是春秋之学与仪礼之学，前者是以历史知识提供政治的合法化合理化依据，后者则是以仪式规则来清理社会的秩序。但是这时春秋之学中，三传已经失去权威，简单断裂的《春秋》文本也一时难以提供诠释与发挥的原则，而仪礼之学也在社会上宗族门第渐渐解体和地域关系日益松动的结构性变动中，失去了清整的效用，而沦为记诵之学。”③

① 葛兆光. 中国思想史：第二卷［M］. 上海：复旦大学出版社，2001：101.
② 谢思炜. 白居易集综论［M］. 北京：中国社会科学出版社，1997：205.
③ 葛兆光. 中国思想史：第二卷［M］. 上海：复旦大学出版社，2001：213.

经学的衰微除了社会与历史原因外，也与自汉代建立起来的以章句注疏为主要形式、偏重文字名物训诂的经学训诂式经典诠释方式有关。这种经典诠释方式的出现本是为了让晦涩难读的经典易于理解，但随着这种经典诠释方式的发展，它拘于文字名物训诂、不善义理阐扬的不足也逐渐凸显。至唐代中叶，反章句注疏之学成为时代风潮，经学训诂式经典诠释方式逐渐被人遗弃。

第二节　章句注疏之学的衰微

自汉以来，经学训诂式经典诠释方式成为诠释经典的主要方式。“因五经时代久远，文字古奥、字义艰深、佶屈聱牙、晦涩难读，使初学者却步，尤其难以向民间普及。又历经秦火和战乱，其残破不全，汉学学者为了弄懂五经原义，不得不下大工夫从事考据训诂”，故“汉代经学尤其是东汉古文经学重视对经书文字名物的训诂”。[①] 这种经典诠释方式使晦涩难读的经典文本更易理解，但也使经典疏解陷于训诂，日趋烦琐。

魏晋时，玄学大兴，以老庄义理解经的玄学式经典诠释方式开始盛行，大有取代汉代经学训诂式经典诠释方式之势。至南北朝，义疏之学兴起。儒生崇尚郑玄，博览群经，说经杂糅古今各家，以申明己意。此时儒生说经，虽有宗主，但不拘于一家，与汉儒谨遵家法的说经方式大不相同。故至南北朝，今古文之别、门户之见日益泯灭。这使经籍“文字多讹谬”，“儒学多门，章句繁杂”。故至唐初，唐太宗诏令孔颖达与诸儒撰《五经正义》，以统一经学。《旧唐书·儒学

① 蔡方鹿. 论汉学、宋学经典诠释之不同［J］. 哲学研究，2008（1）：64-69.

上》曰：

> 太宗又以经籍去圣久远，文字多讹谬，诏前中书侍郎颜师古考定《五经》，颁于天下，命学者习焉。又以儒学多门，章句繁杂，诏国子祭酒孔颖达与诸儒撰定《五经》义疏，凡一百七十卷，名曰《五经正义》，令天下传习。①

随着《五经正义》颁行并成为唐代科举教材，经学统一的局面就此形成。马宗霍云："自《五经定本》出，而后经籍无异文；自《五经正义》出，而后经义无异说。每年明经依此考试，天下士民奉为圭臬。盖自汉以来，经学统一，未有若斯之专且久也。"②

自汉至唐初，经学虽多变迁，但就经典诠释方式而言，经学训诂式经典诠释方式仍为主流。《五经正义》的颁行促成了经学的统一，它所标榜的"注不驳经、疏不破注"的诠释原则也使经学训诂式经典诠释方式进一步固化。随着佛、道思想日益盛行，经学陷入了困境。蔡方鹿指出：

> 作为主导中国思想文化发展的儒家经学至唐代已陷入困境。唐初孔颖达等奉钦命编定的《五经正义》，虽然完成了经学的统一工作，统一了对经义的疏解，但仍沿袭汉学的章句注疏之学，坚守注不驳经、疏不破注的经典诠释原则，学者拘于训诂，墨守正义，而不重视对经书义理的探讨，所以不利于新思想的产生和发挥，束缚了儒学的发展。唐代士人就是在汉代和魏晋旧注的基础上来诠释经书和原有旧注的，普遍采取疏不破注和烦琐训诂释经的方法。这种汉唐经学的传统缺乏生命力，表明旧的儒家经学已经僵化，不能与

---

① 刘昫，等. 旧唐书［M］. 北京：中华书局，1975：4941.

② 马宗霍. 中国经学史［M］. 上海：上海书店，1984：94.

盛行于唐代的佛、道精致的思辨哲学相抗衡。[①]

但唐代学术思想所面临的主要困境并非佛、道思想的冲击，而是当时的知识与思想严重固化，以致无法解决个体生命、社会、国家所面临的问题。换言之，唐代学术思想所面临的问题，是中国固有的文化传统无法依托旧有的经典诠释方式，形成能够解决现实问题的新理论、新思想。在此背景下，儒家思想及其礼教只能依托政治权力，作为意识形态和科举制度中的主要组成部分，对当时的知识分子产生影响。葛兆光指出："当主流的知识和思想逐渐失去了对当时社会问题的诊断和疗救能力，也失去了对宇宙和人生问题的解释和批判能力的时候，往往出现很奇怪的现象：它一方面被提升为笼罩一切、不容置疑的意识形态，一方面逐渐沦落为一种无须思考、失去思想的记诵知识，它只是凭借着政治权力和世俗利益，维持着它对知识阶层的吸引力。"[②] 这种局面不仅不能从根本上解决思想固化的问题，反而使经学训诂式经典诠释方式的弊端日益凸显。

至唐代中叶，反章句注疏之学蔚然成风。"开元十四年（726），元行冲、范行恭与施敬本根据魏征的《类礼》整理出《礼记义疏》五十卷奏上，尚书左丞张说批评其说'先儒第乖，章句隔绝'，留其书贮于内府，竟不得立于学官。行冲愤作《释疑》辩驳，指责张说为'章句之士'，并在对经学史作简要回顾之后，指出章句学的弊病在于遵循守旧，蹈前人之辙，'章句之徒，曾不窥览，犹遵覆辙，颇类刻舟'。"[③] 吕温在《与族兄皋请学〈春秋〉书》中也直接批评章句注疏之学拘于文字，对圣贤的微言大义荡然不知：

---

① 蔡方鹿. 论汉学、宋学经典诠释之不同［J］. 哲学研究，2008（1）：64-69.

② 葛兆光. 中国思想史：第二卷［M］. 上海：复旦大学出版社，2001：84-85.

③ 李伏清. 柳宗元儒学思想研究：兼论中晚唐儒学复兴［M］. 上海：上海社会科学院出版社，2014：95.

> 夫学者，岂徒受章句而已，盖必求所以化人，日日新，又日新，以至乎终身。夫教者，岂徒博文字而已。盖必本之以忠孝，申之以礼义，敦之以信让，激之以廉耻。过则匡之，失则更之，如切如磋，如琢如磨，以至乎无瑕。……魏晋之后，其风大坏，学者皆以不师为天纵，独学为生知。译疏翻音，执疑护失，率乃私意，攻乎异端。以讽诵章句为精，以穿凿文字为奥。至于圣贤之微旨，教化之大本，人伦之纪律，王道之根源，则荡然莫知所措矣。①

柳宗元更将矛头直接指向了马融、郑玄，认为二人不过是“章句师”，并庆幸自己与他们不同：

> 马融、郑玄者，二子独章句师耳。今世固不少章句师，仆幸非其人。吾子欲之，其有乐而望吾子者矣。言道、讲古、穷文辞以为师，则固吾属事。②

当时很多文士学者都像柳宗元这样拒为章句之学。如崔祐甫所作《故常州刺史独孤公神道碑铭》曾言孤独及“遍览五经，观其大义，不为章句学”③。杜佑在《通典·序》中亦言：“佑少尝读书，而性且蒙固，不达术数之艺，不好章句之学，所纂《通典》，实采群言，征诸人事，将施有政。夫理道之先，在乎行教化，教化之本，在乎足衣食。”④

此外，在经学内部也形成了反章句注疏之学的思潮。其中影响最大的莫过于以啖助、赵匡和陆淳（即陆质）为代表的啖赵学派。他们力图摆脱章句注疏之学的束缚，甚至打破自汉代以来形成的经典诠释范式，以使儒家经典重焕生机。他们对《春秋》《公羊》《穀

---

① 董诰，等. 全唐文［M］. 北京：中华书局，1982：6332-6333.

② 柳宗元. 柳宗元集［M］. 北京：中华书局，1979：878.

③ 董诰，等. 全唐文［M］. 北京：中华书局，1982：4195.

④ 杜佑. 通典［M］. 北京：中华书局，1988：1.

梁》多有抨击，欲摆脱传注束缚，直求经义，陆淳《春秋啖赵集传纂例·春秋宗指议第一》引啖助之言曰：

> 夫子所以修《春秋》之意，三传无文。说《左氏》者以为，《春秋》者，周公之志也。暨乎周德衰，典礼丧，诸所记注，多违旧章。宣父因鲁史成文，考其行事而正其典礼，上以遵周公之遗制，下以明将来之法（杜元凯《左传序》及《释例》云然）。言《公羊》者则曰：夫子之作《春秋》，将以黜周王鲁，变周之文，从先代之质（何休《公羊传注》中云然）。解《穀梁》者则曰：平王东迁，周室微弱，天下板荡，王道尽矣，夫子伤之，乃作《春秋》，所以明黜陟，著劝戒，成天下之事业，定天下之邪正，使夫善人劝焉，淫人惧焉（范宁《穀梁传序》云然）。吾观三家之说，诚未达乎春秋大宗，安可议其深指？可谓宏纲既失，万目从而大去者也。①

啖赵学派虽强调对三传应择善而从，然择善之标准乃他们所自立。由此观之，他们已舍三传解经大旨，自立标准以求《春秋》大义。本田成之在《中国经学史》中指出："《春秋》之文虽简易，然先儒各守一说，不肯相通，互相攻击，是其弊害。于是考三传之得失，弥缝漏阙，以察圣人之真意云云。要之，他（啖助）是一种折衷（中）三传，集三传之善，以说《春秋》，或者不充分时以己意作为解释的方法。"② 这种经典诠释观念明显带有反章句注疏之学的意味。

赵匡更是明确驳斥章句注疏之学，"要求突破唐代官学义疏的樊

---

① 陆淳. 春秋啖赵集传纂例［M］. 北京：中华书局，1985：1.

② 本田成之. 中国经学史［M］. 李俍工，译. 上海：上海书店出版社，2001：216.

篱，反对专守章句训诂，认为学习应该以治世为目的”①。赵匡《举选议》曰：

> 疏以释经，盖筌蹄耳。明经读书，勤苦已甚，既口问义，又诵义疏，徒竭其精华，习不急之业。而其当代礼法，无不面墙。及临民决事，取办胥吏之口而已。所谓所习非所用，所用非所习者也。②

总之，至唐代中叶，章句注疏之学已趋于衰微，难以为继，经学训诂式经典诠释方式亦由盛转衰。如何彰显经典义理并形成能够解决时代社会问题的新理论、新思想，成为当时士人必须面对的问题。

第三节 文质并重的唐代文学

汉王朝建立之后，在独尊儒术的文化语境下，文学与儒学之间一直存在着密切的联系，甚至可以说儒学一直支配着文学，文学始终以捍卫儒家义理和政教观念为根本要务。至魏晋，尚文之风渐浓。文学从经学的束缚中脱离出来，获得了前所未有的独立性。钱穆用“纯文学观念”描述魏晋文学，指明了中国文学在魏晋时期所发生的变化。③ 罗宗强在《隋唐五代文学思想史》中更指出：

> 自从魏晋人摆脱了儒家经学的禁锢，发现了自我以后，地主阶级知识分子就从追求符合儒家伦理道德标准的理想人格转向了追求个性的发展与自由。他们任情放纵，追求自适，力图表现出通脱绝俗的性格情操，而且崇尚相应的风姿

① 张巍. 中晚唐经学研究［D］. 山东大学，2008：45.

② 董诰，等. 全唐文［M］. 北京：中华书局，1982：3602.

③ 钱穆. 中国学术通义［M］. 台北：联经出版事业公司，1998：82.

> 的美。一句话，越名教而任自然，情从礼教中解放出来，思想出现了另一个活跃的时期。与这样的社会思潮相适应，文学也就从重政教之用、重言志转向重抒情。……文学的特征正在被逐步地认识，文学正在从它和历史、哲学的不可分割的关系中逐渐地分离出来，独立成科。[①]

这种注重抒情和追求个性自由的文学观念本是一种进步。但是，“由于社会历史的原因，它形式上的美的追求没有能够和健康的内容的追求结合起来。……形成了后代所说的齐梁文风”[②]。至隋代，文风虽有所改观，但追求华丽文辞、注重雕章镂句的风气依旧盛行。

唐王朝建立之后，“唐太宗对待文学的基本着眼点，是反对用文学于淫乐，为此他反对淫靡文风，主张文学要有益于政教”[③]。这为唐代文质并重文学观的形成奠定了思想和政治基础。这种文学观有赖于完备的经学知识系统和儒家政教制度。但至唐代中叶，凭借经学训诂式经典诠释方式，儒家经典已无法为社会提供新理论和新思想，再加上政治局面的不断变动，原本稳定的社会秩序和礼教体制逐渐散乱。由此，这种文质并重的文学又逐渐被轻浮华丽的文学所代替。

安史之乱之后，古文运动逐渐兴起，成为一时风气。“这股文学革新的思潮，是伴随着政治上的革新思潮而到来的”，为促进政治上的革新，此时“在文体文风改革中的主要主张，就是要用一种符合儒家经典的思想，去充实文的内容，使文章有益于政教。而从他们所论及的看，他们所要宣传的，其实主要是儒家的伦理道德观念。在这样一个主要目的之下，要求文章质朴简洁，反对藻丽雕饰”[④]。此时的文学观又重新表现出文质并重的特点。

---

① 罗宗强. 隋唐五代文学思想史［M］. 北京：中华书局，1999：13-14.
② 罗宗强. 隋唐五代文学思想史［M］. 北京：中华书局，1999：14.
③ 罗宗强. 隋唐五代文学思想史［M］. 北京：中华书局，1999：39.
④ 罗宗强. 隋唐五代文学思想史［M］. 北京：中华书局，1999：190，227.

除了历史环境的影响外，这种文质并重的文学观还受到啖赵学派的影响。啖赵学派提出的“三代质文损益之说”对当时的文士产生了很大的影响。“三代质文损益之说，实即本于啖助《春秋集传》，并且是啖氏之学的要旨所在”。[①] 陆淳《春秋集传纂例》中引啖助之言曰：

> 予以为《春秋》者，救时之弊，革礼之薄。何以明之？前志曰：夏政忠，忠之弊野。殷人承之以敬。敬之弊鬼，周人承之以文。文之弊僿，救僿莫若以忠，复当从夏政。夫文者，忠之末也。设教于本，其弊犹末。设教于末，弊将若何？武王、周公承殷之弊，不得已而用之。周公既没，莫知改作，故其颓弊甚于二代，以至东周王纲废绝，人伦大坏。夫子伤之，曰：“虞夏之道，寡怨于民；殷周之道，不胜其弊。”又曰：“后代虽有作者，虞帝不可及已。”盖言唐虞淳化，难行于季末；夏之忠道，当变而致焉。是故春秋以权辅正，以诚断礼。正以忠道原情为本，不拘浮名，不尚狷介，从宜救乱，因时黜陟。或贵非礼勿动，或贵贞而不谅。进退抑扬，去华居实，故曰：救周之弊，革礼之薄也。[②]

显然，在啖赵学派看来，唐代之弊延续了周之弊，即文之弊。他们试图借助“春秋学”改革礼教，使一切文化形式回归“忠道”，以救华而不实之学风。这种说法对中唐文士颇有影响。白居易的《策林·忠敬质文损益》就明确承认“周之文弊，今有遗风”，并指出：

> 夏之教尚忠，忠本于人，人道以善教人，忠之至也。故曰：忠者人之教也。忠之弊，其民野。救野莫若敬，故殷之教尚敬。敬本于地，地道谦卑，天之所生，地敬养之。故

---

① 谢思炜. 白居易集综论［M］. 北京：中国社会科学出版社，1997：208.

② 陆淳. 春秋啖赵集传纂例［M］. 北京：中华书局，1985：1-2.

曰：敬者地之教也。敬之弊，其人谄。救谄莫若文，故周之教尚文。文本于天，天道垂文，而人则之。故曰：文者天之教也。文之弊，其人僿。救僿莫若忠。[①]

由此，他建议统治阶层“以继周为己任，以行夏为时宜，稍益质而损文，渐尚忠而救僿，斟酌于教，经纬其人，使瞻前而道继三王，顾后而光垂万叶”[②]。白居易的观点显然受到了啖赵学派的影响。[③]

白居易此处所谓的“文”主要是指表现形式，与文学存在密切联系。他在《与元九书》中言：“夫文尚矣。三才各有文。天之文三光首之，地之文五材首之，人之文六经首之。就六经言，《诗》又首之。何者？圣人感人心而天下和平。感人心者莫先乎情，莫始乎言，莫切乎声，莫深乎义。”[④] 他区分了天之文、地之文和人之文，而“文”是表现形式，其中“人之文”以六经为代表而有着最为本源的文学性，所以他才强调文若能感人心，必先乎情、始乎言、切乎声、深乎义。

在《策林·救学者之失》中，白居易明显表现出对古代经典及名物制度内在精神实质的重视。他批评当时的学者，只重经典之文，不重经典之旨：“然臣观太学生徒，诵《诗》《书》之文而不知《诗》《书》之旨。太常工祝，执礼乐之器而不识礼乐之情。遗其旨则作忠兴孝之义不彰，失其情则合敬同爱之诚不著。”他进而强调：“俾讲《诗》者以六义风赋为宗，不专于鸟兽草木之名也。读《书》者以五代典谟为旨，不专于章句诂训（训诂）之文也。习礼者以上下长幼为节，不专于俎豆之数，裼袭之容也。学乐者以中和友孝为

① 谢思炜. 白居易文集校注［M］. 北京：中华书局，2011：1391.

② 谢思炜. 白居易文集校注［M］. 北京：中华书局，2011：1392.

③ 谢思炜在《白居易集综论》中就援引了《春秋啖赵集传纂例》以及白居易《忠敬质文损益》中的内容，认为“白居易接触到啖、赵之学，并吸收进自己的论说当中”，并发扬了他们的“尚忠”“尊王”的内容。但除此之外，白居易还可能受到何晏《论语注》的影响。下文会对此进行详细分析。

④ 谢思炜. 白居易文集校注［M］. 北京：中华书局，2011：322.

德，不专于节奏之变，缀兆之度也。”①

从文质并重的文学观出发，白居易在肯定唐代文学繁盛局面的同时，也对当时盛行的文风进行了委婉批评：

> 自三代以还，斯文不振。故天以将丧之弊，授我国家。国家以文德应天，以文教牧人，以文行选贤，以文学取士。二百余载，焕乎文章。故士无贤不肖，率注意于文矣。然臣闻，大成不能无小弊，大美不能无小疵。是以凡今秉笔之徒，率尔而言者有矣，斐然成章者有矣。故歌咏诗赋碑碣赞咏之制，往往有虚美者矣，有愧辞者矣。若行于时，则诬善恶而惑当代。若传于后，则混真伪而疑将来。臣伏思之，恐非先王文理化成之教也。②

白居易对文的肯定实际上亦是对周以来国家崇文政策的肯定。但是，他清楚地看到“重文”所引发的轻浮华丽文风对社会国家造成的弊害。他认为，文学应具有“惩劝善恶”“补察得失”的作用，如果过分注重外在的文辞，沉迷于“雕章镂句”，文学就失去了价值与意义。所以他主张“删淫辞，削丽藻”，建议当时的统治者“诏主文之司，谕养文之旨。俾辞赋合炯戒讽谕（喻）者，虽质虽野，采而奖之；碑诔有虚美愧辞者，虽华虽丽，禁而绝之”。在他看来，如此“为文者必当尚质抑淫，著诚去伪。小疵小弊，荡然无遗矣”③，文风必然能够回归三代。

白居易文质并重的文学观与啖赵学派“春秋学”的要旨颇为契合。他试图让文学与儒学实现某种程度的结合，并以此达到两个目的，一是改变当时华而不实的文风，二是阐扬儒家名物制度及经典的

---

① 谢思炜．白居易文集校注［M］．北京：中华书局，2011：1566-1567.
② 谢思炜．白居易文集校注［M］．北京：中华书局，2011：1594-1595.
③ 谢思炜．白居易文集校注［M］．北京：中华书局，2011：1595.

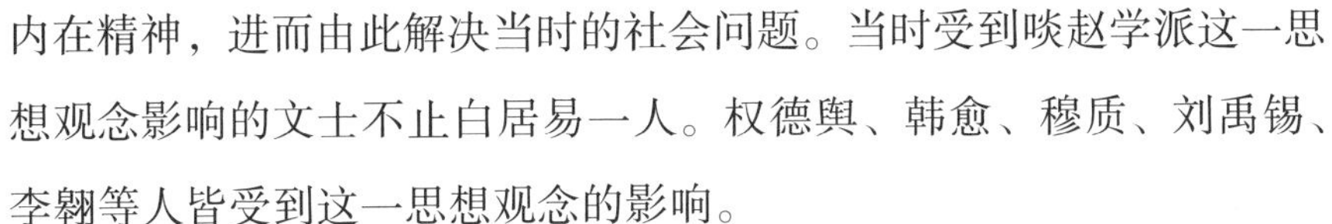

内在精神，进而由此解决当时的社会问题。当时受到啖赵学派这一思想观念影响的文士不止白居易一人。权德舆、韩愈、穆质、刘禹锡、李翱等人皆受到这一思想观念的影响。

中晚唐所形成的文质并重的文学观与唐初看似相同，实则有所改进。唐初文质并重的文学观是通过反思文学与政治关系建立起来的，它主张文学应有益于政教，反对文学用于淫乐；其时真正支撑政教制度的是儒家经学知识系统，当时的文学亦受儒家经学知识系统的支配。但至唐中叶，自汉代建立起来的经学训诂式经典诠释方式基本已为当时的文人所厌弃，儒家经学知识系统也随之失去了生发新理论、新思想和解决社会现实问题的能力，故此时的文学虽然仍受儒家经学的影响，但已不为经学所支配，而具有了自主诠释经典的能力。

唐初的统治阶层及文士儒生虽然主张文学应有益于政教，且符合儒家经典大义，然而从《全唐文》来看，大量援引儒家经典并随文诠释的文章极少见，直至古文运动兴起，这种作品才大量出现。这从一个侧面说明，唐中叶文学虽然受到经学的影响，但已不受儒家经学的支配，而是具有某种独立性，具备自主诠释经典的能力。并且，此时的这种作品所诠释的经典不仅包括儒家经典，也包括道家、佛家经典，这也在一定程度上说明文学相对于经学的独立性和自主性。

第四节　文儒合流与文学式经典诠释方式的兴起

文学式经典诠释方式是指以各种体裁的广义文学作品为载体，运用文学式思维方式，通过随文援引和诠释经典来表达个人思想、情感和体验的经典诠释方式。“作为术语的‘文’与‘文学’在不同时代有着相异意涵。但凡考察‘文学’一词者都会追溯至《论语》‘四科’说，通过对擅长‘文学’而备受孔子赞誉的子游、子夏进行考察，不难判定孔子所言之‘文学’，乃指善先王典文之意。随着时代学术的流转和文学风气的突显，‘文学’一词的内在意指（旨）不断叠加、转化、更改……（至明末清初）‘文学’已不再是子游、子夏所擅长之‘文学’，而是唐代以降所不断突显的辞章之学的代称。”①这意味在唐代“文学”一词的意旨发生了转化与更改，此时的“文学”意旨借助文字表达个人思想与情感的辞章之学。它与借助文字解释、阐发经典的学问有所不同。前者以表达个人思想与情感为主要目的，后者以解释、阐发经典为主要目的。在中国传统学问分类中，前者多归于集部，后者多归于经部与子部。

姚永辉与韩立群皆通过考察《四库全书总目》指出在中国经典诠释传统中存在一种“文士阐释模式”②。“文士阐释模式”这一概念凸显了“创造主体”与“阐释主体”。③ 它在区分中国经典诠释模式时，具有十分明显的局限性。中国传统文化并不存在界限明显的学科划分，所以学者的身份不具有明显的界限。很多学者同时从事经学、史学与文学研究。像苏轼、苏辙，很难单纯地定位为“文士”“经学家”或“史学家”。所以，我们才从诠释载体的角度提出了“文学式经典诠释方式”这一概念，以与两汉建立起来的经学训诂式经典诠释方式、宋代建立起来的经学义理式经典诠释方式区分开来。由此也能显示出，经学训诂式经典诠释方式向经学义理式经典诠释方式的转变是经学内部的转变，而文学式经典诠释方式正是作为一

① 姚永辉. 超越文士与讲学：《四库全书总目》的阐释学思想初探［J］. 大连理工大学学报（社会科学版），2011（3）：113-117.

② 韩立群. 折中于文士与讲学之间：《四库全书总目提要》对《诗经原始》阐释模式的影响［J］. 河北师范大学学报（哲学社会科学版），2013（3）：127-131.

③ 姚永辉. 超越文士与讲学：《四库全书总目》的阐释学思想初探［J］. 大连理工大学学报（社会科学版），2011（3）：113-117.

种外部因素成了两者转变过程中的中间环节。

文学式经典诠释方式与经学训诂式经典诠释方式的区别在于，不受章句注疏束缚，更为注重义理的阐扬和情感体验的表达，更为自由和随性。儒学与文学是唐代文化最为重要的两个部分，文学、儒学合流是文学式经典诠释方式兴起的契机。胡可先曾指出，在武后时期，唐代的文化背景发生了“从儒学化到文学化”的转变。[①] 这一论断具有合理性，不过唐代文学与儒学的关系远非如此简单。

唐初，太宗出于政治需要，将国家的命运与文学联系在一起，认为前朝的衰亡乃由淫靡文风所致，故而反对淫靡文风，强调文学当有益于政教，合乎儒家礼教。在一定时期，唐太宗甚至表现出反文学的倾向，《新唐书》载：

> (张昌龄)更举进士，与王公治齐名，皆为考功员外郎王师旦所绌。太宗问其故，答曰：“昌龄等华而少实，其文浮靡，非令器也。取之则后生劝慕，乱陛下风雅。”帝然之。[②]

但另一方面，“当他从一个普通的文艺爱好者和欣赏者考虑问题的时候，他就常常注意到文学的艺术特点的一面。他并不否定文采，而且，有时他正是主要从文采的角度去评论作家。”[③] 这表明初唐的统治阶层对文学持一种赞赏态度，但出于政治需要，他们还是将儒学视为文学的基础，强调文学的政教作用。这使得唐初的文化呈现出以儒学为本的特征，文学亦为儒学所主宰。

至高宗、武周时，这一局面被打破。《旧唐书》载：

> 高宗嗣位，政教渐衰，薄于儒术，尤重文吏。于是醇醲

① 胡可先. 唐代重大历史事件与文学研究［M］. 杭州：浙江大学出版社，2007：40.

② 欧阳修，宋祁，等. 新唐书［M］. 北京：中华书局，1975：5734.

③ 罗宗强. 隋唐五代文学思想史［M］. 北京：中华书局，1999：42.

日去，华竞日彰，犹火销膏而莫之觉也。及则天称制，以权道临下，不吝官爵，取悦当时。其国子祭酒，多授诸王及驸马都尉。准贞观旧事，祭酒孔颖达等赴上日，皆讲《五经》题。至是，诸王与驸马赴上，唯判祥瑞按三道而已。至于博士、助教，唯有学官之名，多非儒雅之实。是时复将亲祠明堂及南郊，又拜洛，封嵩岳，将取弘文国子生充斋郎行事，皆令出身放选，前后不可胜数。因是生徒不复以经学为意，唯苟希侥幸。二十年间，学校顿时隳废矣。①

严耕望指出："唐代科举本以明经与进士为两大要途，唐初这两种出身在政治上均不居重要地位。自武后擅权，广开文士仕进之路，进士科第逐渐占优势，此种情形，愈演愈烈。中叶以后，政治上之势力，几为出身进士科第之文士所独占，明经出身转为时人讽讥之口实，文学经学之盛衰，于此可见。"② 故至武周时，文学颇盛，经学则趋于衰落，文士也随之获得了政治和社会地位。在此时代语境下，文学与儒学的关系发生了变化：文学不再为儒学所主宰，逐渐获得了独立。

但这还不是唐代文学与儒学关系的全部。龚鹏程在《唐代思潮》中指出，唐代"整个社会都弥漫在一片'文学崇拜'的气氛之中……（这种文学崇拜）具有宗教庆典般的性质，属于社会集体的崇拜"③。这使得文学与文士获得了某种神圣地位。就文学地位而言，这种"文学崇拜"在唐初并未形成。武周时期崇尚文学之风盛行，"文学崇拜"的氛围才逐渐形成。

另外，武则天广开文士仕进之路的举措，使社会结构发生了极大

---

① 刘昫，等. 旧唐书［M］. 北京：中华书局，1975：4942.

② 严耕望. 严耕望史学论文选集：上册［M］. 北京：中华书局，2006：265-266.

③ 龚鹏程. 唐代思潮［M］. 北京：商务印书馆，2007：222.

的变动。正如陈寅恪所说：“武则天注重进士科，那便不管是什么人，也不分地域，只要能做诗，做文章，尤其是诗，便可到洛阳考进士。因此所有的人，都可以因会做诗，而爬到最高的地位。门阀的制度被推翻，社会的关系也由此而扩大。”① 这使许多原本社会地位不高的人因富有文采而居于高位。唐代文学也由此逐渐走向世俗化，“文学作品才往下浸润成为社会上一般都可以品尝享用的东西”，这样，“整个社会逐渐转变成一种文学化或文人化的社会”。②

安史之乱后，重建思想与秩序的诉求十分强烈。此时唐初盛行的经学训诂式经典诠释方式已随着章句注疏之学的衰微被时人所弃，专注于“雕章镂句”的文学也备受批判。在这种情况下，已具有某种独立性的文学再次与儒学结合在一起，文学式经典诠释方式登上了历史舞台，成为当时文士所普遍采用的经典诠释方式，甚至成为中晚唐最主要的经典诠释方式。这使文儒的身份获得了比“文人”“文士”更高的地位。龚鹏程已注意到这一变化：

> 唐人经学著作，如汉晋南北朝时期那样的章句注释或义疏笺释，比较少，一向也被视为唐代经学不发达之证。但每一时代均有该时代的著作之体，我觉得这些策试问答，即是唐代经学讨论的主要文体。研究唐代经学的人，不应呆呆地仅自限于章句注解和义疏笺释，还应把各家文集中收录的策试问答辑录起来，以见一代经学思想之大凡。③

初唐经学仍旧沿用了汉晋南北朝章句注疏的方式，虽然其时科举的策试问答多涉及经学讨论，但以各体文章诠释经典的方式并没有形成，更不足以撼动经学训诂式经典诠释方式在经典诠释中的核

① 陈寅恪．讲义及杂稿［M］．北京：生活·读书·新知三联书店，2002：477.

② 龚鹏程．唐代思潮［M］．北京：商务印书馆，2007：262-263.

③ 龚鹏程．唐朝中叶的文人经说［J］．湖南大学学报（社会科学版），2006（1）：16-27.

心地位。另外，也不能由策试问答涉及经学讨论，就直接推导出文学式经典诠释方式已成为主要的经典诠释方式。策试问答是科举考试的一部分，唐代文士是被动地参与到经学讨论中的，而非主动、自觉的。只有当大多数人们主动、自觉地采用文学式经典诠释方式诠释经典时，它才可以被视为一种普遍的经典诠释方式。这是判定文学式经典诠释方式兴起时间节点的主要标准。

如果说，文学式经典诠释方式在初唐还只出现在科举考试的策试问答之中，那么到了唐代中叶尤其是古文运动兴起之后，它便在策、赋、论、判、碑文、祭文等多种文体中广泛流行。所以，文学式经典诠释方式真正兴起的时间是在古文运动前后。从白居易的身上，我们可以看到，在他几乎所有的文章中，不论何种文体，皆有对经典的援引和解释。例如，《判・得甲去妻后妻犯罪请用子荫赎罪甲怒不许》全文不过131字，却援引经典条文12条，涉及《左传》《礼记》《诗经》3部经典。又如，《动静交相养赋》全文仅500余字，援引经典条文亦达10余条，涉及《论语》《周易》《老子》《庄子》《淮南子》等多部经典。这种现象在初唐极少出现，至唐代中叶却极为常见。

文学式经典诠释方式的兴起符合时代的诉求。

第一，文学式经典诠释方式在中晚唐兴起是因为当时社会急需新理论、新思想来完成思想信仰与社会秩序的重建，而旧有的经学训诂式经典诠释方式已然成为新理论、新思想产生的阻力。文学式经典诠释方式具有自由随性的特点，有助于摆脱章句注疏之学的束缚，能够刺激新理论、新思想的产生。

第二，此时社会已经相当文学化，文士获得了极高的社会地位。文学作为当时生活的必需品，“不但成为人际沟通的基本方式，任何人，不论他是否为文人，都倾向或擅长采用文学作品来沟通；而且一切沟通，也以文学作品最为有效，能达成一切其他沟通方式所不能达成的效果”[1]。凭借文学式经典诠释方式，经典不仅易于理解，而且能够得到有效传播。

第三，文学式经典诠释方式使文学与儒学达成了融合。通过这种方式，文士们的作品既保留了文学形式美的特质，又获得了健康的内容。尽管诠释者无法凭借文学式经典诠释方式充分呈现儒家经典的内在义理，但这并不妨碍他们根据儒家思想观念来应对个人和社会问题，并表达他们对儒家理想的向往与追求。

第四，文学式经典诠释方式契合唐代“三教融通”的文化策略和思想状况，有助于消解儒、道、佛的紧张关系。当时的文士既普遍接受儒家的基本观念，又多与佛、道人士来往密切。在他们的交往中，文学是重要的沟通媒介。由于文学式经典诠释方式不重门户，诠释风格自由随性，儒、释、道经典之间的深层差异和根本矛盾多不易凸显。

第五，文学式经典诠释方式多以己意解经而不甚注重前人注解，这与啖赵学派“舍传求经”的解经主张在精神气质上颇为相通，因而文学式经典诠释方式的兴起也与当时经学本身的发展有一种内在的一致性。二者相互呼应，有助于打破章句注疏之学的束缚，以使经典获得更为广阔的诠释空间。这也使中晚唐经典诠释方式的转变分为两途，文士们普遍采用文学式经典诠释方式，经学家们则逐渐形成“舍传求经”的诠释方式，二者相互呼应也相互助长。

但是，在中晚唐，文学式经典诠释方式是占据主流并盛行的经典诠释方式。这既与唐代文学繁盛、社会文学化甚至存在所谓“文学崇拜”的社会氛围密切相关，也与经学本身在反章句注疏之学的时

---

① 龚鹏程. 唐代思潮［M］. 北京：商务印书馆，2007：264.

代潮流中遭到强烈冲击有关，因此当时经学内部新出现的这种“舍传求经”的经典诠释方式还无法脱颖而出，无法得到普遍关注和采用。

第五节　白居易对文学式经典诠释方式的接受

作为当时的著名文士，白居易感知到为学风尚的转变，采用了文学式经典诠释方式来诠释经典。

这首先体现在他对儒、释、道经典的援引上。白居易所作文章援引经典最为频繁的是赋、策、判三类文体。这三类文体之所以出现高频率的经典援引，与科举制度本身有关。赋、策、判的写作是唐代科举考试中的重要内容。科举考试本身便要求这三类文体援引经典，加之考生往往会借此表现自己的学问和才情，这三类文体中往往会出现大量的经典援引。另外，白居易在任翰林学士和中书舍人时，写作了大量的应用文章，包括制、诏、册文等。这类作品中也出现了很多对儒家经典的援引。这与儒家经典在唐代政治制度中的地位有关。

但是，白居易对经典的援引并不仅限于这些文体。他在书信、祭文、议论文等文体中同样大量援引了经典。这说明白居易对经典的援引并不只是为了应付科举考试和完成政治任务，而是有意识地通过援引经典，使其文章——广义的文学作品——具有表现义理的作用。相应地，这类援引和诠释在议论性作品中表现得最为明显，比如白居易的《晋谥恭世子议》《汉将李陵论》以及《策林》中的文章等，这类作品注重思想阐发，且涉及经学问题，如《晋谥恭世子议》即是对《春秋》所记事件的讨论。这种议论性作品在唐中叶颇为常见。柳宗元《天爵论》《时令论》《晋文公问守原议》《驳复仇议》等文，韩愈《原道》《原性》《原毁》《原人》《原鬼》《获麟解》等文，皆涉及经学问题。这表明，在唐中叶很多文士都有通过广义的文学作品尤其是议论性作品来诠释经典、阐发思想、表现义理的自觉意识。

白居易在《与元九书》中曾说："感人心者莫先乎情，莫始乎言，莫切乎声，莫深乎义。"他还说："圣人知其然，因其言，经之以六义；缘其声，纬之以五音。"[①] 这就将文章创作的根本目的归于表现义理。郭绍虞看到这一点，并对白居易的此种作法提出了批评：

> 他（白居易）论诗因崇尚自然而偏于质，还不要紧，至于论到质而谓"莫先乎情，莫深乎义"，便不免稍偏了。谓诗根于情，本是不错，但因以义为"实"之故，于是所谓情者，亦不过如《诗序》所云"发乎情，止乎礼义"之说而已。必欲以止乎礼义之标准以衡诗，则诗国之疆域狭矣。[②]

罗宗强在分析白居易文学特点时也指出：

> 他（白居易）提出诗的感情韵律特征，不是着眼在这些特征（诗歌的艺术特征）上，不是强调抒情，像杜甫那样在抒情中反映现实生活，并探索与此有关的理论问题，而是强调义理。起于情而归于义理，表现义理，才是他的最终目的。[③]

姑且不论白居易将文学创作的目的归于表现义理是否有益于文学，至少在白居易看来，文学的根本目的不应止于抒发情感的层面，而当具有表现义理的深度。这意味着白居易的文学观所追求的不再

---

① 谢思炜．白居易文集校注［M］．北京：中华书局，2011：322.

② 郭绍虞．中国文学批评史：上卷［M］．天津：百花文艺出版社，1999：189-190.

③ 罗宗强．隋唐五代文学思想史［M］．北京：中华书局，1999：299.

是形式上的、富有艺术性的美，而且包含有益于政教的、富有义理性的善。正因如此，不少学者认为白居易的文学理论带有明显的功利主义或者实用主义色彩。

另外，白居易在《策林·救学者之失》中曾明确批评当时学者沉溺于文字名物训诂，而不得六经要旨：

> 然臣观太学生徒，诵《诗》《书》之文而不知《诗》《书》之旨。太常工祝，执礼乐之器而不识礼乐之情。遗其旨则作忠兴孝之义不彰，失其情则合敬同爱之诚不著。所谓去本而从末，弃精而得粗。至使陛下语学有将落之忧，顾礼有未行之叹者，此由官失其业，师非其人。故但有修习之名，而无训导之实也。
>
> 伏望审官师之能否，辨教学之是非。俾讲《诗》者以六义风赋为宗，不专于鸟兽草木之名也。读《书》者以五代典谟为旨，不专于章句诂训之文也。习礼者以上下长幼为节，不专于俎豆之数，裼袭之容也。学乐者以中和友孝为德，不专于节奏之变，缀兆之度也。夫然则《诗》《书》无愚诬之失，礼乐无盈减之差。积而行立者，乃升之于朝廷。习而事成者，乃用之于宗庙。是故温柔敦厚之教，疏通知远之训，畅于中而发于外矣。庄敬威严之貌，易直子谅之心，行于上而流于下矣。①

这种轻考据、重义理的主张与白居易强调表现义理的文学观具有一致性。这意味着白居易已经意识到，以章句注疏为主要形式、偏重名物训诂的经学训诂式经典诠释方式已无法使经典重焕生机，文学亦不能沉溺于“雕章镂句”而应有义理性的、实质性

① 谢思炜. 白居易文集校注［M］. 北京：中华书局，2011：1566-1567.

的内容。

正是基于上述认识，白居易接受了文学式经典诠释方式，并切实地加以运用，试图通过这种方式从经典中生发出可应对其时代问题的新理论、新思想，从而使其作品有益于政教、有裨于社会。

第三章　白居易对儒家经典的援引解释与吸收

自 20 世纪 80 年代以来，研究者们基本形成了这样一种共识，即白居易的核心思想主要源自儒家。从我们的统计数据来看，白居易作品中对儒家经典的援引确实远胜佛、道经典。这在某种程度上印证了上述共识的正确性。不过，这也仅是数据显示的一种表象。本章将详细分析白居易对儒家经典的援引、解释与吸收，进而从思想内容上说明儒家经典与白居易思想的基本关系。

第一节　白居易对《周易》的援引解释与吸收

白居易的早年作品中大量援引了《周易》中的语句，他对《周易》有着清晰的认识和理解。白居易对《周易》最早的援引出现在贞元十六年（800）前后，这个时段处于白居易文学创作的早期。当然，白居易接触《周易》的时间应当更早。

事实上，白居易家族与《周易》存在密切的联系。白居易祖父白锽、外祖父陈润、父亲白季庚均为明经出身，而在唐代的明经考试中，“要把经书专心地研究暗记”[①]。因为《周易》较易记诵，当时文

① 本田成之. 中国经学史［M］. 李俍工，译. 上海：上海书店出版社，2001：209.

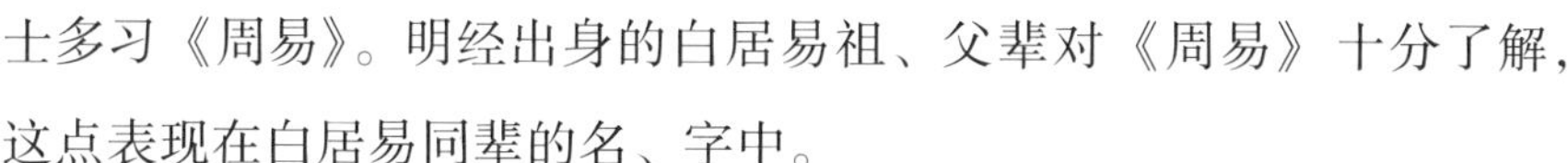

士多习《周易》。明经出身的白居易祖、父辈对《周易》十分了解，这点表现在白居易同辈的名、字中。

宋代学者晁迥曾对白居易的名和字进行了解释。“白公名居易，盖取《礼记·中庸》篇云：‘君子居易以俟命。’字乐天，又取《周易·系辞》云：‘乐天知命故不忧。’吾观公之事迹，可谓名行相符矣。”[①] 除了白居易之外，白居易之弟白行简（776—826），字知退，其字亦出于《周易》。《周易·文言》曰：“亢之为言也，知进而不知退，知存而不知亡，知得而不知丧。”[②] 白居易从弟白敏中（792—861），字用晦，亦为进士及第并官至宰辅。“用晦”出自《周易·明夷》：“君子以莅众，用晦而明。”[③] 由此可见，白氏家族不仅“世敦儒业”，而且特别推崇《周易》。

白居易文章援引《周易》的次数颇多，具体情况如表 3-1 所示。[④]

表 3-1　白居易援引《周易》的文体与次数

文体	次数	文体	次数
赋	20	祭文	4
判	23	碑	2
策	29	书	4
制	5	赞	1
表	2	箴言	1
颂	2		

白居易对《周易》的援引主要集中在赋、策、判三类文体中，一方面，是直接援引《周易》中的相关条文并在特定语境下给出详细的解释；另一方面，则援引了《周易》中的词汇和概念用以表达

① 陈友琴. 白居易资料汇编［M］. 北京：中华书局，1962：35.
② 阮元. 十三经注疏［M］. 清嘉庆刊本. 北京：中华书局，2009：30.
③ 阮元. 十三经注疏［M］. 清嘉庆刊本. 北京：中华书局，2009：101.
④ 本文表格均根据谢思炜校注的《白居易文集校注》中华书局 2011 年版进行统计。

个人的观点。

白居易对《周易》的援引达数十处。下面将列举其中的部分引文来分析白居易诠释《周易》的基本特点，以及《周易》对白居易的影响。

> 天地有常道，万物有常性。道不可以终静，济之以动；性不可以终动，济之以静。养之则两全而交利，不养之则两伤而交病。故圣人取诸《震》以发身，受诸《复》而知命。所以《庄子》曰："智者恬。"《易》曰："蒙养正。"（《动静交相养赋》）①

"《震》以发身，受诸《复》而知命"是对《易·说卦》"万物出乎震"和《易·复·象》"雷在地中，复"的解释。《周易·序卦》曰："震者，动也。"② 而"发身"出自《礼记·大学》"仁者以财发身，不仁者以身发财"。郑玄注曰："发，起也。言仁人有财，则务于施与，以起身成其令名。不仁之人，有身贪于聚敛，以起财务成富。"③ 白居易《唐故湖州长城县令赠户部侍郎博陵崔府君神道碑铭》亦有"司空讳宏礼，公之幼子也。以学发身，以文饰吏，以干蛊克家，以忠壮许国"④。故此处"发身"之义有"施展抱负"和"起家"的意思。而在解释《复》时，白居易显然吸收了《老子》"万物并作，吾以观复。夫物芸芸，各复归其根。归根曰静，静曰复命。复命曰常，知常曰明"的观点。所谓"知命"即为"知复命"，亦为"守静"。《震》与《复》因此形成了动静相对的关系。从根本上来讲，白居易是以动静关系来解《震》《复》两卦的。

"蒙养正"出自《易·蒙·象》，"蒙以养正，圣功也"。《周易

① 谢思炜. 白居易文集校注［M］. 北京：中华书局，2011：1.
② 阮元. 十三经注疏［M］. 清嘉庆刊本. 北京：中华书局，2009：201.
③ 阮元. 十三经注疏［M］. 清嘉庆刊本. 北京：中华书局，2009：3636.
④ 谢思炜. 白居易文集校注［M］. 北京：中华书局，2011：1912.

正义》曰："'蒙以养正，圣功也'者，能以蒙昧隐默自养正道，乃成至圣之功。"[①] 在《周易正义》中，所谓"蒙"是指"蒙昧隐默"的状态，"正"则指"正道"。然而白居易《大巧若拙赋》中的"大盈若冲，大明若蒙"和《贺云生不见日蚀表》中的"蒙然暂蔽，赫矣复明"，皆有将"明"与"蒙"相对之义。故在诠释"蒙养正"时，白居易亦将"正"理解为"明"或"复明"的意思。由此，"蒙"与"正"构成了一组静动相对的概念。

由此可见，白居易解释《周易》时并不十分关心经典内容的本义，而是将《周易》中的语句加以推演，并在推演过程中吸收了其他经典中的概念和观念。

> 《易》云："积善之家，必有余庆。"（《祭乌江十五兄文》《楚王白胜迁神碑》）[②]

"积善之家，必有余庆"出自《易·坤·文言》："积善之家，必有余庆。积不善之家，必有余殃。臣弑其君，子弑其父，非一朝一夕之故，其所由来者渐矣，由辨之不早辨也。"孔颖达疏曰："'积善之家，必有余庆。积不善之家，必有余殃'者，欲明初六其恶有渐，故先明其所行善恶事，由久而积渐，故致后之吉凶。"[③] 其本义是指：善恶的结果并非突然产生的，而是积久渐变而来的。但白居易多将此语用于祭文等追悼死者的文章中，有祝福生者、安慰死者之意。白居易更多的是从字面意思上对"积善之家，必有余庆"加以解释，并没有立足《周易》的文本语境对其进行诠释。

> 臣又闻《易》曰："圣人久于其道而天下化成。"（《策林·教必成化必至》）[④]

---

① 阮元. 十三经注疏［M］. 清嘉庆刊本. 北京：中华书局，2009：36.
② 谢思炜. 白居易文集校注［M］. 北京：中华书局，2011：135.
③ 阮元. 十三经注疏［M］. 清嘉庆刊本. 北京：中华书局，2009：33.
④ 谢思炜. 白居易文集校注［M］. 北京：中华书局，2011：1366.

“圣人久于其道，而天下化成”出自《易·恒·彖》：“日月得天而能久照，四时变化而能久成，圣人久于其道，而天下化成。观其所恒，而天地万物之情可见矣。”孔颖达疏曰：“‘圣人久于其道，而天下化成’者，圣人应变随时，得其长久之道，所以能‘光宅天下’，使万物从化而成也。”[①]《周易》此言强调圣人得天地恒久之道，故能应变随时，化成万物。但白居易则依照此语劝解君王慎始敬终，推行教化。基于这种理解，他将此语与《诗经》“靡不有初，鲜克有终”等同。“臣又闻《易》曰：‘圣人久于其道而天下化成。’《诗》曰：‘靡不有初，鲜克有终。’此言王者之教待久而成也，王者之化待终而至也。陛下诚能久而终之，则何虑政不成而化不至乎？”[②] 白居易的诠释与《周易》本义看似相同，实则差异极大。《周易》并不是劝解人慎始敬终，坚持教化，而是为了强调人应对“天地恒久之道”有所认识。白居易的诠释有望文生义之嫌。

> 臣闻《易》曰：“王公设险，以守其国。”（《策林·议守险》）[③]

“王公设险，以守其国”出自《易·坎·彖》：“王公设险，以守其国。险之时用大矣。”孔颖达疏曰：“言王公法象天地，固其城池，严其法令，以保其国。……险虽有时而用，故其功盛大矣哉！”[④] 显然孔颖达所说的“险”并不单纯指自然的险要和城池的坚固，还包含谨严的法令。白居易扩大了“险”的所指：“然则以道德为藩，以仁义为屏，以忠信为甲胄，以礼法为干橹者，教之险，政之守也。以城池为固，以金革为备，以江山为襟带，以丘陵为咽喉者，地之险，人之守也。”这种“教之险”与“地之险”皆是“险”的内容，其

---

① 阮元. 十三经注疏［M］. 清嘉庆刊本. 北京：中华书局，2009：97.

② 谢思炜. 白居易文集校注［M］. 北京：中华书局，2011：1366.

③ 谢思炜. 白居易文集校注［M］. 北京：中华书局，2011：1526.

④ 阮元. 十三经注疏［M］. 清嘉庆刊本. 北京：中华书局，2009：85.

中所谓“地之险”与《周易正义》无异，但关于“教之险”，白居易的解释不仅包含法令，还包含道德礼教。这显然是对《周易正义》的补充。至于“教之险”与“地之险”须“兼而用之”的主张更是《周易正义》所未涉及的。由此可见，白居易有时在诠释《周易》时不仅与前人注解较为契合，而且更显高明。

> 《易》曰：“雷雨作，解，君子以赦过宥罪。”（《策林·议赦》）①

“雷雨作，解，君子以赦过宥罪”出自《易·解·象》。孔颖达疏曰：“赦谓放免，过谓误失，宥谓宽宥，罪谓故犯，过轻则赦，罪重则宥，皆解缓之义也。”②《周易正义》是基于卦象进行解释的。白居易则认为赦虽是一种大德，但也可能产生纵容犯罪的后果。所以，他强调不可以无赦，但也不能多赦。这种诠释基本上脱离了卦象的讨论传统，不过与《周易正义》的解释并不相违背，甚至可由《周易正义》的解释推演出来。所以，白居易有时在解释《周易》时并没有完全依照当时流行的注本加以解释，而是直接对《周易》进行诠释。这种诠释方式往往能产生与之前解释不相违背的新意，但在一定程度上脱离了经典诠释传统。

> 《易》曰：“观乎人文，以化成天下。”（《策林·议文章》）③

“观乎人文，以化成天下”出自《易·贲·彖》：“观乎天文，以察时变；观乎人文，以化成天下。”王弼注曰：“刚柔交错而成文焉，天之文也。”孔颖达疏曰：“天之为体，二象刚柔，刚柔交错成文，是天文也。”故《周易》所谓“文”是指道的呈现。孔颖达疏曰：

---

① 谢思炜. 白居易文集校注［M］. 北京：中华书局，2011：1564.

② 阮元. 十三经注疏［M］. 清嘉庆刊本. 北京：中华书局，2009：106.

③ 谢思炜. 白居易文集校注［M］. 北京：中华书局，2011：1594.

"'观乎人文，以化成天下'者，言圣人观察人文，则《诗》《书》《礼》《乐》之谓，当法此教而'化成天下'也。"[①] 此处所谓"人文"应为人道的呈现。然白居易所谓之"文"有两层含义：一是与文章、文学存在密切的联系的"文"。"自三代以还，斯文不振。故天以将丧之弊，授我国家。国家以文德应天，以文教牧人，以文行选贤，以文学取士。二百余载，焕乎文章。"[②] 二是天之教。"周之教尚文。文本于天，天道垂文，而人则之。故曰：文者天之教也。"[③] 后者与《周易》所谓之"文"大体等同。白居易认为前者生于后者。同时，他也提出了"淫辞丽藻生于文，反伤文者也"的观点，并由此而主张"尚质抑淫"。但是我们可以看到，白居易在诠释《周易》此引文时，显然出现了两层含义混淆的现象。这直接导致他在反对浮华文风的时候，表现出反文教的倾向。若"文"为天之文，如何能反？由此可见，白居易在诠释经典时缺乏对概念的厘清和界定。

白居易对《周易》的援引还包括词汇的援引和概念的援引。在此着重讨论白居易对《周易》概念的援引，因为它们对白居易的思想产生了深远影响，并且为学界所重视。

首先，白居易大量援引了《周易》"随时"的概念。"随时"出自《易·随·彖》："随，刚来而下柔，动而说，随。大亨贞，无咎，而天下随时，随之时义大矣哉！"白居易直接将"随之时义"视为《周易》的主旨："《易》尚随时。"[④] 白居易的观点与王弼的颇为契合。王弼在《周易略例·明卦适变通爻》中说：

① 阮元. 十三经注疏［M］. 清嘉庆刊本. 北京：中华书局，2009：75.
② 谢思炜. 白居易文集校注［M］. 北京：中华书局，2011：1594.
③ 谢思炜. 白居易文集校注［M］. 北京：中华书局，2011：1391.
④ 谢思炜. 白居易文集校注［M］. 北京：中华书局，2011：2047.

> 夫卦者，时也。爻者，适时之变者也。夫时有泰否，故用有行藏。卦有大小，故辞有险易。一时之制，可反而用也。一时之吉，可反而凶也。故卦以反对，而爻亦皆变。是故用无常道，事无轨度，动静屈伸，唯变所适。故名其卦，则吉凶从其类；存其时，则动静应其用。寻名以观其吉凶，举时以观其动静，则一体之变，由斯见矣。[①]

白居易对《周易》“随时”的解释和接受受到王弼的影响，他将“屈伸”“行藏”“进退”“动静”“盈虚”“取舍”等相对概念皆与“时”的概念联系在一起，对此有多处论述。“动静之际，圣人其难之。先之则过时，后之则不及时。”“审其时，有道舒而无道卷；慎其德，舍之藏而用之行。……时或用之，必开臧武之智；道不行也，则守宁子之愚。”“盖否与泰各系于时也，生与死同归于道也。”“臣以为险之为用，用舍有时。”[②] 尤其在《动静交相养赋》中，这种动静随时的观念更是得到了充分的展现。

同时，白居易还由“随时”观衍生出“乘时”“过时”“及时”“失时”等概念。他将这种“随时”观应用于对政治制度、政治举措、个人修养、为人处世等问题的思考中。比如“圣王所以随时以立制，顺变而致理，非谓德政之不若刑罚也”，这是白居易对政治举措的思考。又如：“有以见人之生于世，出处相济，必有时而行，非匏瓜不可以长系。人之善其身，枉直相循，必有时而屈，故尺蠖不可以长伸。嗟夫！今之人，知动之可以成功，不知非其时，动必为凶。知静之可以立德，不知非其理，静亦为贼。大矣哉！动静之际，圣人其难之。先之则过时，后之则不及时。”[③] 这一表述关乎个人修养和

---

① 楼宇烈. 王弼集校释［M］. 北京：中华书局，1980：604.

② 谢思炜. 白居易文集校注［M］. 北京：中华书局，2011：2，68，429，1526.

③ 谢思炜. 白居易文集校注［M］. 北京：中华书局，2011：2.

为人处世。由此可见，《周易》“随时”观对白居易产生了深远的影响。

其次，白居易还多次援引了《周易》“感通”与“交泰”的概念。这两个概念在白居易那里有着密切的联系。如果说“随时”观是白居易基于时间概念所建立起的思想观念，那么“感通”与“交泰”观则是基于空间概念建立起来的思想观念。他在《与元九书》中说：

> 圣人感人心而天下和平。感人心者莫先乎情，莫始乎言，莫切乎声，莫深乎义。《诗》者，根情，苗言，华声，实义。上自圣贤，下至愚骇，微及豚鱼，幽及鬼神，群分而气同，形异而情一。未有声入而不应，情交而不感者。圣人知其然，因其言，经之以六义；缘其声，纬之以五音。音有韵，义有类。韵协则言顺，言顺则声易入；类举则情见，情见则感易交。于是乎孕大含深，贯微洞密。上下通而一气泰，忧乐合而百志熙。五帝、三皇所以直道而行、垂拱而理者，揭此以为大柄，决此以为大窦也。①

“天地交泰”是白居易所追求的终极境界，“感通”则是实现此境界的方式。其中，“交泰”出自《易·泰·象》：“天地交，泰。”“圣人感人心而天下和平”则出自《易·咸·彖》：“天地感而万物化生，圣人感人心而天下和平。”② 正是基于此，他鼓励采诗，并主张诗赋文章应关切时世，讽喻时政，进而实现君、臣、民的上下交感。所以，白居易的“感通”与“交泰”观更加注重政治空间上的互动与对话，与“随时”观构成了空间与时间的动态理论系统。

---

① 谢思炜. 白居易文集校注［M］. 北京：中华书局，2011：322.

② 阮元. 十三经注疏［M］. 清嘉庆刊本. 北京：中华书局，2009：95.

再者，白居易还十分重视《周易》的“简易”概念。他说：“夫欲使政化速成，则在乎去烦扰，弘简易而已。”（《策林·政化速成》）[①]“夫先王酌教本，提政要，莫先乎任土辨物，简能易从，然后立为大中，垂之不朽也。”（《礼部试策五道·第一道》）[②]“上下之大同大和，由礼乐之驯致也。易简之在《乾》《坤》者，其象可得而征也。”（《礼部试策五道·第三道》）[③] 在白居易看来，政治制度与礼乐教化愈简则愈易从，愈能更好地指导民众的生活。“简易”是《周易》中十分重要的概念。《周易·系辞上》：“易简，而天下之理得矣；天下之理得，而成位乎其中矣。”又曰：“乾以易知，坤以简能；易则易知，简则易从。”[④] 白居易基本接受了这种观念，并有所阐扬。

除此之外，白居易还援引了《周易》“百虑一致”“殊途同归”“断金”“驯致”“乐天”“知命”“见善而迁”等概念或观念，他的理解也基本与《周易》本义相合并略有发挥。

总之，白居易对《周易》的解释有的与经典本义颇为契合，有的甚至比前人注解更显高明，但也存在望文生义、脱离经典诠释传统的现象。之所以产生这种现象，是因为白居易对《周易》的诠释基本上是随文释义、就事而论，并未十分关注所引《周易》语句的本义，也没有过多理会前人的注解。

---

① 谢思炜．白居易文集校注［M］．北京：中华书局，2011：1383.

② 谢思炜．白居易文集校注［M］．北京：中华书局，2011：425，426.

③ 谢思炜．白居易文集校注［M］．北京：中华书局，2011：433.

④ 阮元．十三经注疏［M］．清嘉庆刊本．北京：中华书局，2009：157.

第二节 白居易对《尚书》的援引解释与吸收

与《周易》相似，《尚书》作为五经之一亦为古代士人所重视，并多为唐代科举考生所习。白居易文章援引《尚书》颇多，详情如表 3-2 所示。

表 3-2 白居易援引《尚书》的文体与次数

文体	次数	文体	次数
赋	12	征颂	9
判	35	哀祭文	4
策	54	箴	4
制	13	论	4
册文	1	书	2
奏表	2	铭	1

由表 3-2 可见，策、判、赋、制是白居易援引《尚书》较多的文体。《尚书》有今古文之别，但这一问题对白居易来说并不重要，故本文对此亦不做分别。现摘白居易援引《尚书》的条文加以分析。

君至公而灭私，臣有犯而无欺。(《敢谏鼓赋》)[①]

此句语出《尚书·周官》：“以公灭私，民其允怀。”孔安国注曰：“从政以公平灭私情，则民其信归之。”[②] 结合《尚书》上下文以及孔安国的解释来看，以公灭私是对“官君子”即从政者提出的要求。白居易援引此句却是为了阐述君王与谏臣之间的关系。他说：

① 谢思炜. 白居易文集校注［M］. 北京：中华书局，2011：62.

② 阮元. 十三经注疏［M］. 清嘉庆刊本. 北京：中华书局，2009：502.

“鼓因谏设，发为治世之音；谏以鼓来，悬作经邦之柄。纳其臣于忠直，致其君于明圣。将使内外必闻，上下交正。于是乎唐尧得以为盛者也。至矣哉！君至公而灭私，臣有犯而无欺。讽谏者于焉尽节，献纳者由是正辞。”[①] 在白居易看来，谏臣是沟通君民的中介，谏臣的谏言代表了百姓的普遍要求，君王应当积极听取谏臣的意见，放下自己的私心，只有这样才能实现上下交和。这种诠释显然不符合《尚书》的本义，或者说《尚书》并不是从这种层面来讲“以公灭私”的。当然，若将“以公灭私”视为一种普遍的精神，白居易如此诠释亦无差谬。由此来看，白居易完全跳出了“以公灭私”所处的《尚书》语境，而将其视为独立的文本进行诠释，因而扩展了“以公灭私”的意义范围。这是白居易经典诠释的一个重要特点。

> 汤征诸侯，葛伯不祀，汤始征之，作《汤征》。（《补逸书》）[②]

此句语出《尚书·胤征》：“汤征诸侯，葛伯不祀，汤始征之，作《汤征》。”孔安国注曰：“废其土地山川及宗庙神祇，皆不祀，汤始伐之。伐始于葛。”[③] 白居易通过援引《论语》《左传》以及《尚书》中的其他语句指出：“葛伯荒怠，败礼废祀。汤专征诸侯，肇徂征之。”这种解释基本与《尚书正义》无异。白居易随后又说：

> 为邦者，祗奉明神，抚绥蒸民。二者克备，尚克保厥家邦。吁！废于祀，神震怒。肆于虐，民离心。顷绳契以降，暨于百代，神怒民叛而不颠隮者，匪我攸闻。小子履，以凉德钦奉天威，肇征有葛。咨尔有众，克济厥功。其有儆师徒，戒车乘，敬君事者，有明赏。其有罔率职，罔戮力，不

① 谢思炜．白居易文集校注［M］．北京：中华书局，2011：62．

② 谢思炜．白居易文集校注［M］．北京：中华书局，2011：371．

③ 阮元．十三经注疏［M］．清嘉庆刊本．北京：中华书局，2009：335．

恭命者，有常刑。明赏不僭，常刑无赦。[①]

白居易论“征”不仅有讥讽“不祀”之意，而且强调“敬君”。朱金城在《白居易集笺校》中笺注曰：“此文盖有感于当时藩镇之叛而作。”[②] 白居易以“君臣之道”和“尊王”来解此句就具有强烈的现实意义。这表明白居易在解释经典时，往往会立足于自身所处的时代环境对经典加以诠释。这种诠释方式使他能够摆脱经典文本的特定语境，关怀现实问题。

闻“元首明、股肱良”之歌，则知虞道昌矣。闻“五子洛汭”之歌，则知夏政荒矣。(《与元九书》)[③]

“元首明、股肱良”出自《尚书·益稷》。“（皋陶）乃赓载歌曰：‘元首明哉！股肱良哉！庶事康哉！’”孔安国注曰：“帝歌归美股肱，义未足，故续歌。先君后臣，众事乃安，以成其义。”[④] 从孔安国的解释来看，《尚书》此句在宣扬“君臣之道”。“五子洛汭”则出自《尚书·五子之歌》：“太康失邦，昆弟五人须于洛汭，作《五子之歌》。《五子之歌》，太康尸位，以逸豫灭厥德，黎民咸贰，乃盘游无度，畋于有洛之表，十旬弗反。有穷后羿因民弗忍，距于河，厥弟五人御其母以从，徯于洛之汭。五子咸怨，述大禹之戒以作歌。”孔安国注曰：“（太康）盘于游田，不恤民事，为羿所逐，不得反国。……太康五弟与其母待太康于洛水之北，怨其不反，故作歌。……歌以叙怨。”[⑤]《尚书》有讥讽太康“丧君德”之意。

但白居易的诠释并非为了宣扬“君道”“君德”，而是为了说明

① 谢思炜. 白居易文集校注［M］. 北京：中华书局，2011：371，372.
② 朱金城. 白居易集笺校［M］. 上海：上海古籍出版社，1988：2821.
③ 谢思炜. 白居易文集校注［M］. 北京：中华书局，2011：322.
④ 阮元. 十三经注疏［M］. 清嘉庆刊本. 北京：中华书局，2009：304.
⑤ 阮元. 十三经注疏［M］. 清嘉庆刊本. 北京：中华书局，2009：329，330.

诗歌之于政治礼教的积极意义。所以，白居易将《尚书》所记之事简单地视为历史事件，并没有探寻其中的义理及价值。这就使经典文本沦为了材料，而非神圣价值的载体。

> 此由舍己而从众，是以事半而功倍也。（《策林·不劳而理，在顺人心立教》）[①]

此句语出《尚书·大禹谟》："稽于众，舍己从人，不虐无告，不废困穷，惟帝时克。"孔安国注曰："考众从人，矜孤愍（悯）穷，凡人所轻，圣人所重。"孔颖达疏曰："考于众言，观其是非，舍己之非，从人之是。"[②]《尚书》所谓"舍己从人"乃听取众人之善言，而舍己之非，有广纳善言之义。但白居易所谓"舍己而从众"则强调君王修炼个人德行，顺从百姓的需求，完善教化，使众人依照教化而行，进而实现"不劳而理"的目标。可见，白居易的诠释与《尚书》的本义并不相合。

> 臣闻尧之所以神而化者，聪明文思也；舜之所以圣而理者，明四目，达四聪也。盖古之理化，皆由聪明出也。（《策林·达聪明致理化》）[③]

"聪明文思"出自《尚书·尧典》："昔在帝尧，聪明文思，光宅天下。"孔安国注曰："言圣德之远著。"孔颖达疏曰："言'聪明'者，据人近验，则听远为聪，见微为明，若离娄之视明也，师旷之听聪也；以耳目之闻见，喻圣人之智慧，兼知天下之事，故在于闻见而已，故以'聪明'言之。智之所用，用于天地，经纬天地谓之'文'，故以聪明之用为文。须当其理，故又云'思'而会理也。"[④]"明四目，达四聪"则出自《尚书·舜典》："舜格于文祖，询于四

---

① 谢思炜. 白居易文集校注［M］. 北京：中华书局，2011：1368.
② 阮元. 十三经注疏［M］. 清嘉庆刊本. 北京：中华书局，2009：282.
③ 谢思炜. 白居易文集校注［M］. 北京：中华书局，2011：1483.
④ 阮元. 十三经注疏［M］. 清嘉庆刊本. 北京：中华书局，2009：248-249.

岳，辟四门，明四目，达四聪。”孔安国注曰：“广视听于四方，使天下无壅塞。”孔颖达疏曰：“明四方之目，使为己远视四方也。达四方之聪，使为己远听闻四方也。恐远方有所拥（壅）塞，令为己悉闻见也之。”① 白居易接受了《尚书》的这种思想观念，并主张沿用贞元纳谏的制度，广开言路。这种诠释基本上没有义理上的发挥，只是将其视为指导政治制度建构的基本原则。由此可见，白居易对经典的诠释带有浓郁的指导政治实践的特点。

> 《书》曰“宥过无大”，况小者乎？“刑故无小”，况大者乎？（《策林·使人畏爱悦服，理大罪，赦小过》）②

“宥过无大”“刑故无小”出自《尚书·大禹谟》：“帝德罔愆，临下以简，御众以宽；罚弗及嗣，赏延于世。宥过无大，刑故无小；罪疑惟轻，功疑惟重；与其杀不辜，宁失不经；好生之德，洽于民心，兹用不犯于有司。”孔安国注曰：“过误所犯，虽大必宥。不忌故犯，虽小必刑。”孔颖达全盘吸收了孔安国的观点。③ 白居易在解释此引文时，完全背离了这种思想观念。在他看来，小与大是一组相对的概念，故将其解释为“宥小过，刑大过”。基于这种理解，他指出：“故宥其小者仁也，仁以容之，则天下之心爱而悦之矣。刑其大者义也，义以纠之，则天下之心畏而服之矣。……舍小过以示仁，理大罪而明义。则畏爱悦服之化，暗然而日彰于天下矣。”④ 这种诠释显然是对《尚书》的曲解。白居易只是从字面意思上对“宥过无大”“刑故无小”进行了解释，而没有立足于《尚书》及前人的注解加以诠释。这使得白居易的解释流于表面，不够深刻。

除此之外，白居易还援引了《尚书》中的“眚灾肆赦”“偃武修

---

① 阮元. 十三经注疏［M］. 清嘉庆刊本. 北京：中华书局，2009：273.

② 谢思炜. 白居易文集校注［M］. 北京：中华书局，2011：1558.

③ 阮元. 十三经注疏［M］. 清嘉庆刊本. 北京：中华书局，2009：285.

④ 谢思炜. 白居易文集校注［M］. 北京：中华书局，2011：1558-1559.

文”“三载考绩，三考黜陟幽明”“思曰睿，睿作圣”“乃圣乃神，乃文乃武”等文句。在诠释这些文句时，所呈现出的诠释特点与上述诠释现象基本无异，故不再一一分析。

另外，白居易还援引了《尚书》中的一些概念，在此着重对“中”“和”这两个概念进行分析。前文已提及白居易唯一一次对“中”与“和”下定义，是在《中和节颂》当中：“中者揆三阳之中，和者酌二气之和。”谢思炜在《白居易文集校注》中指出“三阳之中”应为“仲春之月”①。随后谢思炜援引了《尚书正义》中的“冬至以及于夏至，当为阳来。正月为春，木位也，三阳已生，故三为木数”② 作为依据。白氏文中亦有“于时数惟上元，岁惟仲春。……乃纪吉辰，以殷仲春”的表述，所以，以“仲春之月”解释“三阳之中”是恰当的，即冬至与夏至之中。而“和”则为阴阳二气之和。由此来看，白居易的“中和论”与《周易》《尚书》皆存在着密切的联系。

白居易的“中和论”与《尚书》存在着密切联系还可通过白居易“大中”与“大和”这两个概念得到证明。《尚书·洪范》曰：“初一曰五行，次二曰敬用五事，次三曰农用八政，次四曰协用五纪，次五曰建用皇极，次六曰乂用三德，次七曰明用稽疑，次八曰念用庶征，次九曰向用五福，威用六极。”孔安国注曰：“协，和也，和天时使得正用五纪。皇，大。极，中也。凡立事当用大中之道。”③白居易在《策林·兴五福，销六极》一文中说：“臣闻圣人兴五福，销六极者，在乎立大中，致大和也。至哉中和之为德，不动而感，不劳而化。以之守则仁，以之用则神。卷之可以理一身，舒之可以济万

① 谢思炜. 白居易文集校注［M］. 北京：中华书局，2011：382.

② 阮元. 十三经注疏［M］. 清嘉庆刊本. 北京：中华书局，2009：399.

③ 阮元. 十三经注疏［M］. 清嘉庆刊本. 北京：中华书局，2009：299.

物。然则和者生于中也，中者生于不偏也，不邪也，不过也，不及也。”[①] 这里所谓的“大中”即为“皇极”。他又说：“和者生于中也。”此即谓“大和生于皇极。”由此可见，白居易的“中和论”与《尚书》关系密切。由前文所述亦可见，它与《周易》《中庸》亦有关系。事实上，白居易的“中和论”还受到道家、佛家思想的影响。由此可见，白居易思想观念的产生并不直接源于某一部经典，而是在多部多家经典共同影响下形成的。

总之，白居易思想的形成明显受到了《尚书》的影响，但白居易在诠释《尚书》时，较为自由随性。有的解释与《尚书》本义颇为契合，有的解释则与《尚书》本义相去甚远，甚至背道而驰。这是因为白居易多是从字面意思上对《尚书》加以解释的，他并不太关注《尚书》的本义以及前人的注解。

第三节　白居易对《诗经》的援引解释与吸收

白居易因“诗”而入世，因“诗”而闻名。因而，作为“诗”之源头的《诗经》在白居易心目中有着非比寻常的地位，他说：“天之文三光首之，地之文五材首之，人之文六经首之。就六经言，《诗》又首之。”[②] 由此可见，白居易对《诗经》极为重视。其文章对《诗经》的援引情况如表 3-3 所示。

---

① 谢思炜. 白居易文集校注［M］. 北京：中华书局，2011：1401.

② 谢思炜. 白居易文集校注［M］. 北京：中华书局，2011：322.

表 3-3　白居易援引《诗经》的文体与次数

文体	次数	文体	次数
赋	9	祭文	7
策	17	箴	2
判	82	墓志铭	5
制	17	颂	2
册文	1	赞	1
书	4		

据统计，白居易直接援引《诗经》中的语句达十余次，援引《诗经》中的词汇和概念达数十次。另外，白居易还曾在《与元九书》中整体分析过《诗经》，强调发挥《诗经》“补察时政”的功用。本书主要围绕白居易对《诗经》的援引来讨论他诠释《诗经》的基本特点。

《诗》云：“恺悌君子，人之父母。”（《李谅授寿州刺史薛公干授泗州刺史制》）①

此句语出《诗经·大雅·泂酌》：“岂弟（恺悌）君子，民之父母。”《毛诗正义》曰：“（君子）能有道德，为民之父母，上天爱其诚信，故歆飨之。然则为人君者，安可以不行道德，而作民父母？故言此以戒王。”② 由此可见，《毛诗正义》认为此句的目的在于要求君王“行道德”“为民之父母”。但此句出现在白居易的制中，则有君王要求臣子关爱百姓之意。不管是君，还是臣，爱民、“行道德”皆是其内在要求。白居易以此诠释《诗经》并无过失。不过，随着诠释语境的改变，《诗经》此句的意义也随之发生了变化，即由对君王的要求转变为君王对臣子的要求。白居易援引和诠释此句时，忽视了

① 谢思炜. 白居易文集校注［M］. 北京：中华书局，2011：659.

② 阮元. 十三经注疏［M］. 清嘉庆刊本. 北京：中华书局，2009：1172.

这种变化。

《诗》曰："仪刑文王，万邦作孚。"（《策林·立制度》）[①]

此句语出《诗经·大雅·文王》："命之不易，无遏尔躬。宣昭义问，有虞殷自天。上天之载，无声无臭。仪刑文王，万邦作孚。"《毛诗正义》曰："上天所为之事，无声音，无臭味，人耳不闻其音声，鼻不闻其香臭，其事冥寞，欲效无由。王欲顺之，但近法文王之道，则与天下万国作信。言王用文王之道，则皆信而顺之矣。"[②] 由此可见，《诗经》此句言文王法天道而治天下，上天之道无声无臭，不可得而闻，为君者唯法文王乃可顺天道。白居易援引此句则着重强调制度的重要性："寝食起居，必思其度，思而不已，则其下化之。"这种诠释显然与《毛诗正义》相去甚远。这表明白居易对《诗经》的诠释并没有依照前人的注解，而是直接从诗文出发，表达了自己的理解。

《诗》云："淑人君子，胡不万年？"又云："如可赎兮，人百其身。"（《祭微之文》）[③]

"淑人君子，胡不万年"出自《诗经·曹风·鸤鸠》："鸤鸠在桑，其子在榛。淑人君子，正是国人。正是国人，胡不万年？"[④] 毛传曰："鸤鸠之养其子，朝从上下，莫从下上，平均如一。"郑玄曰："喻人君之德，当均一于下也。以刺今在位之人不如鸤鸠。"孔颖达亦曰："言善人君子，执公义之心，均平如一。"[⑤] 所谓"胡不万年"并不是祈求上天让某个生命个体长寿，而是期望"均平如一"的正

---

① 谢思炜. 白居易文集校注［M］. 北京：中华书局，2011：1445.
② 阮元. 十三经注疏［M］. 清嘉庆刊本. 北京：中华书局，2009：1087.
③ 谢思炜. 白居易文集校注［M］. 北京：中华书局，2011：1908.
④ 阮元. 十三经注疏［M］. 清嘉庆刊本. 北京：中华书局，2009：822.
⑤ 阮元. 十三经注疏［M］. 清嘉庆刊本. 北京：中华书局，2009：821.

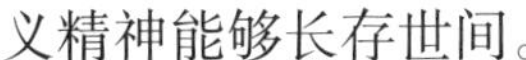
义精神能够长存世间。

“如可赎兮，人百其身”则出自《诗经·秦风·黄鸟》：“交交黄鸟，止于棘。谁从穆公？子车奄息。维此奄息，百夫之特。临其穴，惴惴其栗。彼苍者天，歼我良人！如可赎兮，人百其身！”郑玄曰：“臣仕于君，以求行道，道若不行则移去。言臣有去留之道，不得生死从君。今穆公以臣从死，失仕于君之本意。”[①] 故《诗经》此条有讽穆公失于君道之意。

白居易则认为以上引文乃“古人哀惜贤良之恳辞”，并借此表示对元稹之死的哀惜。这种诠释确实可以从诗文中推演出来，然而与《诗经》本义以及前人的解释存在较大差别。并且，白居易的这种解释流于表面，对《诗经》缺乏深刻的理解。

> 《诗》称“既明且哲，以保其身”。（《礼部试策五道·第二道》）[②]

此句语出《诗经·大雅·烝民》：“肃肃王命，仲山甫将之。邦国若否，仲山甫明之。既明且哲，以保其身。夙夜匪解，以事一人。”《毛诗正义》曰：“肃肃然甚可尊严而畏敬者，是王之教命。严敬而难行者，仲山甫则能奉行之。畿外邦国之有善恶顺否，在远而难知者，仲山甫则能显明之。能内奉王命，外治诸侯，是其贤之大也。既能明晓善恶，且又是非辨知，以此明哲，择安去危，而保全其身，不有祸败。”[③] 由此可见，“明哲”乃“明晓善恶，是非辨知”之义，《诗经》此句乃言“明晓善恶，是非辨知”便能“择安去危，而保全其身”。故此句有赞扬仲山甫之意。但白居易则认为：“盖否与泰各系于时也，生与死同归于道也。”[④] 他认为《诗经》“既明且哲，以保

---

① 阮元. 十三经注疏［M］. 清嘉庆刊本. 北京：中华书局，2009：793.
② 谢思炜. 白居易文集校注［M］. 北京：中华书局，2011：428，429.
③ 阮元. 十三经注疏［M］. 清嘉庆刊本. 北京：中华书局，2009：1225.
④ 谢思炜. 白居易文集校注［M］. 北京：中华书局，2011：429.

其身”与《论语》“无求生以害仁，有杀身以成仁”并不矛盾，而是“殊时异致，同归于一揆矣”。然以此诠释《诗经》此句，非其本义。

《经》曰：“无念尔祖。”《诗》曰：“贻厥孙谋。”（《张维素亡祖纮赠户部郎中制》）[①]

“无念尔祖”出自《诗经·大雅·文王》：“侯服于周，天命靡常。殷士肤敏，祼将于京。厥作祼将，常服黼冔。王之荩臣，无念尔祖。”郑玄曰：“以既陈文王之盛德，因举以戒成王，王之进用臣法，可无念汝祖文王乎？言当念汝祖文王之法，修德服众，为天下所归，是进用臣之道。”[②] 故此，《诗经》有赞美文王修德服众，讥讽成王不念其祖文王进臣之道的意思。

据考证，“贻厥孙谋”当出自《诗经·大雅·文王有声》。“丰水有芑，武王岂不仕？诒厥孙谋，以燕翼子。武王烝哉！”《毛诗正义》曰：“诒，犹传也。孙，顺也。”[③] 谢思炜认为白居易在此误会了“诒”和“孙”的词义。[④] 但我们认为，《诗经》中为“诒”字而非“贻”，且“孙”音为“逊”。所以，白居易可能不是误会了《诗经》“诒”“孙”的词义，而是将《诗经》中“诒厥孙谋”与《尚书》中的“贻厥子孙”混淆了。“贻厥子孙”出自《尚书·五子之歌》：“明明我祖，万邦之君。有典有则，贻厥子孙。关石和钧，王府则有。荒坠厥绪，覆宗绝祀。”《尚书正义》曰：“有明明之德，我祖大禹也。以有明德为万邦之君，谓为天子也。有治国之典，有为君之法，遗其后世之子孙，使法则之。”《尚书》此句有罪太康荒废其王业，“覆灭宗亲，断绝祭祀”之意。[⑤] 从白居易的解释来看，制文中

---

① 谢思炜. 白居易文集校注［M］. 北京：中华书局，2011：839.

② 阮元. 十三经注疏［M］. 清嘉庆刊本. 北京：中华书局，2009：1086.

③ 阮元. 十三经注疏［M］. 清嘉庆刊本. 北京：中华书局，2009：1134.

④ 谢思炜. 白居易文集校注［M］. 北京：中华书局，2011：840.

⑤ 阮元. 十三经注疏［M］. 清嘉庆刊本. 北京：中华书局，2009：331.

“贻厥孙谋”的含义与《尚书》中的“贻厥子孙”更加接近。

白居易解释此两条引文曰：“此言孙之谋能显扬其先，祖之德能垂裕于后也。”[①] 若仅就字面意思而言，白居易的诠释具有合理性；若立足于《诗经》及前人的注解，白居易的诠释则略显浅近。尤其是前一句“无念尔祖”，它在《诗经》中并非指后世子孙可以显扬其先祖，而是讥讽成王不能承继文王“修德服众”的进臣之道；“贻厥孙谋”则主要是指“大禹遗留给其后世治国为君之法典”。白居易以“祖之德能垂裕于后”诠释“贻厥孙谋”尚显贴切，只是未及《尚书》罪太康“断绝祭祀”之意。

《诗》曰：“靡不有初，鲜克有终。”（《策林·教必成化必至，在敬其终》）[②]

此句语出《诗经·大雅·荡》：“荡荡上帝，下民之辟。疾威上帝，其命多辟。天生烝民，其命匪谌。靡不有初，鲜克有终。”《毛诗正义》曰：“言天意欲使人君发命教民，当以诚信忠厚。既本天意，又伤今政。言当今之民皆有始无终，是由人君不施忠厚之命，而下邪僻之教，故民化于恶俗，教之使然。”[③] 故《诗经》认为百姓不能善始善终，是因为人君不从天意，不能以诚信忠厚之命教化百姓。白居易以“慎始敬终”解释此句，基本与《诗经》契合，不过他没有注意到此句在《诗经》中的语境，只是简单地以其字面意思加以使用。

除此之外，白居易还援引了《韩诗外传》中“树欲静而风不止，子欲养而亲不待”“水浊而鱼喁”等文辞，以及《诗经》中的词汇和概念。白居易大多随文使用这些内容来表述自己的观点，并没有对这

① 谢思炜. 白居易文集校注［M］. 北京：中华书局，2011：839.

② 谢思炜. 白居易文集校注［M］. 北京：中华书局，2011：1366.

③ 阮元. 十三经注疏［M］. 清嘉庆刊本. 北京：中华书局，2009：1191.

些内容作出深刻的诠释，也没有立足于这些内容创造出系统的思想体系。

另外，《诗经》对白居易文学观念产生了深远影响，这在《与元九书》一文中得到了充分体现。他在此文中明确提出："夫文尚矣。三才各有文。天之文三光首之，地之文五材首之，人之文六经首之。就六经言，《诗》又首之。"① 在白居易看来，言辞、声音能够使情感得以通达，故诗歌有"补察时政""畅通上下"的政教作用。所以，白居易认为应当"立采诗之官，开讽刺之道，察其得失之政，通其上下之情"②。

整体而言，白居易之所以强调《诗经》的重要意义，是为了突出诗歌以及文章之学之于政治教化的重要意义。但白居易从根本上认为《诗经》是诗歌的典范，是一部优秀的文学作品。这就使《诗经》与一般儒士所认为的"经"不同，而沦为与其他文学作品并无本质差别的诗歌。白居易强调《诗经》具有补察时政、通上下之情的功用，他是试图以此来凸显诗歌以及文章之学之于政教的重要意义。但《诗经》不只是文学作品，更是表达和呈现丰富政治理念以及圣王之道的"经"。若将其仅视为普通的诗歌或者一般的文学作品，它的价值将大打折扣。白居易没有意识到这一点。这也从根本上决定了白居易作为文人在经典诠释上的局限性。他无法深刻理解《诗经》作为"经"之于中国政治体制建立以及文化形成的重要价值与意义。

---

① 谢思炜. 白居易文集校注［M］. 北京：中华书局，2011：322.

② 谢思炜. 白居易文集校注［M］. 北京：中华书局，2011：1599.

第四节　白居易对“三礼”的援引解释与吸收

这里所说的“三礼”是指《周礼》《礼记》《仪礼》，它们作为中国礼乐文化的经典，对礼法作出了权威的规范和解释，对历代礼制产生了深远的影响。白居易也十分关注礼乐制度，并且认为文学的目的之一就是表现礼义，以益政教。所以，白居易文章中对“三礼”，尤其对《礼记》的援引颇多，详情可见表3-4至表3-6。

表3-4　白居易援引《周礼》的文体与次数

文体	次数	文体	次数
赋	3	制	3
判	31	祭文	3
策	12	墓志铭	2

表3-5　白居易援引《礼记》的文体与次数

文体	次数	文体	次数
赋	14	颂	4
判	95	书	1
策	54	论	1
制	9	谣	1
册文	1	碑铭	1
祭文	2	墓志铭	1

表3-6　白居易援引《仪礼》的文体与次数

文体	次数	文体	次数
判	4		

一、对《周礼》的援引解释与吸收

白居易对《周礼》的援引集中表现在其论述政治思想的“策”和“判”之中，这些文章对《周礼》的思想有所吸收。例如，《策林》中“节财用”“均地财”[①] 等思想就援引自《周礼》的《天官冢宰》《冬官考工记》等篇章。白居易在《策林·养动植之物》中说：“臣闻天育物有时，地生财有限，而人之欲无极。以有时有限奉无极之欲，而法制不生其间，则必物暴殄而财乏用矣。先王恶其及此，故川泽有禁，山野有官，养之以时，取之以道。”[②] 其中，“天育物有时，地生财有限”的思想直接来源于《周礼·冬官考工记》：“天有时以生，有时以杀；草木有时以生，有时以死。”[③] 正是由于“天有时以生，有时以杀”，故“地生财有限”，因而不能没有节制地取用，必须“川泽有禁，山野有官，养之以时，取之以道”。[④] 这种观点也出自《周礼·地官·川衡》：“川衡，掌巡川泽之禁令，而平其守，以时舍其守，犯禁者执而诛罚之。”[⑤]《周礼·地官·山虞》：“山虞，掌山林之政令，物为之厉而为之守禁。”[⑥] 白居易又在论述君臣职责的时候说“坐而论道，三公之任也”[⑦]，这种说法源自《周礼·冬官考工记》：“坐而论道，谓之王公；作而行之，谓之士大夫。”[⑧]

白居易还在《礼部试策五道·第一道》中援引了《周礼》的语

---

① 谢思炜. 白居易文集校注［M］. 北京：中华书局，2011：1443，1444.
② 谢思炜. 白居易文集校注［M］. 北京：中华书局，2011：1448.
③ 阮元. 十三经注疏［M］. 清嘉庆刊本. 北京：中华书局，2009：1959.
④ 谢思炜. 白居易文集校注［M］. 北京：中华书局，2011：1448.
⑤ 阮元. 十三经注疏［M］. 清嘉庆刊本. 北京：中华书局，2009：1612.
⑥ 阮元. 十三经注疏［M］. 清嘉庆刊本. 北京：中华书局，2009：1610.
⑦ 谢思炜. 白居易文集校注［M］. 北京：中华书局，2011：1490.
⑧ 阮元. 十三经注疏［M］. 清嘉庆刊本. 北京：中华书局，2009：1957.

句。“《周礼》云：‘不畜无牲，不田无盛，不蚕不帛，不绩不缞。’”[①] 该句出自《周礼·地官·闾师》：“凡庶民，不畜者，祭无牲；不耕者，祭无盛；不树者，无椁；不蚕者，不帛；不绩者，不衰。”郑玄注曰：“掌罚其家事也。盛，黍稷也。椁，周棺也。不帛，不得衣帛也。不衰，丧不得衣衰也。皆所以耻不勉。”[②] 贾公彦作疏亦为此义。白居易以“劝厚生之道”解释此引文，曰：“夫田畜蚕绩四者，土之所宜者多，人之所务者众。故《周礼》举而为条目，且使居之者无游惰，无堕业焉。”[③] 这与郑玄、贾公彦的解释存在明显的出入。在郑玄、贾公彦看来，不事劳作、懒惰成性为人所不齿。白居易则认为《周礼》之意在于厚利众生，从宜随俗，以使百姓皆有业可从。

二、对《礼记》的援引解释与吸收

白居易对“三礼”的援引中，《礼记》所占比重最大。白居易直接援引《礼记》经文多达15条。本节摘取部分引文加以详细分析。

《礼》贵从宜。（《君子不器赋》）[④]

此句语出《礼记·曲礼上》：“礼从宜，使从俗。”白居易并没有对此进行详细解释，而是直接吸收了《礼记》“从宜”的观念。在白居易看来，不管是国家政治体制的建立、政治举措的实施，还是个人人生的选择，都必须合乎时宜，即“随时”“从宜”。郑玄注曰：“事不可常也。晋士匄帅师侵齐，闻齐侯卒，乃还，《春秋》善之。”孔

---

① 谢思炜. 白居易文集校注［M］. 北京：中华书局，2011：425.
② 阮元. 十三经注疏［M］. 清嘉庆刊本. 北京：中华书局，2009：1566.
③ 谢思炜. 白居易文集校注［M］. 北京：中华书局，2011：425.
④ 谢思炜. 白居易文集校注［M］. 北京：中华书局，2011：2047.

颖达曰："'礼从宜'者，谓人臣奉命出使征伐之礼，虽奉命出征，阃外之事，将军裁之，知可而进，知难而退，前事不可准定，贵从当时之宜也。"[①] 郑玄与孔颖达皆依具体事例立论，所表达的观点与白居易相契合。然而值得注意的是，郑玄与孔颖达所谓"从宜"针对特定的情况而定，并非将"从宜"视为普遍的处世原则，白居易显然不同，他将"从宜"视为行为的基本准则。就此而言，白居易的诠释与前人的注解存在一定的出入，且颇具义理性。

> 按《礼》云："谋人之军师，败则死之。"（《汉将李陵论》）[②]

"谋人之军师，败则死之"出自《礼记·檀弓上》。"君子曰：'谋人之军师，败则死之。谋人之邦邑，危则亡之。'"郑玄注曰："利己亡众，非忠也。言亡之者，虽辟贤，非义退。"[③] 郑玄的解释主要强调不能为了个人利益而忘众，否则就是"非忠"。而白居易《汉将李陵论》在诠释此引文时，带有明显的"尊王"色彩："坠君命，挫国威，不可以言忠。"[④] 这两种诠释存在本质的不同。

> 《礼记》曰："教者人之寒暑也，事者人之风雨也。"（《策林·风行浇朴，由教不由时》）[⑤]

此句语出《礼记·乐记》："天地之道，寒暑不时则疾，风雨不节则饥。教者，民之寒暑也，教不时则伤世。事者，民之风雨也，事不节则无功。然则先王之为乐也，以法治也，善则行象德矣。"郑玄注曰："以法治，以乐为治之法。行象德，民之行顺君之德也。"孔颖达曰："此一节明乐之为善。乐得其所，则事有功也。'然则先王

① 阮元．十三经注疏［M］．清嘉庆刊本．北京：中华书局，2009：2663.
② 谢思炜．白居易文集校注［M］．北京：中华书局，2011：390.
③ 阮元．十三经注疏［M］．清嘉庆刊本．北京：中华书局，2009：2791.
④ 谢思炜．白居易文集校注［M］．北京：中华书局，2011：90.
⑤ 谢思炜．白居易文集校注［M］．北京：中华书局，2011：1371，1372.

之为乐也，以法治也’者，言先王作乐以为治为法，若乐善则治得其善，若乐不善则治乖于法，则前文‘教不时则伤世，不节则无功’是也。‘善则行象德矣’者，言人君为治得其所教化美善，则下民之行法象君之德也。”[①] 白居易解释说：“此言万民之从王化，如百谷之委岁功也。若寒暑以时，则禾黍登而菽麦熟。若风雨不节，则稂莠植而秕稗生。故教化优深，则谦让兴而仁义作；刑政偷薄，则讹伪起而奸宄臻。虽百谷在地，成之者天也；虽万物在下，化之者上也。”[②] 其与郑玄、孔颖达的注解极为契合。然郑玄、孔颖达只就乐礼言之，白居易则将此思想观念运用于礼乐教化，较之郑、孔之解更显高明。

《礼记》曰：“人以君为心，君以人为体。”（《策林·不夺人利》）[③]

此句语出《礼记·缁衣》：“民以君为心，君以民为体。心庄则体舒，心肃则容敬。心好之，身必安之；君好之，民必欲之。心以体全，亦以体伤；君以民存，亦以民亡。”《礼记正义》并没有给出太多解释，只是说：“此论君人相须，言养人之道，不可不慎也。”[④] 白居易则详细阐述了“君”“人”“衣食”之间的关系：“臣闻君之所以为国者，人也；人之所以为命者，衣食也；衣食之所从出者，农桑也。”由此他建议君王鼓励生产，而后他又深刻地认识到财物有限所引发的矛盾：“臣又闻，地之生财，多少有限；人之食利，众寡有常。若盈于上则耗于下，利于彼则害于此。”为解决这一矛盾，他对“君”的本质进行了说明：“然则圣人非不好利也，利在于利万人；非不好富也，富在于富天下。节欲于中，人斯利矣；省用于外，人斯

① 阮元．十三经注疏［M］．清嘉庆刊本．北京：中华书局，2009：3326.
② 谢思炜．白居易文集校注［M］．北京：中华书局，2011：1372.
③ 谢思炜．白居易文集校注［M］．北京：中华书局，2011：1430.
④ 阮元．十三经注疏［M］．清嘉庆刊本．北京：中华书局，2009：3581.

富矣。”[①] 这一民本观念显然与《孟子》存在密切的联系。无论如何，白居易以民本思想来解释《礼记》，这与儒家思想观念相契合，也是对前人诠释的补充。

> 《记》曰：“文王以文理。”[②]（《策林·议文章，碑碣词赋》）[③]

此句语出《礼记·祭法》：“汤以宽治民而除其虐，文王以文治，武王以武功去民之灾。此皆有功烈于民者也。”《礼记正义》曰：“前经明禘郊祖宗及社稷之等、所配之人，又论天地、日月、星辰、山谷、丘陵之等，此经总明其功，有益于民，得在祀典之事，从此至‘能捍大患则祀之’，与下诸神为总也。”[④] 由此可见，郑玄、孔颖达皆有称赞先圣之意。白居易的诠释虽然在整体上还是肯定了文王的贡献，但在啖赵学派的影响下，白居易提出了“三代质文损益”之说，直言：“周之文弊，今有遗风。”[⑤] 就此而言，白居易的解释与郑玄、孔颖达存在一定的出入。所以，白居易的解释并非立足于《礼记》和前人注解，而是受到了当时盛行的学术思想的影响。

总之，白居易对《礼记》的诠释与对《周礼》的诠释一样，多立足于个人的认识，并不十分注重经文的原意与前人的注解。

白居易只在文集中援引了四个与《仪礼》有关的词汇，即“执箫”“奠雁”“卜宅”“三从”。这不过是一些特定的词汇，几乎与思想观念无关，故不做分析。由此可见，白居易对《仪礼》并不十分重视。“三礼”当中对白居易思想影响最大的当属《礼记》。

---

① 谢思炜. 白居易文集校注［M］. 北京：中华书局，2011：1430.

② 因避讳唐高宗李治名讳，故以“理”代“治”。

③ 谢思炜. 白居易文集校注［M］. 北京：中华书局，2011：1594.

④ 阮元. 十三经注疏［M］. 清嘉庆刊本. 北京：中华书局，2009：3451.

⑤ 谢思炜《白居易集综论》（中国社会科学出版社，2007 年版第 206、215 页）曾详细讨论过啖赵“春秋学”对白居易的影响。事实上，白居易“三代质文损益”说还有可能受到何晏《论语注》的影响。

第五节　白居易对《左传》的援引解释与吸收

《春秋》本有《公羊》《榖梁》《左传》三传，但在唐初孔颖达撰写《五经正义》时独取《左传》，这使《左传》在“春秋学”极为衰落的唐代仍有影响。白居易在表达个人思想时，多会引用《左传》所记的历史事件以及义理性经文。白居易文章对《左传》的援引情况如表3-7所示。

表3-7　白居易援引《左传》的文体与次数

文体	次数	文体	次数
赋	14	论	9
判	126	记	1
策	25	碑	1
制	11	箴	1
哀祭文	5	序	1
书	2		

据表3-7我们可知，白居易对《左传》援引较多的文体主要是判、策、赋。白居易对《左传》的援引主要分为两类：一是援引《左传》中富有义理的文字，以此作为论证自身观点和立论的依据；二是援引《左传》中的典故。由前者我们可以看到白居易对《左传》的解释以及对其中思想观念的吸收；由后者我们可以看到白居易对待《左传》的态度。下文将首先对前一类援引的部分内容进行分析，然后再讨论白居易诠释《左传》的基本特点。

古人有言："神福仁，天福敬。"《祭符离六兄文》①

"神福仁"出自《左传·成公五年》。"五年，春，原、屏放诸齐。婴曰：'我在，故栾氏不作。我亡，吾二昆其忧哉！且人各有能有不能，舍我何害?'弗听。婴梦天使谓己：'祭余，余福女！'使问诸士贞伯，贞伯曰：'不识也。'既而告其人，曰：'神福仁而祸淫，淫而无罚，福也。祭，其得亡乎?'祭之，之明日而亡。"② 由《左传》文可见，此处"神福仁"即谓"神灵会降福仁爱之人"。而白居易于祭文中援引此语，有祝福生者、宽慰死者之意。

"天福敬"出自《左传·昭公三年》。"《志》曰：'能敬无灾。'又曰：'敬逆来者，天所福也。'"③ 此语是穆叔劝谏季武子之言，意在建议季武子敬重小邾穆公，以维持与他国的良好外交关系。白居易的诠释基本上脱离了《左传》的原意，将其视为祝福生者、宽慰死者之语。

《传》曰："人心不同，如其面焉。"（《策林·号令》）④

《左传·襄公三十一年》载："人心之不同，如其面焉。吾岂敢谓子面如吾面乎？抑心所谓危，亦以告也。"⑤ 子产此语意为"每个人的心就跟面貌一样，各不相同"。子产是在承认人心各异的基础上，强调与人交谈当如实地表达自己的真实想法。所以，《左传》引子产之言，意在强调忠实之美。白居易援引此条文则意在说明人心各异，故当以号令统治万心，进而使政治举措得以顺利施行，因此，《策林·号令》中曰：

---

① 谢思炜. 白居易文集校注［M］. 北京：中华书局，2011：126.
② 阮元. 十三经注疏［M］. 清嘉庆刊本. 北京：中华书局，2009：4128.
③ 阮元. 十三经注疏［M］. 清嘉庆刊本. 北京：中华书局，2009：4413.
④ 谢思炜. 白居易文集校注［M］. 北京：中华书局，2011：1384.
⑤ 阮元. 十三经注疏［M］. 清嘉庆刊本. 北京：中华书局，2009：4377.

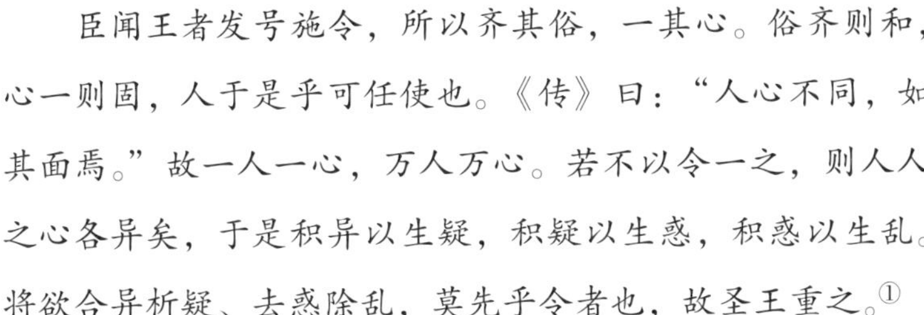

> 臣闻王者发号施令，所以齐其俗，一其心。俗齐则和，心一则固，人于是乎可任使也。《传》曰："人心不同，如其面焉。"故一人一心，万人万心。若不以令一之，则人人之心各异矣，于是积异以生疑，积疑以生惑，积惑以生乱。将欲合异析疑、去惑除乱，莫先乎令者也，故圣王重之。[①]

白居易的诠释与《左传》的侧重各不相同。《左传》肯定了"人心各异"的客观事实，并且强调遵循这种事实去调和人与人之间意见的差异。白居易则主要看到"人心各异"的弊端，力图通过强调号令来统一人心。显然，白居易忽视了此引文的文本语境，而依照个人的理解作出了与经典背离的诠释。

> 《传》曰："谁能去兵？兵之设久矣。"（《策林·议兵》）[②]

此句语出《左传·襄公二十七年》。"子罕曰：'凡诸侯小国，晋、楚所以兵威之。畏而后上下慈和，慈和而后能安靖其国家，以事大国，所以存也。无威则骄，骄则乱生，乱生必灭，所以亡也。天生五材，民并用之，废一不可，谁能去兵？兵之设久矣。所以威不轨而昭文德也。圣人以兴，乱人以废，废兴存亡昏明之术，皆兵之由也。而子求去之，不亦诬乎？以诬道蔽诸侯，罪莫大焉。'"[③]《左传》反"去兵"之意很明显，然亦非尚黩武。白居易的诠释与《左传》的本义极为契合，并由此明确提出"君天下者不可去兵，不可黩武"的主张。白居易的诠释符合《左传》之义，且扩展了《左传》此引文的意义。《左传》只是基于当时的实际情况进行阐发，而白居易提出"不可去兵，不可黩武"的普遍性要求。

---

① 谢思炜. 白居易文集校注［M］. 北京：中华书局，2011：1384.

② 谢思炜. 白居易文集校注［M］. 北京：中华书局，2011：1506.

③ 阮元. 十三经注疏［M］. 清嘉庆刊本. 北京：中华书局，2009：4336.

《传》曰："九州之险，是不一姓。"（《策林·议守险》）[①]

此句语出《左传·昭公四年》："九州之险也，是不一姓。"杜预注："虽是天下至险，无德则灭亡。"[②]《左传》之意在于强调"德"相对于"自然之险"更为根本。白居易则认为《左传》此语有"弃险"之意。"《史记》曰：'在德不在险。'《传》曰：'九州之险，是不一姓。'盖弃险之议，生于此矣。"[③] 在论"险"这一概念时，白居易实亦有"德"较之自然之"险"更为根本的意思："桀、纣、三苗之徒，负大河，凭太行，保洞庭，而不修德政，坐取覆亡者，是专恃其险也。"由此而论，白居易的理解与《左传》本义有其契合之处。然而由于不能立足于《左传》的语境进行理解，白居易对《左传》产生了误解。另外，白居易认为"德"亦是一种"险"。这种观点显然要比《左传》高明。由此，白居易还提出了"教之险"与"地之险"用舍有时的主张，前文对此已有分析，兹不赘述。

仲尼曰："志有之：言以足志，文以足言。言之无文，行而不远。"（《元稹除中书舍人翰林学士赐紫金鱼袋制》）[④]

此句语出《左传·襄公二十五年》。"《志》有之：'言以足志，文以足言。'不言，谁知其志？言之无文，行而不远。晋为伯，郑入陈，非文辞不为功。慎辞也！"《左传正义》曰："《易·系辞》文也。郑玄云：'枢，户枢也。机，弩牙也。'户枢之发或明或暗，弩牙之发或中或否，以譬言语之发有荣有辱。《传》言子产善为文辞，

---

① 谢思炜. 白居易文集校注［M］. 北京：中华书局，2011：1526.

② 阮元. 十三经注疏［M］. 清嘉庆刊本. 北京：中华书局，2009：4415.

③ 谢思炜. 白居易文集校注［M］. 北京：中华书局，2011：1526.

④ 谢思炜. 白居易文集校注［M］. 北京：中华书局，2011：620.

于郑有荣也。"[1]《左传》明显看到了语言在社会实践中所发挥的作用，但也看到了语言的弊端，所以强调慎辞。白居易在诠释此引文时，明显将其中的"文"理解为文章，认为此引文有崇尚文章的意思。所以他说："故吾精求雄文达识之士，掌密命，立内廷。甚难其人，尔中吾选。"这种诠释显然曲解了《左传》中"文"的意思。

除了此类援引外，白居易还援引了许多《左传》中的典故。如《伤远行赋》中"山险巇，路屈曲，甚孟门与太行。……涉泥泞兮仆夫重膇，陟崔嵬兮征马玄黄。"[2] 白居易在此借"孟门与太行"来形容山险峻路曲折，用"仆夫重膇"来说明路难走。"孟门与太行"的典故出自《左传·襄公二十三年》："齐侯遂伐晋，取朝歌，为二队，入孟门，登大行。"[3] 孟门指的是晋国的一条隘道。"重膇"源于《左传·成公六年》："郇、瑕氏土薄水浅，其恶易觏。易觏则民愁，民愁则垫隘，于是乎有沉溺重膇之疾。"[4] 重膇，指足肿。在《判·得甲去妻后妻犯罪请用子荫赎罪甲怒不许》中说："凤虽阻于和鸣，乌岂忘于反哺？旋观怨偶，遽抵明刑。"[5] 这里用《左传》里"和鸣"与"怨偶"两个典故来描述夫妻关系。

白居易很多时候对经典的援引不是忠于经典的本义，而是借用经典里的言语来表达个人的观点。如《策林·议肉刑》中说："况肉刑废之久矣，人莫识焉。今一朝卒然用之，或绝筋，或折骨，或面伤，则见者必痛其心，闻者必骇其耳。"[6] 这里"绝筋""折骨""面伤"就出自《左传·哀公二年》："敢告无绝筋，无折骨，无面伤，

① 阮元. 十三经注疏［M］. 清嘉庆刊本. 北京：中华书局，2009：4311.
② 谢思炜. 白居易文集校注［M］. 北京：中华书局，2011：12.
③ 阮元. 十三经注疏［M］. 清嘉庆刊本. 北京：中华书局，2009：4292.
④ 阮元. 十三经注疏［M］. 清嘉庆刊本. 北京：中华书局，2009：4131.
⑤ 谢思炜. 白居易文集校注［M］. 北京：中华书局，2011：1623.
⑥ 谢思炜. 白居易文集校注［M］. 北京：中华书局，2011：1540.

以集大事，无作三祖羞。”① 这在《左传》中本是卫太子在战争时的祷告，希望不要受到这样的伤害，并不是针对刑罚层面来说的，而白居易在此只是借用了《左传》的言语。

《左传》在白居易看来是一种史书或者史料。他并不认为《左传》所举事例是为了表现先辈的微言大义，而只是记述事实的历史性文本。这一点着重表现在《晋谥恭世子议》中。在此文中，白居易认为晋太子申生“若弃嗣以非礼，不可谓道；受命于非义，不可谓正；杀身以非罪，不可谓孝”②。所以不可以谥为“恭”。关于“晋侯杀其世子申生”一条，《左传·僖公五年》曰：“春，晋侯杀其世子申生。”疏曰“《公羊传》曰：‘曷为直称晋侯以杀？杀世子母弟直称君者，甚之也。’言父子相残，恶之甚者，是恶其用谗杀大子，故斥言晋侯以罪之。罪晋侯，则申生无罪也。”③《左传》并无罪晋侯或申生之意，只是说：“晋侯使以杀大子申生之故来告。”④《穀梁》则曰：“五年，春，晋侯杀其世子申生。目晋侯斥杀，恶晋侯也。”⑤ 故《公羊》《左传》《穀梁》皆无罪申生之意，而白居易显然不关心这一点，而是将《春秋》所记之事作为历史事件加以讨论，发表个人观点。在此意义上，《春秋》已非经而为史。

但白居易有时又将《春秋》视为经，以其中的义理性文字作为评判历史事件的标准。例如，在《汉将李陵论》中，白居易就援引了《左传》“君子谓狼瞫于是乎君子”，认为“《春秋》所以美狼瞫者，为能获其死所”⑥，并以此批评《史记》《汉书》，对李陵“获所

① 阮元. 十三经注疏［M］. 清嘉庆刊本. 北京：中华书局，2009：4684.
② 谢思炜. 白居易文集校注［M］. 北京：中华书局，2011：384.
③ 阮元. 十三经注疏［M］. 清嘉庆刊本. 北京：中华书局，2009：3893.
④ 阮元. 十三经注疏［M］. 清嘉庆刊本. 北京：中华书局，2009：3893.
⑤ 阮元. 十三经注疏［M］. 清嘉庆刊本. 北京：中华书局，2009：5194.
⑥ 谢思炜. 白居易文集校注［M］. 北京：中华书局，2011：390.

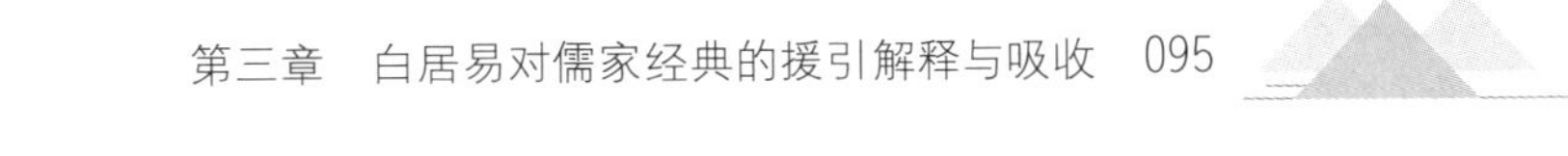

不死”而“无讥”表示不满。

这说明白居易对《春秋》的经史问题并无明确态度，他总是根据自己特定的需要来转变对于《春秋》性质的认识。

第六节　白居易对《论语》《孝经》《孟子》的援引解释与吸收

在唐代科举中，《论语》《孝经》合为一经，故本节将白居易对它们的援引和诠释合而论之。当时科举考试，《论语》取郑玄、何晏注，但郑玄的《论语注》自五代以后已逐渐亡佚，唯何晏注本流传至今，故本文以何晏注本为参考。

一、对《论语》《孝经》的援引解释与吸收

从《论语》的注释数量及其流传情况来看，唐代的“论语学”较为衰落。但由于《论语》是记述孔子言行的经典文本，且较《五经》更易理解，唐代文士依然十分看重《论语》。白居易文章援引《论语》的情况如表3-8所示。

表3-8　白居易援引《论语》的文体与次数

文体	次数	文体	次数
赋	27	箴言	4
判	48	书	3
策	21	颂	2
制	4	祭文	1

白居易援引《论语》达一百余次，由此可见白居易对《论语》的重视。现列举部分引文，详细分析白居易诠释《论语》的基本特点。

故孔子曰："日月逝矣，岁不我与。"（《为人上宰相书》）①

此句语出《论语·阳货》。"阳货欲见孔子，孔子不见，归孔子豚。孔子时其亡也，而往拜之。遇诸涂。谓孔子曰：'来！予与尔言。'曰：'怀其宝而迷其邦，可谓仁乎？'曰：'不可。''好从事而亟失时，可谓知乎？'曰：'不可。''日月逝矣，岁不我与。'孔子曰：'诺。吾将仕矣。'"白居易援引此句意在说明"时之难得而易失"。然而，白居易在此却出现两处错误：第一，"日月逝矣，岁不我与"并非孔子之言，而是阳货之语。白居易却以"孔子曰"引出此语，忽视了此句的真实语境。第二，在《论语》中孔子并无仕于阳货之意，换句话说，就《论语》语境而言，孔子并无出仕之意。何晏在解释"吾将仕矣"时也援引了孔安国的解释，明确说是"以顺辞免"②，即只是为了避免遭受阳货的迫害而顺其辞以敷衍阳货。由此可见，白居易虽然援引了此句，但对此句的语境及所要阐发的义理并没有深入了解，甚至还混淆了阳货与孔子的语言。

我闻古君子人，疾没世名不称，耻邦有道贫且贱。（《箴言》）③

"疾没世名不称"出自《论语·卫灵公》。"子曰：'君子疾没世而名不称焉。'""耻邦有道贫且贱"则出自《论语·泰伯》。"子曰：'笃信好学，守死善道。危邦不入，乱邦不居。天下有道则见，无道则

① 谢思炜. 白居易文集校注［M］. 北京：中华书局，2011：311.

② 阮元. 十三经注疏［M］. 清嘉庆刊本. 北京：中华书局，2009：5484.

③ 谢思炜. 白居易文集校注［M］. 北京：中华书局，2011：375.

隐。邦有道，贫且贱焉，耻也；邦无道，富且贵焉，耻也。’”白居易援引以上两句意在说明自己身处有道之世，当发愤图强。其诠释符合《论语》本义。

然臣闻孔子曰：“殷因于夏礼，周因于殷礼，损益始终，若循环然。其继周者，百代可知也。”（《策林·忠敬质文损益》）①

此句语出《论语·为政》。“子张问：‘十世可知也?’子曰：‘殷因于夏礼，所损益，可知也；周因于殷礼，所损益，可知也。其或继周者，虽百世，可知也。’”据后人注解，《论语》此句是在讨论“文质礼变”问题，其中“所因，谓三纲五常；所损益，谓文质三统”，因“物类相召，世数相生，其变有常，故可预知（百世）”。② 从引文上看，白居易添加了“损益始终，若循环然”两句，由此可知他将“忠、敬、文”看作了一个循环。基于此，他认为“周之文弊，今有遗风”，故主张“稍益质而损文，渐尚忠而救僿”。从注解来看，何晏亦有以“文质三统”的循环诠释此句之意。故白居易的解释大体与何晏注解相合。

谢思炜认为白居易“质文损益”说“实即本于啖助《春秋集传》，并且是啖氏之学的要旨所在”，可见白居易显然接触过啖赵“春秋学”并受到了他们的影响。③ 谢思炜的分析是有根据的，当时啖赵“春秋学”盛行，白居易受此影响实属正常。但从何晏注及白居易的解释来看，他也可能受到何晏《论语注》的影响，或者同时受到二者影响。因为从白居易此文来看，与其观点直接关联的经典是《论语》而非《春秋》。谢思炜的分析忽视了白居易对经典的援引及

① 谢思炜．白居易文集校注［M］．北京：中华书局，2011：1391，1392.
② 阮元．十三经注疏［M］．清嘉庆刊本．北京：中华书局，2009：5349.
③ 谢思炜．白居易集综论［M］．北京：中国社会科学出版社，1997：208-215.

解释问题。

臣闻孔子曰："苟有用我者，三年而有成。"（《策林·议庶官迁次之迟速》）[①]

此句语出《论语·子路》。"子曰：'苟有用我者，期月而已可也，三年有成。'"何晏援引孔安国注解曰："言诚有用我于政事者，期月而可以行其政教，必三年乃有成功。"[②] 白居易解释此句曰："虽圣贤为政，未及三年，不能成也。"两者解释甚为契合。

除此之外，白居易还援引了《论语》中的大量内容，并吸收了其中的一些观念。例如，《省试性习相远近赋》吸收了《论语》"性相近，习相远""有教无类""切问近思"等观念；《动静交相养赋》中"非匏瓜不可以长系"是对《论语·阳货》"吾岂匏瓜也哉？焉能系而不食"的援引；《策林·牧宰考课》"贤愚之间，谓之中人；中人之心，可上可下"的"中人"观亦受到《论语》的影响。此类援引在《白居易文集》中颇为常见。白居易对这些援引内容的诠释大体与上述四例相类。故而可知，白居易对《论语》的诠释大体与《五经正义》无异，有的与经典甚为契合，有的则背离了经典本义。

至于《孝经》，《唐会要》记载："（开元）十年六月二日，上注《孝经》，颁于天下及国子学。至天宝二年五月二十二日，上重注，亦颁于天下。"[③] 由此可见，唐玄宗对《孝经》十分重视。但是，白居易对《孝经》的援引并不多，具体如表 3-9 所示。

表 3-9　白居易援引《孝经》的文体与次数

文体	次数	文体	次数
赋	1	制	1

① 谢思炜. 白居易文集校注［M］. 北京：中华书局，2011：1465.
② 阮元. 十三经注疏［M］. 清嘉庆刊本. 北京：中华书局，2009：5447.
③ 王溥. 唐会要［M］. 上海：上海古籍出版社，2006：767.

续表

文体	次数	文体	次数
判	4	表	1
策	1	论	1

在《三教论衡》中，道家法师曾援引《孝经》中的内容诘难白居易：

法师所问：《孝经》云："敬一人则千万人悦。"其义如何者？

（白居易）对：谨按《孝经》广要道章云："敬者礼之本也，敬其君则臣悦，敬一人则千万人悦。所敬者寡，而悦者众。此之谓要道也。"夫敬者，谓忠敬尽礼之义也。悦者，谓悦怿欢心之义也。要道者，谓施少报多简要之义也。如此之义，明白各见于经文。

法师所难云：凡敬一人则合一人悦，敬二人则合二人悦。何故敬一人而千万人悦？又问：所悦者何义，所敬者何人者？

（白居易）对：《孝经》所云一人者，谓帝王也。王者无二，故曰一人。非谓臣下众庶中之一人也。若臣下，敬一人则一人悦，敬二人则二人悦。若敬君上，虽一人即千万人悦。何以明之？设如人有尽忠于国，尽敬于君，天下见之，何人不悦？岂止千万人乎？设如有人不忠于国，不敬于君，天下见之，何人不怒？亦岂止千万人乎？然敬即礼也，礼即敬也，故《传》云："见有礼于其君者，事之如孝子之养父母也。"如此则岂独空悦乎？亦将事而养之也。"见无礼于其君者，诛之如鹰鹯之逐鸟雀也。"如此则岂独空不悦乎？亦将逐而诛之也。由此而言，则敬不敬之义，悦不悦之理，了然可见，复何疑哉？①

“敬一人则千万人悦”出自《孝经·广要道》：“安上治民，莫善于礼。礼者，敬而已矣。故敬其父则子悦，敬其兄则弟悦，敬其君则臣悦，敬一人则千万人悦。所敬者寡而悦者众。此之谓要道也。”唐玄宗注曰：“礼所以正君臣、父子之别，明男女、长幼之序，故可以安上化下也。敬者，礼之本也。居上敬下，尽得欢心，故曰悦也。”②由“居上敬下”可知，“敬”的主语当为天子、帝王，所敬者乃为天下之为人父者、为人兄者、为人君者。故《孝经·广至德》曰：“君子之教以孝也，非家至而日见之也。教以孝，所以敬天下为人父者也。教以悌，所以敬天下之为人兄者也。教以臣，所以敬天下之为君者也。”③ 故此，所谓“敬一人”非谓敬特定的某个人。“敬一人则千万人悦”乃是说天子或君子以孝教民，敬天下为人父、兄、君者，则可使天下人尽悦。

从白居易的回应来看，他应当对《孝经》及唐玄宗的注解有所了解。所以，面对第一个问题，白居易基本上是根据唐玄宗的注解进行回应的。但是，面对进一步的诘难，白居易的解释却与《孝经》及唐玄宗的注解背道而驰。他认为《孝经》所谓的“敬一人”中的“一人”指“帝王”。这种解释显然与《孝经》及唐玄宗的注解相差甚远。

第一问与第二问的差别在于，第一问主要涉及字义解释，第二问则涉及《孝经》的基本要义。面对字义解释的问题，白居易尚能应付；但一旦涉及《孝经》要旨，白居易就无法给出令人满意且符合《孝经》本义的解释。由此可见，白居易对《孝经》大义的把握不够

---

① 谢思炜. 白居易文集校注［M］. 北京：中华书局，2011：1855，1856.

② 阮元. 十三经注疏［M］. 清嘉庆刊本. 北京：中华书局，2009：5558，5559.

③ 阮元. 十三经注疏［M］. 清嘉庆刊本. 北京：中华书局，2009：5562.

深入。

另外，值得注意的是，白居易在解释《孝经》时出现了以《左传》解《孝经》的现象。“见有礼于其君者，事之如孝子之养父母也。见无礼于其君者，诛之如鹰鹯之逐鸟雀也”出自《左传·文公十八年》。“季文子使大史克对曰：‘先大夫臧文仲教行父事君之礼，行父奉以周旋，弗敢失队。曰：‘见有礼于其君者，事之如孝子之养父母也。见无礼于其君者，诛之如鹰鹯之逐鸟雀也。’”[①] 盖言莒仆弑父杀君之罪。就《左传》而言，史克欲辨宣公之惑，而出此语。换言之，此言出自特定语境，就事论事，与《孝经》的立论语境存在较大差别。白居易则忽视了两者之间的差别，以《左传》解《孝经》。这种解释看似合理，实则相差甚远。这说明白居易在阐扬《孝经》大义时，无法立足于《孝经》本身及唐玄宗的注解给出合理的解释，所以，他才借用《左传》来解释《孝经》，以阐明自己的观点。这种经典的交叉诠释忽视了不同经典之间的语境差异。

综上可知，白居易对《孝经》的理解基本上停留于字面意思，对于《孝经》本义的理解并不深刻。面对深层次的诘难，白居易很难立足于《孝经》及前人的注解给出合理的解释。

二、对《孟子》的援引解释与吸收

《孟子》在唐代的地位呈现逐渐上升的趋势。据《新唐书》记载，宝应二年（763），礼部侍郎杨绾曾上疏，主张将《论语》《孝经》《孟子》兼为一经。[②] 兰翠指出：“纵观《全唐诗》和《全唐文》中关于孟子的评价及对其著作的引述，我们发现，唐代士人对孟子的

---

① 阮元. 十三经注疏［M］. 清嘉庆刊本. 北京：中华书局，2009：4041.

② 欧阳修，宋祁，等. 新唐书［M］. 北京：中华书局，1975：1167.

关注从初盛唐到中晚唐明显地呈现出渐次增强的态势。……在中晚唐的士人阶层，关注孟子已成为一种很普遍的文化现象。"① 故此，当时《孟子》一书虽未进入科举，却对当时的文士产生了很深的影响。白居易文章援引《孟子》的情况如表 3-10 所示。

表 3-10　白居易援引《孟子》的文体与次数

文体	次数	文体	次数
赋	3	书	2
策	5	祭文	1
判	4	碑铭	1
册文	1		

白居易对《孟子》的援引、解释与吸收主要体现在以下几个方面。

1. 君臣关系

《策林·使臣尽忠人爱上》曰：

> 君视臣如股肱，则臣视君如元首。君待臣如犬马，则臣待君如路人。君爱人如赤子，则人爱君如父母。君视人如土芥，则人视君如寇仇。②

此句语出《孟子·离娄下》："君之视臣如手足，则臣视君如腹心；君之视臣如犬马，则臣视君如国人；君之视臣如土芥，则臣视君如寇仇。"③ 从解释来看，白居易对此句的诠释与《孟子》本义相合，盖言君臣是一种交互关系，君事臣以礼，则臣事君以忠。

2. 政治举措

《策林·养老》曰：

---

① 兰翠. 韩愈尊崇孟子探因：兼论唐人对孟子的接受［J］. 烟台大学学报（哲学社会科学版），2011，24（2）：27-34.

② 谢思炜. 白居易文集校注［M］. 北京：中华书局，2011：1612.

③ 阮元. 十三经注疏［M］. 清嘉庆刊本. 北京：中华书局，2009：5928.

赐之以布帛，仁则仁矣，不若劝其桑麻之业，使天下五十者可以衣帛矣。赐之以肉粟，惠则惠矣，不若教其鸡豚之畜，使天下七十者可以肉食矣。①

这种主张明显吸收了《孟子》中的政治主张："五亩之宅，树之以桑，五十者可以衣帛矣；鸡豚狗彘之畜，无失其时，七十者可以食肉矣；百亩之田，勿夺其时，数口之家，可以无饥矣；谨庠序之教，申之以孝悌之义，颁白者不负戴于道路矣。七十者衣帛食肉，黎民不饥不寒；然而不王者，未之有也。"②

3. **处世之道**

《与元九书》曰：

古人云："穷则独善其身，达则兼济天下。"仆虽不肖，常师此语。大丈夫所守者道，所待者时。时之来也，为云龙，为风鹏，勃然突然，陈力以出。时之不来也，为雾豹，为冥鸿，寂兮寥兮，奉身而退。进退出处，何往而不自得哉？故仆志在兼济，行在独善。奉而始终之则为道，言而发明之则为诗。③

"穷则独善其身，达则兼济天下"出自《孟子·尽心上》："尊德乐义，则可以嚣嚣矣，故士穷不失义，达不离道。穷不失义，故士得己焉；达不离道，故民不失望焉。古之人，得志，泽加于民；不得志，修身见于世。穷则独善其身，达则兼善天下。"赵岐注曰："穷不失义，不为不义而苟得，故得己之本性也。达不离道，思利民之道，故民不失其望也。古之人得志君国，则德泽加于民人。不得志，谓贤者不遭遇也，见，立也，独治其身以立于世间，不失其操也，是

① 谢思炜. 白居易文集校注［M］. 北京：中华书局，2011：1615.

② 阮元. 十三经注疏［M］. 清嘉庆刊本. 北京：中华书局，2009：5798.

③ 谢思炜. 白居易文集校注［M］. 北京：中华书局，2011：326.

故独善其身。达谓得行其道，故能兼善天下也。”① 白居易显然是以“时”作为核心观念来解释“穷则独善其身，达则兼济天下”的。“穷”为“时之不来”，“达”为“时之来”。由此，白居易主张顺时而处。在核心观念上，白居易的解释与《孟子》本义及赵岐的注解并不相悖。然而《孟子》更加注重“德”与“义”。在孟子看来，“尊德乐义”可以使人“嚣嚣自得而无欲”，所以这种“自得无欲”不是外在的表现，而是内在道德和人生境界上的追求。但是白居易只是强调外在处世方式上的选择，并没有升华为内在德性的修养。这直接导致“独善其身”与“兼济天下”失去了内在的统一性，而成为截然分开的两段。所谓“穷则独善其身”强调不得“时”与“位”时，能秉持德与义以涵养自身，而“达则兼济天下”则主张在得“时”与“位”后，能推行德与义于外，造福百姓。故白居易对《孟子》此句的诠释和吸收更多地流于外在的处世方式，而没有深刻领会孟子对德与义的追求。

① 阮元. 十三经注疏［M］. 清嘉庆刊本. 北京：中华书局，2009：6016.

第四章　白居易对道家经典的援引解释与吸收

白居易早期就已受到道家经典的影响。他在文章中大量援引了道家经典，并进行了诠释。在白居易的政治思想、处世方式、生活态度以及文学创作中皆能看到道家经典对白居易的影响。另外，白居易中年时曾沉迷于道教外丹术。他的道教信仰亦是其思想的重要组成部分。

第一节　白居易对《老子》的援引解释与吸收

唐代统治者大多宣称自己为李耳的后裔，故道家经典一直为唐代社会所重视，甚至在特定的历史时期，道家经典还被纳入科举考试。唐玄宗曾注解《道德经》，并设立道举。故道家经典《老子》在唐代广为流传。白居易在文章中曾多次援引《老子》文辞，并模仿《老子》的句式。表 4-1 为白居易文章援引《老子》的情况。

表 4-1　白居易援引《老子》的文体与次数

文体	次数	文体	次数
赋	20	册文	1
判	10	铭	1
策	13	箴言	1
制	1		

从表4-1可以见出，白居易在文章中47次援引了《老子》，现摘取部分引文加以分析。

且夫德莫德于老氏，乃道是从矣；圣莫圣于宣尼，亦曰非生知之。则知德在修身，将见素而抱朴；圣由志学，必切问而近思。（《省试性习相近远赋》）[①]

“见素而抱朴”出自《老子》十九章：“绝圣弃智，民利百倍；绝仁弃义，民复孝慈；绝巧弃利，盗贼无有；此三者，以为文不足。故令有所属，见素抱朴，少私寡欲。”王弼注曰：“圣智，才之善也；仁义，人（行）之善也；巧利，用之善也。而直云绝，文甚不足，不令之有所属，无以见其指，故曰此三者以为文而未足，故令人有所属，属之于素朴寡欲。”[②] 唐玄宗注曰：

绝圣人言教之迹，则化无为。弃凡夫智诈之用，则人淳朴。淳朴则巧伪不作，无为则矜徇不行。人抱天和，物无夭枉，是有百倍之利。绝兼爱之仁，弃裁非之义，则人复于大孝慈矣。人矜偏能之巧，必有争利之心，故绝巧则人不争，弃利则人自足。足则不为盗贼矣。此三者但令绝弃，未示修行，故以为文不足垂教，更令有所属者，谓下文也。[③]

在《老子》原文及王弼的注解中，“见素抱朴”更像一种政治或社会观念，虽涉及人性问题，但尚未直接与修身关联在一起。而在唐玄宗的注解中，“见素抱朴”成了一种修身方式。白居易则受到唐玄宗的影响，直接将“见素而抱朴”视为修身方式。

故动与时合，静与道俱。时或用之，必开臧武之智；道

---

① 谢思炜. 白居易文集校注［M］. 北京：中华书局，2011：25.

② 楼宇烈. 老子道德经注［M］. 北京：中华书局，2011：48.

③ 刘韶军. 唐玄宗 宋徽宗 明太祖 清世祖《老子》御批点评［M］. 长沙：湖南人民出版社，1997：118-121.

> 不行也，则守宁子之愚。至乎哉！冥心无我，无可而无不可；应用不疲，无为而无不为。（《君子不器赋》）[①]

“无为而无不为”出自《老子》三十七章：“道常无为，而无不为。侯王若能守之，万物将自化。化而欲作，吾将镇之以无名之朴。无名之朴，夫亦将无欲。不欲以静，天下将自定。”王弼对此章注文解释极不清晰，似有错乱。[②] 唐玄宗注曰：

> 妙本清静，故常无为。物恃以生，而无不为也。侯王若能守道无为，则万物自化。君之无为，而淳朴矣。言人既从君上之化，已无为清静而复欲动作有为者，吾将以无名之朴而镇静之。无名之朴，道也。言人君既以无名之朴镇静苍生，不可执此无名之朴而令有迹，将恐寻迹丧本，复入有为，故于此无名之朴，亦将兼忘，不欲于无欲，无欲亦亡。泊然清静，而天下自正平矣。[③]

唐玄宗的注解带有强烈的帝王学意味。他强调君王应清静无为，守道而任万物自化。道化万民，万民从君之化，则天下自然正平。而白居易此处的解释则更加强调个人的处世抉择。“无为而无不为”类似于“用舍行藏”之义，强调人应当根据自己所处的环境恰当地选择相应的处世方式。

白居易对“无为而无不为”的诠释并不仅限于此。他在《大巧若拙赋》中说：“大小存乎目击，材无所弃；取舍资乎指顾，物莫能争。然后任道弘用，随形制器。信无为而为，因所利而利。不凝滞于物，必简易于事。”[④] 此处所言“无为而为”强调依照事物的特点加

① 谢思炜. 白居易文集校注［M］. 北京：中华书局，2011：68.

② 楼宇烈. 老子道德经注［M］. 北京：中华书局，2011：95.

③ 刘韶军. 唐玄宗 宋徽宗 明太祖 清世祖《老子》御批点评［M］. 长沙：湖南人民出版社，1997：236-238.

④ 谢思炜. 白居易文集校注［M］. 北京：中华书局，2011：41.

以利用，才不致浪费其才能。而在《才识兼茂明于体用科策一道》中，他又对“无为而无不为”进行了详细的解释：

故臣以为无为者非无所为也，必先有为而后至于无为也。《老子》曰：“无为而无不为。”盖是谓矣。夫委下而用私、专上而无效者，此由非所宜委而委之也，非所宜专而专之也。臣请以君臣之道明之。臣闻上下异位，君臣殊道。盖大者简者，君道也；小者繁者，臣道也。臣道者，百职小而众，万事细而繁，诚非人君一聪所能遍察，一明所能周览也。故人君之道，但择其人而任之，举其要而执之而已矣。①

这里所谓的“无为而无不为”显然与《老子》的本义及唐玄宗的注解相去甚远。白居易以君臣之道的差异来解释“无为而无不为”。在他看来，君道在于择人而任之，即驾驭臣子；而臣道则侧重于处理事务。君道相较臣道为“大者简者”，若能选贤而任之，君王必能垂衣而天下治。此即白居易所谓的“无为而无不为”。

此外，白居易所谓的“无为”有时又指“消极地顺应自然规律”。例如，在《策林·忠敬质文损益》中，他说：“道者无为，无为故无失，无失故无革。是以唐虞相承，无所改易也。”② 这里所谓的“无为”为“无作”，即“遵循自然规律，自然而然地生活”。这种“无为”是一种消极顺应自然的蒙昧状态。白居易以此来表示人类最初的生活和社会状态。

由此可见，白居易虽然常使用“无为”的概念和援引《老子》的“无为，而无不为”，但是他对“无为”的含义并没有清晰的界定，对《老子》的“无为，而无不为”亦缺乏深刻的理解。他对此

---

① 谢思炜．白居易文集校注［M］．北京：中华书局，2011：413-414．

② 谢思炜．白居易文集校注［M］．北京：中华书局，2011：1391．

条文的诠释往往随着论述问题的不同而发生变化，并没有依照前人注解形成某种固定的理解。

> 臣闻三皇之为君也无常心，以天下心为心；五帝之为君也无常欲，以百姓欲为欲。（《策林·不劳而理》）[①]

“君也无常心，以天下心为心”出自《老子》四十九章。“圣人无常心，以百姓心为心。善者，吾善之；不善者，吾亦善之，德善。信者，吾信之；不信者，吾亦信之，德信。”王弼注曰：“动常因也。各因其用，则善不失也。”[②] 此即谓圣人之心至静，能以至善、至信之德对待人，而顺应百姓之意。唐玄宗注曰：“圣人之心，物感而应，应在于感，故无常心。心虽无常，唯在化善，是常以化百姓心为心。欲善信者，吾因而善信之。不善信者，吾亦以善信教之，令百姓感吾德而善信之。”在唐玄宗看来，圣人能够感应万物，故能以善信教化万民，令百姓感其德而归顺他。白居易的解释则带有明显的民本倾向，强调君王应当顺应百姓的需求发布政令，执政设教。这种解释不仅与《老子》本义不相合，亦与王弼、唐玄宗的解释相悖。

另外，《老子》所讨论的是圣人与百姓的关系，而白居易却将这种关系转化为君与民的关系。由此可以看出，白居易对经典的诠释带有浓烈的功利主义或实用主义色彩。

> 《老子》曰：“我无为而人自化，我好静而人自正，我无事而人自富，我无欲而人自朴。”（《策林·黄老术》）[③]

该语出自《老子》五十七章：“故圣人云，我无为而民自化，我好静而民自正，我无事而民自富，我无欲而民自朴。”王弼注曰：“上之所欲，民从之速也。我之所欲唯无欲，则民亦无欲而自朴也。

---

① 谢思炜. 白居易文集校注［M］. 北京：中华书局，2011：1367.
② 楼宇烈. 老子道德经注［M］. 北京：中华书局，2011：134.
③ 谢思炜. 白居易文集校注［M］. 北京：中华书局，2011：1380.

此四者，崇本以息末也。”[①]故“无欲”而以道治国，为政之本；鼓励技艺，严明法纪，为政之末。唐玄宗注曰：“无为则清静，故人自化。无事则不扰，故人自富。好静则得性，故人自正。无欲则全和，故人自朴。此无事取天下矣。”[②] 唐玄宗的注解强调统治者应尽量不干涉百姓的生活。白居易则将此四者视为道家学说的要旨：“此四者，皆黄老之要道也。”白居易认为此四者的大旨在于“尚宽简，务俭素，不眩聪察，不役智能”。这种诠释与《老子》本义较为契合。

由此可见，白居易对道家学说有一定程度的了解，并颇受道家思想与经典的影响。在诠释《老子》时，白居易的有些解释深得道家思想要旨，但是有的解释与《老子》意趣大相径庭，并且也不关注前人的注解。另外，白居易对《老子》中一些概念的界定往往会随着所论问题的变化而发生变化。这说明白居易诠释经典并非为了正确地解释经典、阐扬经典的本义，而是为了表达个人的思想。

白居易在政治思想中强调政治制度的宽简易行，建议君王俭素勿奢；在处世方式上，强调随遇而安。这些皆受到《老子》的影响。不过《老子》对白居易影响最重要的方面是在其宇宙观的建立上。

白居易的宇宙观主要体现在《求玄珠赋》一文中。此文作于贞元十六年（800），是年白居易 28 岁。白居易以“玄珠”喻“道”，认为玄珠“生乎天地之先。其中有象，与道相全”[③]。这些观点直接源自《老子》。《老子》二十五章曰：“有物混成，先天地生，寂兮寥兮，独立不改，周行而不殆，可以为天下母。吾不知其名，字之曰道，强为之名曰大。”[④]《老子》二十一章曰：“道之为物，惟恍惟惚。

---

① 楼宇烈. 老子道德经注［M］. 北京：中华书局，2011：154，155.

② 刘韶军. 唐太宗 宋徽宗 明太祖 清世祖《老子》御批点评［M］. 长沙：湖南人民出版社，1997：357，358.

③ 谢思炜. 白居易文集校注［M］. 北京：中华书局，2011：30.

④ 楼宇烈. 老子道德经注［M］. 北京：中华书局，2011：65.

惚兮恍兮，其中有象；恍兮惚兮，其中有物。”①

白居易谓“玄珠”或“道”的状态为“玄无音，听之则希；珠无体，搏之则微”②。白居易对道的这种描述亦直接源自《老子》。《老子》十四章曰：“视之不见名曰夷，听之不闻名曰希，搏之不得名曰微。此三者不可致诘，故混而为一。其上不皦，其下不昧，绳绳不可名，复归于无物。”③《老子》四十一章曰：“大方无隅，大器晚成，大音希声，大象无形。”④

值得注意的是，白居易虽然吸收了《老子》中许多宇宙论的观念，但是并未建立起系统的宇宙论。并且，白居易似乎无意建立起完备的宇宙论，他对道的描述主要是为现实的政治主张和人生问题找到合理的依据。

白居易对道的描述最终可归结于“无为”与“淳和”。所以，他将人类社会的最初状态视为一种和谐状态。例如，他曾说：“五帝以道化，三王以礼教。道者无为，无为故无失，无失故无革，是以唐、虞相承，无所改易也。礼者有作，有作则有弊，有弊则有救。故殷、周相代，有所损益也。”⑤ 五帝时代遵循无为之道治国，所以国家无所过失，一片淳和。至三王制礼作乐，人类社会最初的淳和状态被打破，各种弊端逐渐显现出来。

此外，立足于这种宇宙论，白居易还认为人性本初的状态亦是淳和的。他在论及刑、礼、道的作用时曾指出：“圣王之致理也，以刑纠人恶，故人知劝惧。以礼导人情，故人知耻格。以道率人性，故人

① 楼宇烈. 老子道德经注［M］. 北京：中华书局，2011：55.
② 谢思炜. 白居易文集校注［M］. 北京：中华书局，2011：30.
③ 楼宇烈. 老子道德经注［M］. 北京：中华书局，2011：35.
④ 楼宇烈. 老子道德经注［M］. 北京：中华书局，2011：116.
⑤ 谢思炜. 白居易文集校注［M］. 北京：中华书局，2011：1391.

反淳和。三者之用，不可废也。”[①]“以道率人性，故人反淳和”中的“反”通“返”，此即表明白居易承认人性最初的状态是淳和的。

白居易的“中和”论也受到了道家思想的影响。白居易所谓的“和”在很大程度上是指阴阳二气的和合状态：“和者，酌二气之和。”《上元日叹道文》又曰：“道本无象，功成强名。生一气之先，为万物之母。”[②] 所谓“生一气之先”即当为《兴五福，销六极》中所谓的“中和之气”：“迨于巢穴羽毛之物，皆煦妪而自蕃。草木鳞介之祥，皆从萃而继出。夫然者，中和之气所致也。”[③] 故此“中和之气”乃由道所生，且生成宇宙间一切灵物。

这说明，白居易的“中和论”并非只受到儒家经典的影响，它同时也受到了道家思想的影响。并且白居易依照道家经典建立起来的宇宙观，在其思想系统中扮演着十分重要的角色。

除此之外，白居易还吸收了《老子》“大巧若拙”的思想观念。白居易《大巧若拙赋》就直接来源于《老子》四十五章：

> 大成若缺，其用不弊；大盈若冲，其用不穷。大直若屈，大巧若拙，大辩若讷。[④]

白居易注此篇“以‘随物成器，巧在乎中’为韵”，而“随物成器”正是此文的中心思想。他所说的“任道宏用，随形制器”，具体而言，就是“为栋者资其自天之端，为轮者取其因地之屈”。因“材”之所适而为之，使每个“材”都能成为适合其材质的“器”，故而“材无所弃”，“亦犹善从政者，物得其宜；能官人者，才适其位”。所谓“大巧若拙”就是指顺应事物之理而恰当地加以利用。白

① 谢思炜. 白居易文集校注［M］. 北京：中华书局，2011：1544.

② 谢思炜. 白居易文集校注［M］. 北京：中华书局，2011：1131.

③ 谢思炜. 白居易文集校注［M］. 北京：中华书局，2011：1402.

④ 楼宇烈. 老子道德经注［M］. 北京：中华书局，2011：127.

居易将这种观念应用到政治领域，劝导统治者选贤与能，给予其恰当的职位，以使其才能得到充分的展现。这种诠释实际上与《老子》本义相去甚远。

总之，白居易的宇宙观曾受到《老子》的影响。同时，他还接受了老子清静无为的思想，并应用于政治领域，劝导统治者当“尚宽简，务俭素，不眩聪察，不役智能”，尽量不去过多地干涉百姓的生活。另外，在社会与人性的认识上，白居易也吸收了《老子》“淳和”的概念，认为社会与人性最初处于一种和谐状态。这种观念对他“中和”论的建立产生了深远影响。

第二节 白居易对《庄子》的援引解释与吸收

除《老子》之外，白居易还对《庄子》进行了援引和解释。《老子》对白居易的影响主要集中在宇宙观上，《庄子》则直接影响了白居易的人生观。肖伟韬在《白居易处世哲学的庄子情结》中曾详细分析了《庄子》对白居易产生的影响，他认为：“《庄子》对白居易精神世界的建构和超越……首先表现在其对《庄子》所蕴含的不落两边、双遣双非的相对主义思维模式的全面肯定和接受，并直接指导其处世哲学。”① 白居易文章援引《庄子》的情况如表 4-2 所示。

表 4-2 白居易援引《庄子》文体与次数

文体	次数	文体	次数
赋	18	祭文	3
判	6	书	2

① 肖伟韬. 白居易处世哲学的庄子情结［J］. 安阳师范学院学报，2013（1）：66-69.

续表

文体	次数	文体	次数
策	5	辞	1
谣	4	箴言	1

从表4-2可以看出，《庄子》主要出现在白居易的赋、判、策、谣、祭文等文体中，这些援引与白居易援引《老子》的情形比较一致，援引最多的文体依然是赋。

白居易对《庄子》的援引主要有以下几处。

《庄子》曰："智者恬。"（《动静交相养赋》）①

"智者恬"出自《庄子·缮性》。"古之治道者，以恬养知。知生而无以知为也，谓之以知养恬。知与恬交相养，而和理出其性。"郭象注曰："知而非为，则无害于恬；恬而自为，则无伤于知，斯可谓交相养矣。"成玄英疏曰："夫不能恬静，则何以生彼真知？不有真知，何能致兹恬静？是故恬由于知，所以能静；知资于静，所以获真知，故知之与恬交相养也。"② 故此，在《庄子·缮性》中恬与知是相互依存的关系。所谓"知与恬交相养"更多地是突出"无为""顺其自然"的道家观念。而白居易在解释此文时，将恬与静对应，智与动对应。白居易根本目的不是合理地解释智与恬的关系，而是借用庄子"知与恬交相养"之语来论证"动静交相养"的合理性。但是，动与静的关系并不能和智与恬的关系直接等同起来。显然，白居易并不关心"知与恬交相养"的本义，亦不注重前人的解释，他只不过将其视为一种文本材料并用其来论证自己的观点。

---

① 谢思炜. 白居易文集校注［M］. 北京：中华书局，2011：1.

② 郭象，成玄英. 庄子注疏［M］. 曹础基，黄兰发，整理. 北京：中华书局，2011：297-298.

独不闻诸道经：我身非我有也，盖天地之委形。（《齿落辞》）[①]

“我身非我有也，盖天地之委形”出自《庄子·知北游》。“舜问乎丞曰：‘道可得而有乎？’曰：‘汝身非汝有也，汝何得有夫道！’舜曰：‘吾身非吾有也，孰有之哉？’曰：‘是天地之委形也；生非汝有，是天地之委和也；性命非汝有，是天地之委顺也’”郭象注曰：“夫身者非汝所能有也，块然而自有耳……若身是汝有者，则美恶死生当制之由汝……气聚而生，汝不能禁也；气散而死，汝不能止也。”成玄英疏曰：“汝身尚不能自有，何得有于道邪？委，结聚也。夫天地阴阳，结聚刚柔和顺之气，成汝身形性命者也，故聚则为生，散则为死。死生聚散，既不由汝，是知汝身岂汝有邪？”[②]《庄子》认为人的身体是天地变化的一部分。道在人之外，为人之主宰，不能为人所得，故《庄子》有人应顺道而为之意，此处白居易的诠释与庄子颇为契合。

白居易深受《庄子》“委顺”观的影响。其《故饶州刺史吴府君神道碑铭（并序）》曰：

屈伸宠辱，委顺而已。未尝一日戚戚其心，至于归全反真。[③]

白居易认为“委顺”可以“归全反真”。《庄子·则阳》曰：“复命摇作而以天为师，人则从而命之也。”郭象注曰：“摇者自摇，作者自作，莫不复命而师其天然也。”成玄英疏曰：“反夫真根，复于本命，虽复摇动，顺物而作，动静无心，合于天地，故师于二仪

① 谢思炜. 白居易文集校注［M］. 北京：中华书局，2011：1980.
② 郭象，成玄英. 庄子注疏［M］. 曹础基，黄兰发，整理. 北京：中华书局，2011：394.
③ 谢思炜. 白居易诗集校注［M］. 北京：中华书局，2006：1882.

也。”[①] 庄子认为圣人之道在于返归真性，师法自然。另外，《老子》十六章曰：“夫物芸芸，各复归其根。”[②]《老子》二十八章有“复归于婴儿”“复归于朴”[③] 的主张。可见道家强调复归于自然。白居易认为“归全反真”的途径在于“委顺”中，亦包含顺应自然、师法天地大道的意味。

白居易在《无可奈何》中曰：

> 是以达人静则吻然与阴合迹，动则浩然与阳同波。委顺而已，孰知其他。时耶命耶，吾其无奈彼何。委耶顺耶，彼亦无奈吾何。夫两无奈何，然后能冥至顺而合大和。故吾所以饮大和，扣至顺，而为无可奈何之歌![④]

白居易对“委顺”的诠释与阴阳结合在一起，与成玄英的注解颇为类似。但是，白居易更加强调顺应天命，而《庄子》所谓的“委顺”更多的是从宇宙生成论的角度，来说明人身体的聚散为天地变化的一部分，由此衍生出人当师法自然、顺道而为的人生观。白居易对《庄子》的诠释看似大旨相合，实则只是接受其中部分观点，并没有从根本上理解《庄子》。所以，他的“委顺”与庄子的“委顺”具有明显差异。

白居易主张顺应天命，以求自安，其《答户部崔侍郎书》曰：

> 首垂问以鄙况，不足云。盖默默兀兀，委顺任化而已。……虽鹏鸟集于前，枯柳生于肘，不能动其心也，而况进退荣辱之累耶？……此亦默默委顺之外，益自安也。[⑤]

白居易在《齿落辞》中更是将这种消极的、逆来顺受的人生观

① 郭象，成玄英. 庄子注疏［M］. 曹础基，黄兰发，整理. 北京：中华书局，2011：461.
② 楼宇烈. 老子道德经注［M］. 北京：中华书局，2011：39.
③ 楼宇烈. 老子道德经注［M］. 北京：中华书局，2011：75.
④ 谢思炜. 白居易诗集校注［M］. 北京：中华书局，2006：2840-2841.
⑤ 谢思炜. 白居易文集校注［M］. 北京：中华书局，2011：345-346.

与佛教“是身如浮云，须臾变灭”的观念结合在一起：

君何嗟嗟，独不闻诸道经：我身非我有也，盖天地之委形。君何嗟嗟，又不闻诸佛说：是身如浮云，须臾变灭。由是而言，君何有焉？所宜委百骸而顺万化，胡为乎嗟嗟于一牙一齿之间？①

事实上，这两种观念存在巨大的差别。《庄子》更多的是从宇宙生成论角度说明人的身体聚散乃天地变化之一部，它并没有舍弃身体的意思。白居易更多的是看到了人在天命面前的无可奈何，所以，他主要将庄子的“委顺”诠释为对天命消极的逆来顺受。这显然不是《庄子》的本义。这显示出白居易对《庄子》的理解流于实用，极为生活化，对于其中的深邃哲理并无太多关注。

另外，白居易《求玄珠赋》的论题也来自庄子。《庄子·天地篇》曰：

黄帝游乎赤水之北，登乎昆仑之丘而南望。还归，遗其玄珠。使知索之而不得，使离朱索之而不得，使喫（同“吃”）诟索之而不得也。乃使罔象（即“象罔”），罔象得之。黄帝曰：“异哉！罔象乃可以得之乎？”②

郭象注曰：“言用知不可以得真。”“聪明喫诟，失真愈远。”“明得真者，非用心也。罔象然即真也。”成玄英疏：“唯罔象无心，独得玄珠也。”③ 庄子认为“玄珠”（道）不可以通过知（智慧者）、离朱（明目者）、喫诟（善言辩者）求得，唯独只能以无心的“罔象”求。庄子首先明确了“玄珠”无智、无形、无言的本质，并论述了求“玄珠”之方。

---

① 谢思炜. 白居易文集校注［M］. 北京：中华书局，2011：1980.

② 郭象，成玄英. 庄子注疏［M］. 曹础基，黄兰发，整理. 北京：中华书局，2011：224.

③ 郭象，成玄英. 庄子注疏［M］. 曹础基，黄兰发，整理. 北京：中华书局，2011：224.

白居易在其《求玄珠赋》中主要阐述了两个方面的内容：其一为“玄珠”或者“道”是什么，有何特征；其二是如何求道。白居易认为玄珠即道，是无声无相的，是天地万物的本源：“至乎哉！玄珠之为物也，渊渊绵绵，不知其然。存乎视听之表，生乎天地之先。其中有象，与道相全。”[①] 这与《庄子·大宗师》对道的描述颇为类似：“夫道有情有信，无为无形；可传而不可受，可得而不可见；自本自根，未有天地，自古以固存。”[②]

白居易此文将老子对“道”、庄子对“玄珠”的论述融为一体，充分吸收了道家的宇宙生成论，明确了“道”的本质与特征。

至于求道之法，白居易也对庄子的思想有所吸收，《求玄珠赋》曰：

> 求之者刳其心，俾损之又损；得之者反其性……索之惟艰，失之孔易。莫不以心忘心，以智去智。其难得也，剧乎剖巨蚌之胎。其难求也，甚乎侍骊龙之睡。夫惟不皦不昧，至明至幽。将致之于驯致，岂求之于躁求？性失则遗，若合浦之徙去；心虚潜至，同夜光之暗投。斯乃动为道枢，静为心符。至光不耀，至真不渝。察之无形，谓其有而非有；应之有信，为其无而非无。[③]

其中，“求之者刳其心”出自《庄子·天地》。“夫子曰：‘夫道，覆载万物者也，洋洋乎大哉，君子不可以不刳心焉。’”[④]“得之者反其性”则出自《庄子·缮性》。“古之行身者，不以辩饰知，不以知穷天下，不以知穷德，危然处其所而反其性，已又何为哉！”[⑤]

---

① 谢思炜. 白居易文集校注［M］. 北京：中华书局，2011：30.

② 郭象，成玄英. 庄子注疏［M］. 曹础基，黄兰发，整理. 北京：中华书局，2011：136.

③ 谢思炜. 白居易文集校注［M］. 北京：中华书局，2011：30-31.

④ 郭象，成玄英. 庄子注疏［M］. 曹础基，黄兰发，整理. 北京：中华书局，2011：220.

⑤ 郭象，成玄英. 庄子注疏［M］. 曹础基，黄兰发，整理. 北京：中华书局，2011：302.

“以智去智”出自《庄子·大宗师》。“颜回曰：‘隳肢体，黜聪明，离形去知，同于大通，此谓坐忘。’”[①]白居易的这些援引主要是为了说明，只有归于自然而返于至朴，才能对道有所觉悟。所以，在求道的方法上，他突出了“静”的重要性。

再者，白居易还援引了《庄子》中的一些典故以表达自己的观点。例如，在《大巧若拙赋》中他就援引了《庄子》关于象罔、庖丁和郢人的典故论证大巧若拙。在《无可奈何》中他则援引了庄周梦蝶的典故。白居易援引这些典故并不是为了阐扬《庄子》的思想，而是为了证明自己观点的合理性。

从白居易对《庄子》的援引和诠释来看，他主要吸收了《庄子》师法自然、顺道而为的观念。由此可以看到他“对庄子所宣扬的逍遥适性、委顺随物的生存境界的直接认同与由衷歌赞”[②]。这种处世观与他的“随时从宜”的观念极为契合，皆强调顺应天命，根据不同的人生境遇做出不同的人生选择。

另外，白居易“达人静则吻然与阴合迹，动则浩然与阳同波”的表述同《与元九书》中“时之来也，为云龙，为风鹏，勃然突然，陈力以出。时之不来也，为雾豹，为冥鸿，寂兮寥兮，奉身而退。进退出处，何往而不自得哉”等论述几乎如出一辙。[③] 这显示出白居易在诠释经典之前，已经具备了一定的思想基础。他很多时候是借助经典来表达自己已经形成的思想观念，而非立足于经典本义加以阐发。当然，这并不意味着经典没有对白居易产生影响，相反，正是在不断诠释经典的过程中，白居易的一些思想观念才得以形成。

从白居易“随时从宜”思想观念的形成来看，他不仅受到《周

① 郭象，成玄英. 庄子注疏［M］. 曹础基，黄兰发，整理. 北京：中华书局，2011：156.
② 肖伟韬. 白居易处世哲学的庄子情结［J］. 安阳师范学院学报，2013（1）：66-69.
③ 谢思炜. 白居易文集校注［M］. 北京：中华书局，2011：326.

易》的影响，还受到《老子》《庄子》《孟子》甚至佛教经典的影响。这说明白居易思想观念的形成往往不是源于某部特定的经典，而是同时受到了多部经典的影响。

第三节 白居易的道教信仰与经典诠释方式

唐代道教极为繁盛，当时的文士多沉迷于道教。白居易亦不例外，在他的诗文中我们时常可以看到他对道教外丹术的沉迷。诸如“金丹同学都无益，水竹邻居竟不成”；“曾住庐峰下，书堂对药台”。他亦曾因烧炼丹药失败而惆怅失望地感叹：“阅水年将暮，烧金道未成。丹砂不肯死，白发事须生。”“漫把参同契，难烧伏火砂。有时成白首，无处问黄牙。”“亦曾烧大药，消息乖火候。至今残丹砂，烧干不成就。”①

为了炼制丹药，他还深入研究过《参同契》：

> 授我参同契，其辞妙且微。六一闷扃镉，子午守雄雌。我读随日悟，心中了无疑。黄牙与紫车，谓其坐致之。自负因自叹，人生号男儿。若不佩金印，即合翳玉芝。高谢人间世，深结山中期。泥坛方合矩，铸鼎圆中规。炉橐一以动，瑞气红辉辉。斋心独叹拜，中夜偷一窥。（《同微之赠别郭虚舟炼师五十韵》）②

但是，白居易炼制丹药并没有成功，这导致他开始怀疑道教的长生论。白居易曾质问道士：“《黄庭经》中有养气存神、长生久视之

---

① 谢思炜. 白居易诗集校注［M］. 北京：中华书局，2006：1551，1593，1342，1384，864.

② 谢思炜. 白居易诗集校注［M］. 北京：中华书局，2006：1665.

道。常闻此语，未究其由。其义如何，请陈大略。”[①] 同时，他还尝试放弃丹药炼制。

细致考察白居易对道教的态度，可发现他始终在理性与欲望之间犹疑、徘徊。罗萍在《白居易与道教》一文中曾指出：

> 他热情地、执着地信道，像其他信道之人一样渴求得道成仙而炼丹服食，但白居易毕竟是一个饱读诗书，深深浸润于儒学传统的文人，强烈的理性精神让他能够从宗教的迷狂状态中解脱出来，冷静地重新思考人的生命价值的问题。这就出现了在他的诗作中劝诫人们“不言仙，不言道”和对服药成仙的悔悟和排斥。……但奇怪的是白居易在开成二年（837）六十六岁所作《烧药不成命酒独酌》云：“白发逢秋短，丹砂见火空。不能留姹女，争免作衰翁 。”说明晚年的白居易又曾留意于炼丹，这样对道教前后矛盾的言行，也恰好反映了白居易思想的复杂、矛盾。[②]

白居易对道教的态度实际上是一个变化的过程。他的《梦仙》一诗，讽刺了那些沉迷炼丹术、梦想成神仙的人。“苟无金骨相，不列丹台名。徒传辟谷法，虚受烧丹经。只自取勤苦，百年终不成。悲哉梦仙人，一梦误一生!”[③] 白居易的讽喻诗主要作于元和元年（806）至元和四年（809）。此时白居易尚未沉迷于丹术。这显示出他最初并不相信道教的成仙理论，并且能够理性地认识到长生的荒谬。

但是，在元和十年（815）之后，由于政治的失意，白居易逐渐开始沉迷于丹术。这种转变一方面表现出白居易思想的脆弱，另一方

---

① 谢思炜. 白居易文集校注［M］. 北京：中华书局，2011：1854.

② 罗萍. 白居易与道教［J］. 四川师范学院学报（哲学社会科学版），2001（1）：54-57.

③ 谢思炜. 白居易诗集校注［M］. 北京：中华书局，2006：19.

面也说明通过文学式经典诠释方式，白居易并没有在儒家经典那里获得坚定的、理性的思想基础。所以，一旦政治前途遭遇挫败，他便放弃了儒家积极入世的态度，而陷入消极之中。

但是，随着炼制丹药的失败，白居易逐渐意识到成仙理论的荒谬。所以，他又放弃炼制丹药。除此之外，白居易还因为政治前途的明朗而放弃丹术。罗萍在《白居易与道教》中说：

> 元和十三年（818）白居易除为忠州刺史，不禁喜出望外，写了《别草堂三绝句》：“正听山鸟向阳眠，黄纸除书落枕前。为感君恩须暂起，庐峰不拟住多年。”……可见道教作为一剂精神安慰药只在疗救心灵受到伤害之人，因为也只有在受到重创之后，他们才会沉迷于宗教中，而只要一旦有机会实现他们的理想，儒家积极进取的精神便凸现了出来，道的信仰便退却到几乎是“无”的梦境里去了。①

从白居易对道教的态度转变来看，他最初并不相信道教所谓成仙的理论。他沉迷丹药很大程度上是为了疗救自己心灵所遭受的伤害。所以，一旦政治前景有所好转，他便迅速舍弃了道教信仰。很多学者依此推论，白居易思想的核心是儒家思想，道家思想只是白居易聊以自慰的工具。事实上，这种推论存在极大的问题。白居易从不相信道教成仙理论到沉迷于丹术所经时间极短。假定白居易对儒家理论颇为尊崇，甚至视为信仰，那么他又怎会极快地从批判道教转向沉迷于丹术呢？其中所触及的并不是儒家思想和道家思想哪一个在白居易思想中占据更重要地位的问题，而是白居易为什么无法坚持用理性的精神批判道教的成仙理论。这就涉及白居易的经典诠释方式。

一般而言，系统完整的思想理论的形成有赖于对经典的诠释和

---

① 罗萍. 白居易与道教［J］. 四川师范学院学报（哲学社会科学版），2001（1）：54-57.

坚守。唯有真正立足于经典诠释传统，并依照经典的义理系统，才能形成具有坚实理论基础的、系统的学术思想。但白居易对经典的诠释大多是零碎的，脱离经典诠释传统的。所以，他无法依托这种经典诠释方式建立起理性的、经得起考验的思想与信仰。因此，白居易才在政治遭遇挫败后，沉迷于道教荒谬的成仙理论。

这种现象产生还有另一个原因。张松辉认为："道教提出的先建功人世、再飞升仙境的既重功名又重生命的主张，特别符合士大夫文人的口味，因此不少文人一面在朝廷上谋功寻名，一面在家里修心服食，希望能在世内外取得双重的成功。"① 道教的这种主张也使白居易找到了道教与儒家的共通之处。尽管如此，白居易并未完全沉迷于道教，甚至有时明确批判道教。这种思想信仰上的摇摆不定，恰恰说明白居易无法通过文学式经典诠释方式建立起坚定的思想信仰。

此外，政治的失意以及丧亲之痛让白居易深感现实生活的无常，并逐渐让他高涨的政治抱负化为泡影。在迷茫与恐惧之中，白居易极度渴望摆脱世俗的烦恼。但是，以"中人"自居的白居易又沉迷于世俗乐趣。这使得白居易一方面深感人生苦短、及时行乐，另一方面又迫切期望摆脱世俗烦恼。儒学与佛教都强调克制个人欲念，"道教却抓住了'圆首含气，孰不乐生而畏死'这一人类的共同心理，既不禁欲，又要长生，既能享受人间欢乐，又能超尘脱俗，既快活，又高雅"②，所以，道教满足了白居易的双重需求。在道教的影响下，白居易获得了旷达的心境，在享受世俗乐趣与摆脱世俗烦恼之间找到了平衡点。

道教对白居易思想的形成和文学创作也产生了深远的影响。"汉魏六朝时期，尚简作风在社会上受到普遍重视，并逐渐影响到了文学

---

① 张松辉. 唐宋道家道教与文学［M］. 长沙：湖南师范大学出版社，1998：14.

② 葛兆光. 想象力的世界：道教与唐代文学［M］. 北京：现代出版社，1990：38.

创作。到了唐宋，道教更进一步明确了尚简作风。”① 司马承祯《天隐子》曰：

> 《易》曰：天地之道，易简者，何也？天隐子曰：天地在我首之上，足之下，开目尽见，无假繁巧而言，故曰易[简]。易［简］者，神仙之德也。……凡学神仙，先知易简，苟言涉奇诡，适足使人执迷，无所归本，此非吾学也。②

这种简易观念为白居易所接受，成为他思想中的重要观念。

总之，从白居易对道家经典的诠释来看，他吸收了道家清静无为、恬静寡欲的思想观念。但是，他始终无法克制自己对世俗乐趣的留恋，无法真正走向清静无为、恬静寡欲。这显示出白居易对道家经典的诠释注重与现实生活对接，而无法真正依托经典建立起坚实的思想与信仰。这是白居易在不同的境遇之中，呈现出不同思想状态的重要原因。

① 张松辉. 唐宋道家道教与文学［M］. 长沙：湖南师范大学出版社，1998：235.

② 吴受琚. 司马承祯集［M］. 俞震，曾敏，校补. 北京：社会科学文献出版社，2013：330.

第五章　白居易对佛教经典的援引解释与吸收

唐代是一个儒释道三教并立的时代，广大文士们往往同时受到三教思想的影响，白居易也不例外。在他的文集中，我们不时可以看到佛教思想的影子。本章通过白居易文集中对佛教经典的援引与诠释，具体分析佛教思想对白居易的影响。

第一节　白居易对佛教经典的援引与解释

白居易对佛教经典的援引主要出现在《与济法师书》一文中。朱金城考证后认为，此文作于长庆三年（823）以前。[①] 但谢思炜认为，此文应创作于元和十一年（816）作《答户部崔侍郎书》与元和十二年（817）作《与微之书》之间，并说此文“虽编于江州所作两书之间，但居易江州诗文中记当州诸僧姓名甚详，其中未见有含‘济’字者。故我们仍倾向于认为此书作于长安期间”[②]。这就是说，《与济法师书》应作于元和十年（815）前后。元和十年（815）乃是白居易政治命运发生巨大转折的一年。

《与济法师书》中出现了六部佛教经典：《维摩诘所说经》《首楞

① 朱金城. 白居易集笺校［M］. 上海：上海古籍出版社，1988：2809.
② 谢思炜. 白居易集综论［M］. 北京：中国社会科学出版社，1997：261-262.

严三昧经》《法华经》《法王经》《金刚经》《金刚三昧经》。[①] 白居易援引过这六部经典中的文辞，并有所诠释，详情如下。

> 《维摩经》总其义云："为大医王，应病与药。"

此句语出姚秦鸠摩罗什译《维摩诘所说经·佛国品第一》："关闭一切诸恶趣门，而生五道以现其身。为大医王，善疗众病。应病与药，令得服行。"[②]

> 《首楞严三昧经》云："不先思量，而说何法？随其所应，而为说法。"

此句语出姚秦鸠摩罗什译《佛说首楞严三昧经》："不先思量，当说何法？随所至众所说皆妙，悉能令喜心得坚固，随其所应而为说法。"[③]

> 《法华经》戒云："若但赞佛乘，众生没在罪苦。不能信是法，破法不信故。"

此句语出隋阇那崛多共笈多译《添品妙法莲华经·方便品》："我即自思惟，若但赞佛乘。众生没在苦，不能信是法。破法不信故，坠于三恶道。"[④]

> 《法王经》云："若定根基，为小乘人说小乘法，为阐提人说阐提法，是断佛性，是灭佛身，是说法人当历百千万劫，堕诸地狱。纵佛出世，犹未得出。若生人中，缺唇无舌，获如是报。何以故？众生之性，即是法性。从本已来，无有增减。云何于中，分别病药？"又云："于诸法中若说

---

① 谢思炜. 白居易文集校注［M］. 北京：中华书局，2011：350-353.

② 高楠顺次郎，渡边海旭，小野玄妙，等. 大正新修大藏经：第14册［M］. 台北：佛陀教育基金会，1990：537.

③ 高楠顺次郎，渡边海旭，小野玄妙，等. 大正新修大藏经：第15册［M］. 台北：佛陀教育基金会，1990：633.

④ 高楠顺次郎，渡边海旭，小野玄妙，等. 大正新修大藏经：第9册［M］. 台北：佛陀教育基金会，1990：142.

高下，即名邪说，其口当破，其舌当裂。何以故？一切众生，心垢同一垢，心净同一净，众生若病，应同一病，众生须药，应同一药。若说多法，即名颠倒。何以故？为妄分别，拆善恶法，破一切法。故随基说法，断佛道故，此又了然不坏之义也。"

此句语出《法王经》："若定根机，为小乘人说小乘法，为阐提人说阐提法，若如是说即名不说佛道法，是断佛性是灭佛身。是说法人当历百千万劫堕诸地狱，纵佛出世由不得出；纵令得出，若生人中即生边地下贱无有三宝处，缺唇无舌。获如是报，何以故？菩萨众生之性则是法性，法性常净具一切诸实相好。"① "当时一切众生皆同一病，一心一佛性一性平等等诸法故，于中若说高下即名邪说，其口当破其舌当裂。何以故？一切众生心垢同一垢，一切众生心净同一净，何以故？一切众生一心净则同一十善法净，一切众生一心垢则同一十恶垢，众生若病同一病众生须药应须一药。若说多法即名颠倒，何以故？为妄分别善恶法破一切法故，随基说法断佛道故。"②

《金刚经》云："是法平等，无有高下。是名阿耨多罗三藐三菩提。"

此句语出姚秦鸠摩罗什译《金刚般若波罗蜜经》："复次须菩提，是法平等，无有高下，是名阿耨多罗三藐三菩提。以无我无人无众生无寿者，修一切善法，则得阿耨多罗三藐三菩提。须菩提，所言善法者，如来说非善法，是名善法。"③

《金刚三昧经》云："皆以一味道，终不以小乘。无有

① 高楠顺次郎，渡边海旭，小野玄妙，等．大正新修大藏经：第 85 册［M］．台北：佛陀教育基金会，1990：1388．

② 高楠顺次郎，渡边海旭，小野玄妙，等．大正新修大藏经：第 85 册［M］．台北：佛陀教育基金会，1990：1387．

③ 高楠顺次郎，渡边海旭，小野玄妙，等．大正新修大藏经：第 8 册［M］．台北：佛陀教育基金会，1990：751．

诸杂味，犹如一雨润。”

此句语出《金刚三昧经·序品第一》：“广度众生故，说于一谛义。皆以一味道，终不以小乘。……无有诸杂味，犹如一雨润。”①

谢思炜在《白居易集综论》中曾对以上资料进行了详细的分析。“此书提出的主要问题是：为众生说佛法是应视其根性之别而‘应病与药’，以方便说法呢？还是应坚持法无分别、众生平等，不可妄分高下？为什么同为如来所说，《维摩经》《首楞严三昧经》《法华经》主张前一义，而《法王经》《金刚经》《金刚三昧经》主张后一义？”② 谢思炜经过详细分析，认为这种矛盾确实存在于佛教经典之间，但是“白居易所言的‘二义’之矛盾，却是仅局限于几种经典文本字面意义上的一种语义矛盾，而且文章为了突出这种语义矛盾对经典本身又有所支（肢）解”③。换言之，就义理而言，在佛家内部，《维摩经》《首楞严三昧经》《法华经》与《金刚经》《金刚三昧经》皆是在不同理论层面区分了二义，但又承认二义并不矛盾。故此，白居易并没有从理论层面对佛教理论提出挑战，而只是在文字层面，通过支（肢）解佛教经典来制造语义矛盾。

这表明白居易在诠释佛教经典时并未立足于佛教经典的内在理论，而主要是停留于表面文字。这种诠释现象在白居易诠释儒家经典时亦常出现，即只是从字面上诠释经典，而非立足于经典本身来阐扬经典大义。

值得注意的是，白居易所提出的“二义”矛盾受到了《法王经》的影响。但是，《法王经》实际上是一部专门驳斥《法华经》的伪经。所以谢思炜认为，“白居易将此已列入伪经、专以反《法华经》

---

① 高楠顺次郎，渡边海旭，小野玄妙，等. 大正新修大藏经：第9册［M］. 台北：佛陀教育基金会，1990：366.

② 谢思炜. 白居易集综论［M］. 北京：中国社会科学出版社，1997：262.

③ 谢思炜. 白居易集综论［M］. 北京：中国社会科学出版社，1997：265.

为能事之‘经’标为佛说之义，来论证所谓佛说‘二义’之矛盾，则不仅是支（肢）解经典，而是不辨真假，近于无中生有了”，他并指出，之所以产生这种现象，一方面是因为白居易有意“引出和检验对方的辩才”，另一方面则是因为“白居易的佛学不够纯正”。[①] 我们想要强调的是，这种现象的出现也与经典诠释方式存在极大的关系。从上文中可以看出，白居易当时对于佛教并无十分明确稳定的信仰，而只是一种理论上的兴趣。出于思辨的需要，他只是将佛教经典视为一般文本而非神圣文本加以诠释。由此，本是伪经的《法王经》就与其他佛教经典处于同一层次，以《法王经》驳斥《法华经》也就顺理成章了。这种现象也出现在白居易对待儒家经典的态度上。例如，他常将本是经的《左传》视为与《史记》《汉书》相当的史书，也将《诗经》视为一般意义上的诗歌和文学作品。

白居易对神圣经典与一般文本的不加区分，是因为他诠释经典的目的不是彰显和宣扬经典的本义，而是展现自己的文采、表达自己的观点。基于这种诠释态度，他所援引的文本都获得了平等的地位，没有了层次上的区别。

将佛教经典与儒家经典进行比附也体现了这一点。白居易在《三教论衡》中曾指出：

> 佛经千万卷，其义例不出十二部中。《毛诗》三百篇，其旨要亦不出六义内。故以六义可比十二部经。又如孔门之有四科，亦犹释门之有六度。六度者，六波罗蜜。六波罗蜜者，即檀波罗蜜、尸波罗蜜、羼提波罗蜜、毗梨耶波罗蜜、禅定波罗蜜、般若波罗蜜。以唐言译之，即布施、持戒、忍辱、精进、禅定、智慧是也。故以四科可比六度。又如仲尼

① 谢思炜. 白居易集综论［M］. 北京：中国社会科学出版社，1997：266-267.

之有十哲，亦犹如来之有十大弟子，即迦叶、阿难、须菩提、舍利弗、迦毡延、目乾连、富楼那、阿那律、优波离、罗睺罗是也。故以十哲可比十大弟子。夫儒门、释教，虽名数则有异同，约义立宗，彼此亦无差别。①

《诗经》之六义与佛教十二部经，孔门之四科与佛教之六度，仲尼之十哲与如来之十弟子，凡此皆相去甚远，白居易却轻描淡写地忽视了它们之间的差别，认为它们只是"虽名数则有异同"，事实上它们的差别何止于名数？这种格义式互诠明显忽视了儒家思想与佛家思想的本质差别。白居易却将这些表面类似实则旨趣迥异的概念等同起来。产生这种现象的一个重要原因，就在于白居易的经典诠释只停留于表面而不能深入其中。

《与济法师书》显示的虽是白居易早期诠释佛教经典的基本特点，但这种诠释特点并没有在其晚年发生太大变化。例如，开成二年（837）白居易所作的《苏州南禅院千佛堂转轮经藏石记》说："一切佛及一切法皆从经出。"② 此语出自《金刚般若波罗蜜经》："一切诸佛及诸佛阿耨多罗三藐三菩提法，皆从此经出。"③ 就本义而言，此句目的在于强调《金刚经》之于佛法的重要意义。但白居易改变了这句话的语境，并将特定所指的《金刚经》普遍化为一切经。又如他同年所作的《齿落辞》曰："是身如浮云，须臾变灭。由是而言，君何有焉？所宜委百骸而顺万化，胡为乎嗟嗟于一牙一齿之间？""是身如浮云，须臾变灭"出自《维摩诘所说经·方便品》。④ 在

① 谢思炜. 白居易文集校注［M］. 北京：中华书局，2011：1851.

② 谢思炜. 白居易文集校注［M］. 北京：中华书局，2011：1987.

③ 高楠顺次郎，渡边海旭，小野玄妙，等. 大正新修大藏经：第8册［M］. 台北：佛陀教育基金会，1990：749.

④ 高楠顺次郎，渡边海旭，小野玄妙，等. 大正新修大藏经：第14册［M］. 台北：佛陀教育基金会，1990：539.

《维摩诘所说经》中，“是身”指具体的物质的身体，是一切不善的聚集，唯舍“是身”以求法身、佛身、如来身，才能“从断一切不善法，集一切善法生”[①]。所以，是身是累赘，是一切不善之源。然而，白居易在诠释此句时，只是认识到“委百骸而顺万化”，与佛家所追求的舍是身而求法身的主张相去甚远。由此可见，直到晚年，白居易对佛家经典的诠释与经典本身所要表达的旨趣同样不甚契合。

综上所述，白居易对佛教经典的诠释往往停留于文字表面，很少有深刻的认识。正因如此，一切经典都在白居易那里获得了平等的地位。不同经典之间可以通过文学式经典诠释方式产生密切的联系，而其间的矛盾被自由的联想所消解。这是白居易阐释经典的长处，但也使得他无法从根本上寻找到坚定的精神依托，无法产生深刻的思想。

当然，这并非意味着佛教思想对白居易没有深刻影响。自 20 世纪 80 年代以来，很多学者认为白居易的思想主要受到儒家的影响，其思想具有儒家底色，认为“栖心释梵，浪迹佛老”只是门面话。[②]其实，佛教思想对白居易的影响十分深刻，并且贯穿了白居易的一生。

据谢思炜考证，“居易向凝公求教（佛法）在贞元十六七年间”[③]，即在公元 800 年前后，亦即白居易 28 岁前后。因为在贞元二十年（804），白居易在《八渐偈·序文》中坦言自己向凝公求学达三四年之久。由此可以断定白居易于贞元十六年（800）前后已对佛教思想产生了兴趣，并开始自觉求教法师学习佛法。至于白居易接触佛法，更当在此之前。

---

① 高楠顺次郎，渡边海旭，小野玄妙，等. 大正新修大藏经：第 14 册［M］. 台北：佛陀教育基金会，1990：539.

② 蹇长春. 白居易思想散论［J］. 西北师大学报（社会科学版），1981（4）：88-99.

③ 谢思炜. 白居易集综论［M］. 北京：中国社会科学出版社，1997：253.

白居易在元和元年（806）所作的《议释教》中写道：

> 臣闻上古之化也，大道惟一。中古之教也，精义无二。盖上率下以一德，则下应上无二心。故儒、墨六家不行于五帝，道、释二教不及于三王。迨乎德既下衰，道又上失，源离派别，朴散器分，于是乎儒、道、释之教鼎立于天下矣。降及近代，释氏尤甚焉。臣伏观其教，大抵以禅定为根，以慈忍为本，以报应为枝，以斋戒为叶。夫然亦可诱掖人心，辅助王化。①

此文虽然在政治层面排斥佛教，但是肯定了佛教思想对于教化的重要意义。由此可见，白居易此时对佛学依然抱有浓厚的兴趣。其《西京兴善寺传法堂碑铭》一文中也有“居易为赞善大夫时，常四诣师，四问道”②。白居易是在元和九年（814）任左赞善大夫。而《与济法师书》作于元和十年（815）前后。可见，自贞元十六年（800）到元和十年（815）间，白居易一直保持着对佛教思想的兴趣。

因此，白居易学习佛学绝非始于元和十年之后，而是很早便对佛学产生了的兴趣。苏辙在《书〈白乐天〉集后二首》中亦言：“乐天少年知读佛书，习禅定，既涉世履忧患，胸中了然，照诸幻知空也。”③ 由此可知，白居易在遭遇政治挫折之前，就已接受了佛学思想的影响。但是，他对佛学的理解和认识主要是在宗教信仰和生命寄托层面，并没有对佛教思想产生深刻认知，也没有基于佛教经典产生系统的思想理论。

---

① 谢思炜. 白居易文集校注［M］. 北京：中华书局，2011：1589.

② 谢思炜. 白居易文集校注［M］. 北京：中华书局，2011：186.

③ 苏辙. 栾城集［M］. 曾枣庄，马德富，校点. 上海：上海古籍出版社，2009：1407.

第二节 白居易对佛教经典的吸收

白居易对佛教经典的吸收主要集中在人生观、宗教信仰及生命寄托层面。肖伟韬在《白居易研究的反思与批判》一书中把白居易的佛、禅信仰大致归为三层境界，即理论兴趣层、功利实用层和虔诚信仰层，并且指出三层境界在白居易佛、禅信仰的时间段上有比较明显的界限。一般而言，理论兴趣层是最早形成的，接着是功利实用层得到突出强调，其后才投入虔诚信仰层。不过，三个层面又往往是交织在一起的，并不能截然分开，而是统一在白居易的佛、禅信仰中。[①] 这一说法基本揭示了白居易对佛家经典吸收的三个层面。

一、理论兴趣层面的“空”“妄”观

在理论兴趣层面，白居易主要吸收了佛家“空”“妄”等观念。白居易最早诠释佛教经典的文学作品是《八渐偈》，此文中可以清楚地看到白居易对佛教经典的吸收集中在“空”“妄”观念上。其中的《观偈》说：“以心中眼，观心外相。从何而有，从何而丧？观之又观，则辨真妄。”谢思炜考证，认为此偈主要受到《金刚经》的影响，《金刚经》曰：“凡所有相，皆是虚妄。若见诸相非相，则见如来。”[②]

其中所涉及的主要观念就是“一切有相皆是虚妄”。又如《觉

① 肖伟韬. 白居易研究的反思与批判［M］. 兰州：甘肃人民美术出版社，2007：116.

② 高楠顺次郎，渡边海旭，小野玄妙，等. 大正新修大藏经：第 8 册［M］. 台北：佛陀教育基金会，1990：749.

偈》有“惟真常在，为妄所蒙。真妄苟辩，觉生其中。不离妄有，而得真空”。《定偈》有“真若不灭，妄即不起”。《舍偈》有“众苦既济，大悲亦舍。苦既非真，悲亦是假”。[①] 这些都是以“空”“妄”为核心的观念。

在其思想早期，白居易只是将佛教的“空”“妄”观念作为一种理论认识，应用到诗歌创作当中。他在贞元十六年（800）前后创作了几首与佛教有关的诗歌，其中有：

日暮天地冷，雨霁山河清。长风从西来，草木凝秋声。已感岁倏忽，复伤物凋零。孰能不惨凄，天时牵人情。借问空门子，何法易修行？使我忘得心，不教烦恼生。（《客路感秋寄明准上人》）[②]

二十身出家，四十心离尘。得径入大道，乘此不退轮。一坐十五年，林下秋复春。春花与秋气，不感无情人。我来如有悟，潜以心照身。误落闻见中，忧喜伤形神。安得遗耳目，冥然反天真？（《题赠定光上人》）[③]

今日阶前红芍药，几花欲老几花新？开时不解比色相，落后始知如幻身。空门此去几多地，欲把残花问上人。（《感芍药花寄正一上人》）[④]

这三首诗都是写给佛门僧人的。这一方面说明白居易在贞元十六年（800）之前已和佛门中人有所往来，另一方面也能从中看出佛家思想对白居易的影响。从这些诗中可看到，白居易有感于世间变化的凄凉和虚幻，祈求通过佛法忘却世间烦恼。当然，白居易此时对于佛法的认知还是较为肤浅的。肖伟韬指出：“这些诗作，不仅表现了

---

① 谢思炜. 白居易文集校注［M］. 北京：中华书局，2011：108，109，112.

② 谢思炜. 白居易诗集校注［M］. 北京：中华书局，2006：759.

③ 谢思炜. 白居易诗集校注［M］. 北京：中华书局，2006：764.

④ 谢思炜. 白居易诗集校注［M］. 北京：中华书局，2006：1049.

居易最初接触到一个全新思想世界时的那份淡淡的疑惑、兴奋乃至激动，并力求有所体悟的良苦用心，而且表明了它们的确为居易的思想世界打开了另一扇闪亮的门窗，也就为其生存哲学要素的完整构成，开始涂上了儒、道之外的另一道亮丽的色彩。"[①]

元和五年（810）白居易又写了《代书诗一百韵寄微之》，其中有："儒风爱敦质，佛理尚玄师。"自注中又说："刘三十二敦质，雅有儒风；庾七玄师，谈佛理，有可赏者。"[②] 从中可以看出他对能"谈佛理"很感兴趣，亦颇欣赏。白居易在《传法堂碑》一文中记述了自己任左赞善大夫时问法的情况：

> 然居易为赞善大夫时，常四诣师，四问道。第一问云："既曰禅师，何故说法?"师曰："无上菩提者，被于身为律，说于口为法，行于心为禅。应用有三，其实一也。如江湖河汉，在处立名，名虽不一，水性无二。律即是法，法不离禅，云何于中妄起分别?"第二问云："既无分别，何以修心?"师曰："本无损伤，云何要修理? 无论垢与净，一切勿起念。"第三问云："垢即不可念，净无念可乎?"师曰："如人眼睛上，一物不可住，金屑虽珍宝，在眼亦为病。"第四问云："无修无念，亦何异于凡夫耶?"师曰："凡夫无明，二乘执著，离此二病，是名真修。真修者不得勤，不得妄。动即近执著，妄即落无明。"其心要云尔。[③]

由此文亦可窥见，白居易此时对佛家思想尚只停留在理论的兴趣上，而非对佛理有确切的感悟和信仰上的追求。

在白居易遭遇政治挫折之后，这些原本在白居易生命之外的佛

---

① 肖伟韬. 白居易研究的反思与批判［M］. 兰州：甘肃人民美术出版社，2007：117.

② 谢思炜. 白居易诗集校注［M］. 北京：中华书局，2006：977.

③ 谢思炜. 白居易文集校注［M］. 北京：中华书局，2011：186.

教理论开始逐渐影响他的世界观和人生观。从白居易晚年的文章中更可窥见“空”“妄”观念对他的深刻影响。

他在大和元年（827）至大和二年（828）之间所作的《画水月菩萨赞》中说：“净渌水上，虚白光中。一睹其相，万缘皆空。弟子居易，誓心归依。生生劫劫，长为我师。”① 大和二年（828）至大和四年（830）所作《酒功赞》曰：“百虑齐息，时乃之德。万缘皆空，时乃之功。”大和三年（829）所作《祭中书韦相公文》又说：“至若与公同科第，联官僚，奉笑言，蒙推奖。穷通荣悴之感，离合存殁之悲，尽成虚空，何足言叹？今兹荐奠，不设荤腥。庶几降临，鉴察精意。噫！浮生是幻，真谛非空。灵鹫山中，既同前会；兜率天上，岂无后期？”在《醉吟先生墓志铭》中，白居易更是说：“乐天乐天，生天地中，七十有五年。其生也浮云然，其死也委蜕然。来何因，去何缘？吾性不动，吾形屡迁。已焉已焉，吾安往而不可，又何足厌恋乎其间？”② 其中“万缘皆空”“尽成虚空”“浮生是幻”“其生也浮云然”诸语，都透露了白居易对佛家“空”“妄”观念的深刻体悟。

这种观念在他晚年的诗歌中表现得更加明显。如：“湛湛玉泉色，悠悠浮云身。闲心对定水，清净两无尘。”（《题玉泉寺》）“临高始见人寰小，对远方知色界空。回首却归朝市去，一稊米落太仓中。”（《登灵应台北望》）“欲悟色空为佛事，故栽芳树在僧家。细看便是华严偈，方便风开智慧花。”（《僧院花》）③

白居易对佛家“空”“妄”观念的生命体悟，主要出于现实生活需要的驱动，或者说是为平复焦灼情绪和维持中和心态的迫切愿望所驱动。在其政治失意后尤其是至其人生晚年，这些观念格外凸显。

① 谢思炜. 白居易文集校注［M］. 北京：中华书局，2011：116.

② 谢思炜. 白居易文集校注［M］. 北京：中华书局，2011：1896，1897，2031.

③ 谢思炜. 白居易诗集校注［M］. 北京：中华书局，2006：587，1969，2092.

并非时势、命运的变化使得白居易思想发生了重大的转变，而是生存的需要，使得原本存在于白居易内心世界的某种思想观念至此获得了充分的显现。一旦环境发生变化，白居易所表现出来的思想观念又会随之产生变化。这就是儒释道三家思想在白居易身上常常此起彼伏而并无稳定的思想基础的重要原因。

二、功利层面的“中隐”观

肖伟韬认为早期白居易“对佛、禅理论探讨的兴趣是高于宗教信仰的情怀的，同时也较少有利用宗教来解决当下精神困境的功利目的”[①]。这种认识可能并不准确。确实，早期白居易对佛、禅理论探讨的兴趣高于宗教信仰的情怀，但是并非无功利目的。他在贞元十六年（800）之前所作的《客路感秋寄明准上人》中说：“借问空门子，何法易修行？使我忘得心，不教烦恼生。”[②]“不教烦恼生”一句就表明白居易认为佛、禅理论有摆脱烦恼的功用，这便意味着白居易学习佛、禅理论有消解烦恼的功利性目的。他又在元和六年（811）所作的《自觉二首》中说：“我闻浮屠教，中有解脱门。置心为止水，视身如浮云。抖擞垢秽衣，度脱生死轮。胡为恋此苦，不去犹逡巡？回念发弘愿，愿此见在身。但受过去报，不结将来因。誓以智惠水，永洗烦恼尘。”[③] 该诗明显带有“永洗烦恼尘”的功利目的。元和十二年（817）白居易作《因沐感发寄朗上人二首》：“既无神仙术，何除老死籍？只有解脱门，能度衰苦厄。”[④] 同年所作《闲吟》亦曰：“自从苦学空门法，销尽平生种种心。唯有诗魔降未得，每逢

---

① 肖伟韬. 白居易研究的反思与批判［M］. 兰州：甘肃人民美术出版社，2007：117-118.
② 谢思炜. 白居易诗集校注［M］. 北京：中华书局，2006：759.
③ 谢思炜. 白居易诗集校注［M］. 北京：中华书局，2006：807.
④ 谢思炜. 白居易诗集校注［M］. 北京：中华书局，2006：836.

风月一闲吟。”[①] 这两首诗都表明白居易试图通过佛、禅来实现解脱一切烦恼苦厄的功利目的。

尽管白居易深感世事无常以及世间烦恼无尽，但是他并不能真正摆脱对世俗生活的眷恋。这导致白居易的宗教信仰始终带有强烈的功利目的。马斗全在《白居易生平思想研究》一文中指出：“他（白居易）之学佛，是为了排解人生、仕途的烦恼。”[②] 荣小措也指出：“白居易对佛教的信仰更注重其功利价值，或为交友从政之便，或为解脱生老病死之忧；因其功利性强，故虽多佞佛之举，却难去声色杯酒之累。”[③]

产生这种现象的一个重要原因是，白居易深受《维摩诘经》的影响。《维摩诘经》是以维摩诘命名的佛教经典。维摩诘居士是佛教中的著名居士，他既有大乘智慧，更重要的是，能将宗教修为融入日常生活。故而如张海沙所指出的：“（维摩诘）这个人物的典型意义是，他使中国文人在宗教层面上不脱离现实而追求终极真理成为可能、在日常生活中安顿心灵成为可能。”[④]《维摩诘所说经·方便品第二》曾描述了维摩诘的生活方式：

> 虽为白衣，奉持沙门清净律行。虽处居家，不着三界。示有妻子，常修梵行。现有眷属，常乐远离。虽服宝饰，而以相好严身。虽复饮食，而以禅悦为味。若至博弈戏处，辄以度人。受诸异道，不毁正信。虽明世典，常乐佛法。一切见敬，为供养中最。执持正法，摄诸长幼。一切治生谐偶，虽获俗利，不以喜悦。游诸四衢，饶益众生。入治政法，救

---

① 谢思炜. 白居易诗集校注［M］. 北京：中华书局，2006：1333.

② 马斗全. 白居易生平思想研究［J］. 三晋文化研究论丛，1997（10）：117.

③ 荣小措. 论王维与白居易佛教信仰之差异［J］. 语文学刊，2014（1）：33-35.

④ 张海沙. 唐代文人与《维摩诘经》［J］. 文学评论，2011（1）：40-52.

护一切。入讲论处，导以大乘。入诸学堂，诱开童蒙。入诸淫舍，示欲之过。入诸酒肆，能立其志。①

白居易深受《维摩诘经》的影响。他在大和七年（833）所作的《自咏》中自许维摩诘："白衣居士紫芝仙，半醉行歌半坐禅。今日维摩兼饮酒，当时绮季不请钱。等闲池上留宾客，随事灯前有管弦。但问此身销得否，分司气味不论年。"② 在白居易看来，自己的生活方式就是维摩诘的生活方式。所以，他并不觉得自己的功利需求与佛教信仰之间存在矛盾，恰恰相反，他认为自己深得《维摩诘经》要义。可以说，《维摩诘经》让白居易在世俗生活与佛教信仰之间找到了一种平衡，这使得始终以"中人"自居的白居易获得了一种既可摆脱世俗烦恼又不抛弃世俗乐趣的生存方式。

正是在《维摩诘经》的影响下，白居易提出了"中隐"的生活态度。大和三年（829）白居易写下了著名的《中隐》：

大隐住朝市，小隐入丘樊。丘樊太冷落，朝市太嚣喧。不如作中隐，隐在留司官。似出复似处，非忙亦非闲。不劳心与力，又免饥与寒。终岁无公事，随月有俸钱。君若好登临，城南有秋山。君若爱游荡，城东有春园。君若欲一醉，时出赴宾筵。洛中多君子，可以恣欢言。君若欲高卧，但自深掩关。亦无车马客，造次到门前。人生处一世，其道难两全。贱即苦冻馁，贵则多忧患。唯此中隐士，致身吉且安。穷通与丰约，正在四者间。③

在白居易看来，这种"中隐"的生活就是维摩诘的生活。从这首诗中，我们可以深刻地感受到白居易对世俗生活的眷恋，对世俗乐

---

① 高楠顺次郎，渡边海旭，小野玄妙，等. 大正新修大藏经：第 14 册［M］. 台北：佛陀教育基金会，1990：539.

② 谢思炜. 白居易诗集校注［M］. 北京：中华书局，2006：2380.

③ 谢思炜. 白居易诗集校注［M］. 北京：中华书局，2006：1765.

趣的不舍。这种眷恋与不舍让他无法真正放弃世俗生活而投入到佛教信仰当中。所以，他选择以“在家出家”的方式来平衡世俗与信仰的矛盾。他在《早服云母散》一诗中写道：“晓服云英漱井华，寥然身若在烟霞。药销日晏三匙饭，酒渴春深一碗茶。每夜坐禅观水月，有时行醉玩风花。净名事理人难解，身不出家心出家。”① 这里的“净名”即“维摩诘”的中译。他还创作了一首《在家出家》诗：“衣食支分婚嫁毕，从今家事不相仍。夜眠身是投林鸟，朝饭心同乞食僧。清唳数声松下鹤，寒光一点竹间灯。中宵入定跏趺坐，女唤妻呼多不应。”② 这也表现了白居易心目中“在家出家”的生活状态。

但是，白居易的这种生活方式与《维摩诘经》所说的并不相同。虽然维摩诘亦是在世间，但他并没有沉迷于世俗乐趣和世俗欲望，而是以一种理性的态度来审视世俗，并希望通过自身的努力来普度一切沉迷于世俗欲望中的芸芸众生。但白居易对此并无深刻领会，而是假借《维摩诘经》来实现自己追求世俗乐趣和摆脱世俗烦恼的愿望。不可否认，白居易确实在世俗与信仰之间实现了某种平衡，也获得了“游戏三昧，自在旷达”的精神境界，只不过这是建立在对《维摩诘经》的片面诠释甚至是误解上的。

三、信仰层面的净土归宿

虽然白居易的佛教信仰总是与现实的功利目的和世俗欲望相互纠缠，但是这并不意味着白居易的佛教信仰只停留于功利层面。随着年岁的增长，生死问题逐渐为白居易所关注。有些学者将白居易的佛

① 谢思炜. 白居易诗集校注［M］. 北京：中华书局，2006：2409.
② 谢思炜. 白居易诗集校注［M］. 北京：中华书局，2006：2672.

教信仰最终归结为一种功利层面的信仰，这其实是忽视了白居易晚年对佛教的虔诚信仰。

白居易在《祭中书韦相公文》中提到，他在长庆二年（822）与韦处厚同受八戒，持十斋："长庆初，俱为中书舍人日，寻诣普济寺宗律师所，同受八戒，各持十斋。繇（由）是香火因缘，渐相亲近。"[①] 白居易还表达了自己皈依净土的强烈愿望："灵鹫山中，既同前会；兜率天上，岂无后期？"谢思炜在《白居易集综论》中详细考证了白居易持戒的情况：

> 白居易晚年在洛阳从智如等受八关斋戒，又"每月常持十斋"（卷六七《书事咏怀》），又五月、九月持长斋（卷六七《酬梦得以予五月长斋延僧徒绝宾友见戏十韵》、卷六九《闰九月九日独饮》），又有"隔年斋"（见卷六九《和梦得洛中早春见赠七韵》），名目繁多，持戒甚谨。[②]

一直以维摩诘自许的白居易能够谨持戒律，实非易事。这表明白居易的佛教信仰展现出超越世俗功利而进入虔诚信仰的层面。事实上，白居易晚年对净土宗的信仰几乎处于一种狂热状态。

大和八年（834）夏，白居易与"南赡部州大唐国东都城长寿寺大苾蒭道嵩、存一、惠恭等六十人，与优婆塞士良、惟俭等八十人，以大和八年夏受八戒，修十善，设法供，舍净财，画兜率陀天宫弥勒上生内众一铺"，并作《画弥勒上生帧赞》。在此文中，白居易再次表达了自己皈依净土的愿望。"有弥勒弟子乐天同是愿，遇是缘，尔时稽首当来下生慈氏世尊足下，致敬无量而说赞曰：百四十心，合为一诚。百四十口，发同一声。仰慈氏形，称慈氏名。愿我来世，一时

---

① 谢思炜. 白居易文集校注［M］. 北京：中华书局，2011：1896.

② 谢思炜. 白居易集综论［M］. 北京：中国社会科学出版社，1997：290.

上生。”[①]

白居易又于大和六年（832）修香山寺，并在开成五年（840）所作的《香山寺新修经藏堂记》中，详细描述了自己修香山寺以及布置经藏堂的过程和情况。

开成五年（840），白居易又“舍俸钱三万，命工人杜宗敬按《阿弥陀》《无量寿》二经画西方世界一部，高九尺，广丈有三尺”，同时“焚香稽首，跪于佛前，起慈悲心，发宏誓愿”。[②] 同年，白居易又“命绘事，按经文，仰兜率天宫，想弥勒内众，以丹素金碧形容之，以香火花果供养之”，并作《画弥勒上生帧记》。文中白居易直言自己长期谨受戒律，并再次表达自己皈依净土的愿望：“乐天归三宝、持十斋、受八戒者，有年岁矣。常日日焚香佛前，稽首发愿，愿当来世与一切众生同弥勒上生，随慈氏下降，生生劫劫与慈氏俱。永离生死流，终成无上道。”[③] 白居易临终前“遗命不归下邽，可葬于香山如满师塔之侧”，“家人从命而葬焉”。[④]

这一系列的狂热举动，尤其是临终遗命，表明白居易晚年对净土宗的信仰已是相当虔诚，而绝非功利层面的信仰。肖伟韬认为白居易之所以最终皈依净土，是因为“净土信仰是一种更加方便简洁、可以毫不费力地通过‘他力救赎’就可以达到目标的宗教形式，这对充满经验型和功利型性格的居易来说，无疑有更大的吸引力”[⑤]。但谢思炜认为，白居易皈依净土与中国佛教的发展趋势有关，白居易的佛教信仰最终以通俗也易行的念佛往生净土为总结，虽然显得平庸了一些，却与净土信仰渗入各宗、成为众善所归的中国佛教发展的总

---

① 谢思炜. 白居易文集校注［M］. 北京：中华书局，2011：1953.
② 谢思炜. 白居易文集校注［M］. 北京：中华书局，2011：2008.
③ 谢思炜. 白居易文集校注［M］. 北京：中华书局，2011：2011.
④ 刘昫，等. 旧唐书［M］. 北京：中华书局，1975：4358.
⑤ 肖伟韬. 白居易研究的反思与批判［M］. 兰州：甘肃人民美术出版社，2007：126.

体趋势相符合。[①] 这些因素自然对白居易的净土宗信仰产生了影响。除此之外，白居易的经典诠释方式也与其佛教信仰的形成有关。

第三节　白居易的佛教信仰与经典诠释方式

通过细致考察白居易对佛教经典的诠释与吸收，我们大体可以看到：早期，白居易对佛教经典与理论更多的是理论上的兴趣；在政治失意后很长的一段时间内，白居易为了调和佛教信仰与世俗功利之间的矛盾，对佛教主要采取一种功利性信仰；但到了晚年，白居易开始对佛教有了虔诚的信仰。

与此同时，白居易对佛教经典的诠释方式也随之变化：早期，白居易诠释佛教经典的方式，主要是通过诗歌和文章来表达佛教的一些思想观念，并在语义层面对佛教经典加以解释与辩难。对此，我们可以将其概括为语言式经典诠释方式。在政治遭遇挫败后，白居易诠释佛教经典的主要方式，是通过模仿维摩诘的生活方式来诠释《维摩诘经》，并通过描述自己生活状态的诗作来表达对《维摩诘经》的理解。对此，我们可以将其概括为生活式经典诠释方式。到晚年，白居易则通过持守谨严的戒律、诵经、禅定等行为，在生活上严格约束自己，并通过修佛寺、收藏佛经和画制佛像图等方式表达自己虔诚的佛教信仰。对此，我们可以将其概括为信仰式经典诠释方式。

一、语言式经典诠释方式

白居易早期的语言式经典诠释方式，主要集中在对佛家思想观

① 谢思炜．白居易集综论［M］．北京：中国社会科学出版社，1997：291.

点的解释和辩难上。白居易早期思想带有明显的儒家底色，儒、道思想对他的影响明显超过佛家。所以，此时他虽然表现出对佛教经典及理论的兴趣，但也带有斥佛倾向。例如，在《策林·议释教》中，他直言佛教虽有助于礼乐教化，但是它所带来的弊端和社会问题要远胜它的优点。

> 臣闻上古之化也，大道惟一。中古之教也，精义无二。盖上率下以一德，则下应上无二心。故儒、墨六家不行于五帝，道、释二教不及于三王。迨乎德既下衰，道又上失，源离派别，朴散器分，于是乎儒、道、释之教鼎立于天下矣。降及近代，释氏尤甚焉。臣伏睹其教，大抵以禅定为根，以慈忍为本，以报应为枝，以斋戒为叶。夫然亦可诱掖人心，辅助王化。……若欲以禅定复人性，则先王有恭默无为之道在。若欲以慈忍厚人德，则先王有忠恕恻隐之训在。若欲以报应禁人僻，则先王有惩恶劝善之刑在。若欲以斋戒抑人淫，则先王有防欲闲邪之礼在。虽臻其极则同归，或能助于王化；然异其名则殊俗，足以贰乎人心。故臣以为不可者，以此也。①

由此可以明显看出，白居易排斥佛教并不仅仅立足于政治和社会问题，更重要的是，在他看来佛教“可诱掖人心，辅助王化”的功用亦可为儒、道两家所涵括。

产生这种论断的一个重要原因，就在于白居易的语言式经典诠释方式并不能使他对佛教经典产生深刻的理解，甚至造成了他对佛教经典的肢解与理解上的谬误。在上文分析《与济法师书》时，我们已看到，白居易对佛教经典的诠释大多只是停留在语义层面。他

---

① 谢思炜．白居易文集校注［M］．北京：中华书局，2011：1589-1590.

在辩难佛教僧人时，只是试图依据佛教经典语义上的矛盾来驳难。但若真正立足于佛教经典本身，便可发现白居易所提出的矛盾实际上是不存在的，或者说并不像白居易所想象的那样难以调和。更严重的是，白居易甚至在特定情况下援引了佛家的伪经来对佛教经典加以辩难。这可能是白居易有意为之，但是也表明他无法深刻理解佛家奥义。

谢思炜在《白居易集综论》一书中还注意到白居易在讨论五阴（五蕴）、十二因缘时，将“五蕴之间归类的逻辑关系”与“十二因缘所主要说明的生命流转的因果联系”视为一种“‘相次’与‘相缘’的矛盾”。“作为一个认真思考的信徒，应该说，白居易提出这一问题至少说明他具有一定的理论敏感性。”① 由此可见，白居易更多地是以一种知识性的逻辑来理解佛教经典，而非立足于佛教经典本义来理解它们。所以，白居易的这种诠释更大程度上只是一种外在的理解。

这是白居易语言式经典诠释方式所存在的问题。这直接导致白居易无法在根本上驳倒佛教理论，也使他无法深刻理解和吸收佛教经典中所包含的思想。换言之，凭借这种语言式经典诠释方式，白居易无法建立起佛教信仰，亦无法真正驳倒佛教思想以捍卫他所重视的儒家思想。这可以说是白居易早期在佛教经典诠释上所面临的巨大问题。

二、生活式经典诠释方式

在遭遇政治挫败后，白居易深切地感受到世事的无常与虚幻，内

---

① 谢思炜．白居易集综论［M］．北京：中国社会科学出版社，1997：262-263.

心的烦恼无法排解。同时，白居易又无法放弃对世俗乐趣的眷恋。此时，《维摩诘经》为白居易提供了一种新的生活方式，白居易就此开始了他生活式经典诠释方式。

他在生活方式上极力模仿维摩诘，并在很多诗文中自许维摩诘。这使得他既可以徜徉于世俗生活之中，又可以自信地以为自己就是在践履维摩诘的教义。他一方面禅定，另一方面安于世俗。他在世俗生活与佛教生活之间来回转换。这种生活状态让他暂时忘却了烦恼，获得了一种“游戏三昧，自在旷达”的、诗意的生活境界。然而，这种经典诠释方式不过是一种外在的模仿，无法从根本上让白居易超脱于世俗之外，只是白居易用以平衡世俗乐趣与世俗烦恼的一种方式罢了。

如果回归佛教经典《维摩诘经》，我们就会看到，白居易这种生活式经典诠释与《维摩诘经》存在根本性矛盾。维摩诘的生活方式与白居易的生活方式虽然都强调不要割裂现实生活与宗教信仰，但是维摩诘遵循着一切色相皆为虚妄、唯佛法方是真如的佛教教义，同时，维摩诘并没有沉迷于世俗生活，而是身入世俗生活当中解救一切沉迷于世俗欲望的芸芸众生。所以，在维摩诘那里，佛性、佛法仍是最根本的追求，只不过他并不认为一定要完全摆脱现实生活才能实现这种追求。但白居易不同，他虽在表面上吸收了《维摩诘经》“是身如浮云，须臾变灭”的观念，但是透过他的生活方式和生活状态，可以明显看出他对世俗乐趣的眷恋与沉迷。

就此而言，这种生活式经典诠释方式依旧是外在的，尽管这造就了白居易的诗意与旷达。值得注意的是，这种生活式经典诠释方式不同于语言式经典诠释方式。通过语言式经典诠释方式，白居易所获得的佛教教义主要是知识性的和观念性的理论，而无法融入白居易的生命。但生活式经典诠释方式融入了白居易的生命之中，换言之，它是白居易情感的真实表现和流露。所以说，这种诠释方式不完全是外在的、与生命无关的。

当然，这种生活式经典诠释方式，并不与语言式经典诠释方式相违背，二者甚至可以在白居易那里达成完美的融合。在白居易的诗文中可以看到大量诠释维摩诘精神的文字，可以说，生活式经典诠释方式与白居易诗人的本性达成了高度的契合，它满足了白居易表现个人文采和自在旷达的诗人情怀以及感知和享受世俗生活的追求。

但是，这种生活式经典诠释方式仍然无法真正消解白居易的世俗烦恼，它只是让白居易暂时忘却世俗烦恼罢了。随着白居易年龄的增长，生死问题不可回避。衰亡与其他世俗烦恼根本不同，它无法通过文字语言以及生活方式的改变得到真正的解决。在这种情况下，信仰式的经典诠释方式开始为白居易所采用。

三、信仰式经典诠释方式

在佛教信仰中，一般的文学作品与佛教经典之间存在明显的差别，并且不允许将文学作品与佛教经典放在一起，因为文学作品大多与世俗乐趣相纠缠，很多文字有悖佛家教义。晚年白居易作为佛教信徒，对此有着清楚的了解。然而，他仍然“将文集分抄多部送往寺院，欲托佛经藏而传之不朽”①。

事实上，白居易早在元和五年（810）就意识到文学创作与佛教信仰之间的矛盾。他在《和梦游春诗一百韵》的《序言》中说：

重为足下陈梦游之中所以甚感者，叙婚仕之际所以至

① 谢思炜. 白居易集综论［M］. 北京：中国社会科学出版社，1997：283.

感者，欲使曲尽其妄，周知其非，然后返乎真，归乎实；亦犹《法华经》序火宅、偈化城，《维摩经》入淫舍、过酒肆之义也。①

在白居易没有虔诚的宗教信仰之前，文学创作和佛教信仰确实可以以一种轻松的方式得到统一。

但是，在白居易虔诚的佛教信仰形成后，他对自己的文学创作就有真诚悔过之意。他将自己的诗文视为“寓兴放言”的“世俗文字”。白居易虽“惧结来业，悟知前非”，但又实在割舍不下倾毕生精力所创造的文章。他既担心自己的世俗文字导致来生苦果、苦报，又期盼作品能够“传于后”，希望借助佛家永恒之力，使自己数十年世俗生活的精神成果流芳百世。

白居易这么做带有强烈的功利目的，即期望自己的生命可以随着诗文的流传得以不朽。正是基于这种目的，他才发愿悔过，将自己的诗文放诸经藏。值得注意的是，白居易并非一定要在佛前发愿忏悔才能使自己的文学作品得到流传。他之所以这么做，是因为对他而言，文学与宗教信仰都具有相当重要的地位。这也导致其经典诠释方式的变化。他对自己诗文内容的悔过恰恰反映出此时信仰式经典诠释方式已经成为他对待佛典的主要方式，他不再强烈要求通过诗文作品和生活方式的模仿来实现对佛家经典的把握。

信仰式经典诠释方式不同于语言式和生活式经典诠释方式，它更加强调内在的反省与悔过，更加注重对戒律的遵循；它具有强大的约束性，要求诠释者服从并实践经典教义。通过这种诠释方式，白居易获得了把握和遵循佛家教义的自觉，当然这种自觉并非建立在对佛法的透彻领悟上，而是建立在强大的信仰上。但无论如何，这种诠

① 谢思炜．白居易诗集校注［M］．北京：中华书局，2006：1132．

释方式是通过克制内在的世俗欲望来完成的，它具有心性修养的意味，相较于语言文字和生活方式的诠释更具内在性。

总之，白居易对佛教的经典诠释方式经历了“语言式诠释”“生活式诠释”“信仰式诠释”三个阶段。这三个阶段虽然有明显的差别，却也相互交织，无法截然分开。在不同的经典诠释方式下，白居易的宗教信仰表现出不同的形态。就此而言，白居易诠释佛教经典的三种方式与其佛教信仰的三种形态之间存在相互影响、相互促成的关系。这就为我们探究白居易对佛教经典态度的几次转变提供了新的思考方向。

第六章　文学式经典诠释方式与白居易的思想

白居易的思想受到了儒、道、佛经典的影响，甚至可以说，白居易的思想主要是通过对儒、道、佛经典的不断诠释而建立起来的。本章拟从整体上探讨白居易思想与儒、道、佛经典之间的关系，以及文学式经典诠释方式在白居易思想形成过程中所发挥的作用。

第一节　白居易文学式经典诠释方式的基本特点

白居易在诠释儒、释、道经典时，有些诠释现象频繁出现。通过分析这些诠释现象，可对白居易文学式经典诠释方式的基本特点做一总结。

其一，有精辟而富新意的思想火花产生。

比如白居易在解释《周易》“王公设险，以守其国”时，将“险”分为“教之险”与“地之险”，并提出此二者须“兼而用之”。这种诠释不仅丰富了“险”的内涵，而且展现了“礼乐教化”“法律政令”及“自然险要”之间的复杂关系，这是许多《周易》注疏文本所未能充分展开和涉及的。又如白居易在诠释《礼记》“教者人之寒暑也”一句时，将“教”由专指“礼乐教化”扩展至“一切刑政礼乐教化”，这就拓宽了教化的范围。

由此可见，文学式经典诠释方式可使诠释者摆脱章句注疏之学的束缚，使经典诠释产生新理论、新思想。但是，由文学式经典诠释方式产生的新思想和新理论很难形成系统性，更多的只是偶尔闪现的思想火花。正如钱钟书所言：

> 倒是诗、词、随笔里，小说、戏曲里，乃至于谣谚和训诂里，往往无意中三言两语，说出了精辟的见解，益人心智……自发的孤单见解是自觉的周密理论的根苗。……往往整个理论系统剩下来的有价值东西只是一些片段思想。①

钱钟书辩证地看待“自发的孤单见解”与“自觉的周密理论”之间的关系，承认通过文学式经典诠释方式得来的精辟见解只是“一些片段思想”。

其二，自由随意地援引多家经典说明同一道理。

例如，白居易的《动静交相养赋》中说：

> 天地有常道，万物有常性。道不可以终静，济之以动；性不可以终动，济之以静。养之则两全而交利，不养之则两伤而交病。故圣人取诸《震》以发身，受诸《复》而知命。所以《庄子》曰：“智者恬。”《易》曰：“蒙养正。”②

其中，“圣人取诸《震》以发身，受诸《复》而知命”以及“蒙养正”皆是对儒家经典《周易》中文辞的援引，“智者恬”则是对道家经典《庄子》的援引。

他的《大巧若拙赋》中也出现了这种诠释现象：

> 巧之小者有为，可得而窥。巧之大者无迹，不可得而知。盖取之于《巽》，受之以《随》。动而有度，举必合规。

---

① 钱钟书．七缀集［M］．北京：生活·读书·新知三联书店，2002：33-34.

② 谢思炜．白居易文集校注［M］．北京：中华书局，2011：1.

故曰："大巧若拙。"其义在斯。①

"取之于《巽》，受之以《随》"与儒家经典《周易》有关，"大巧若拙"则是对道家经典《老子》的援引。

还有《君子不器赋》中的"冥心无我，无可而无不可；应用不疲，无为而无不为"②，其中"无可而无不可"出自儒家经典《论语》，"无为而无不为"则出自道家经典《老子》。

这种诠释现象表明白居易并没有明确地站在儒家或道家的立场。他对儒家经典和道家经典的援引和解释，更多的是为了论证自己观点的合理性，而不是为了捍卫儒家或道家思想的价值与意义。这样一种诠释立场和态度使得白居易无意中扩大了经典的诠释空间，并摆脱了经典本义的限制，也消解了所引内容之间的差异与矛盾。

例如，"智者恬"，语出《庄子·缮性》："古之治道者，以恬养知。知生而无以知为也，谓之以知养恬。知与恬交相养，而和理出其性。"③ 白居易援引《庄子》是为了论证"动静交相养"的合理性。这意味着在白居易那里"恬"与"静"对应，"智"与"动"对应。如此一来，"恬"与"智"的关系就像"静"与"动"的关系一样是相辅相成、对立统一的。但《庄子·缮性》中所说的"知与恬交相养"并不存在这样一种关系。郭象在《庄子注》中解释"知与恬交相养"时说："知而无为，则无害于恬；恬而自为，则无伤于知，斯可谓交相养矣。"成玄英进一步解释道："夫不能恬静，则何以生彼真知？不有真知，何能致兹恬静？是故恬由于知，所以能静；知资于静，所以获真知，故知之与恬交相养也。"④ 可见在《庄子·缮性》

① 谢思炜. 白居易文集校注［M］. 北京：中华书局，2011：41.

② 谢思炜. 白居易文集校注［M］. 北京：中华书局，2011：68.

③ 郭象，成玄英. 庄子注疏［M］. 曹础基，黄兰发，整理. 北京：中华书局，2011：297-298.

④ 郭象，成玄英. 庄子注疏［M］. 曹础基，黄兰发，整理. 北京：中华书局，2011：298.

中“恬”与“知”是相互依存的关系，并不是“静”“动”那样的对立关系。并且，《庄子》所说的“知与恬交相养”更多的是在突出“无为”“顺其自然”的道家观念，白居易在强调“恬与智交相养”时则主要为了突出“静”与“动”的对立统一、相依相伏。由此可见，白居易并不是忠于《庄子》的本义，而以一种自由甚至带些随性的态度诠释《庄子》的这一内容。

白居易对“蒙养正”的援引与解释同样如此。孔颖达疏解“蒙以养正，圣功也”一句时说：“‘蒙以养正，圣功也’者，能以蒙昧隐默自养正道，乃成至圣之功。”[①] 可见《周易》“蒙以养正”所要表达的观念不但与白居易所要表达的观念不同，也与《庄子》“知与恬交相养”所要表达的观念有别。但是，它们被白居易等同了起来并被赋予了新的意义。这种诠释现象在传统的以注疏为主要形式的经学诠释方式中几乎不会出现，在文学式经典诠释方式中却成了一种普遍现象。这意味着文学式经典诠释方式对于经典文句的原有语境不甚关注，诠释时较为自由随意。

其三，自由联想、缺乏论证的诠释现象时有发生。

例如白居易在《才识兼茂明于体用科策一道》中说：

> 臣闻无为而理者，其舜也欤？舜之理道，臣粗知之矣。始则懋于修己，劳于求贤，明察其刑，明慎其赏，外序百揆，内勤万枢，昃食宵衣，念其不息之道。夫如是，岂非大有为者？终则安于恭己，逸于得贤，明刑至于无刑，明赏至于无赏，百职不戒而举，万事不劳而成，端拱凝旒，立于无过之地。夫如是，岂非真有为者乎？故臣以为无为者非无所为也，必先有为而后至于无为也。《老子》曰：“无为而无

① 阮元. 十三经注疏［M］. 清嘉庆刊本. 北京：中华书局，2009：36.

不为。”盖是谓矣。[1]

这里白居易明确援引了《论语·卫灵公》中的“无为而治，其舜也欤”（因避讳唐高宗李治而改“治”为“理”）和《老子》中的“无为而无不为”，并用后者来解释前者。但白居易的这种理解与老子“无为而无不为”所要表达的思想相去甚远，甚至是南辕北辙。出现这种现象的原因有二：一是在白居易看来，《老子》中的“无为而无不为”与《论语》中的“无为而治”所要表达的思想内容虽然存在差别，但根本上是一致的；二是白居易有意儒道互释，以使自己的思想显得更为新颖，或者表现自己儒道并重的思想倾向。

从这种诠释现象来看，白居易的思想出现了一定程度的混乱。一方面是经典援引与解释上的混乱，即白居易所援引的经典与他的解释是不一致的，甚至是矛盾的；另一方面是论证上的混乱，即白居易在解释经典时并没有清晰的义理分析，而是直接将自己的观点与经典关联起来。这表明白居易诠释经典的方式并不注重论证，而是通过一种自由的联想，将所引经典文句与所要表达的思想和义理直接关联起来，二者乍看似乎契合一致，实际上经不起推敲。

其四，时有将经典史学化的倾向。

例如，白居易在诠释《左传》时就表现出史学化倾向。其《晋谥恭世子议》说：

> 左氏修鲁史，受经于仲尼。盖仲尼之志，丘明从而明之，无善恶，无大小，莫不微婉而发挥焉。至于申生之死也，之谥也，略而无讥，何其谬哉！何以核诸？且仲尼修《春秋》，明则有凡例，幽则有微旨。其有君不君，臣不臣，父不父，子不子者，率书名以贬之。故书曰“晋侯杀其太

---

① 谢思炜. 白居易文集校注［M］. 北京：中华书局，2011：413-414.

子申生”。不言晋人，而书晋侯且名太子者，盖明晋侯不道，且罪申生陷君父于不义也。以微旨考之，则仲尼明贬可知矣；以凡例推之，则左氏之阙文可知矣。

鸣呼！先王之制谥，岂容易哉？盖善恶始终，必褒贬于一字。所以彰明往者，劝沮来者，故君子于其谥，无所苟而已矣。①

在此文中，白居易对《左传》提出了质疑，颇有贬斥之意。谢思炜曾指出“此文阐述《春秋》微言大义，贬斥《左传》，显然是公羊学的作风”②。若从强调微言大义的阐释来看，白居易似有推崇公羊学的倾向。但从经典的援引来看，相较于《公羊传》，白居易似乎更加偏爱《左传》。《白居易文集》中对《左传》内容的援引有数十条，而对《公羊传》的援引只有数条。这种现象显然与白居易贬斥《左传》、崇尚《公羊》的论断相左。并且在此文中，白居易明确从整体上对《左传》加以褒扬：“左氏修鲁史，受经于仲尼。盖仲尼之志，丘明从而明之，无善恶，无大小，莫不微婉而发挥焉。”假定白居易推崇公羊学，一定不会给予《左传》如此高的评价。

其实，并不能由《晋谥恭世子议》一文得出白居易崇尚《公羊》、贬斥《左传》的结论。白居易对《春秋》所记“晋侯杀其世子申生”的论述主要是为了说明申生“致身于不义不祗，陷父于不德不慈”，不配谥为“恭”。③ 其中并没有涉及《公羊传》。白居易主要是强调申生有罪不配谥为“恭”，这种观点既与《左传》不同，亦与《公羊》有别。关于“晋侯杀其世子申生”一条，孔颖达正义曰：“‘曷为直称晋侯以杀？杀世子母弟直称君者，甚之也。’言父子相

① 谢思炜．白居易文集校注［M］．北京：中华书局，2011：385.

② 谢思炜．白居易集综论［M］．北京：中国社会科学出版社，1997：214.

③ 谢思炜．白居易文集校注［M］．北京：中华书局，2011：384.

残，恶之甚者，是恶其用谗杀大子，故斥言晋侯以罪之。罪晋侯，则申生无罪也。”[①] 但《左传》并无罪晋侯或申生之意，只是说：“晋侯使以杀大子申生之故来告。”[②] 显然，《公羊》《左传》皆无罪申生之意。故白居易强调申生之罪，与《公羊》《左传》皆不同。

那么，白居易这里为什么会明显表现出贬斥《左传》的倾向呢？原因在于白居易此处并没有将《左传》视为经，而是看成了史。白居易所讨论的并非《春秋》中的写法问题，而是其中所记一事。在讨论这个事件时，他更多的是表达自己对这个事件的认识和看法，而非立足于《公羊》《左传》或《穀梁》来探讨《春秋》的微言大义。

白居易的《汉将李陵论》与《晋谥恭世子议》不管是在行文上，还是在观点上都极为类似。白居易在《汉将李陵论》中对《史记》和《汉书》加以了批评：

> 汉李陵策名上将，出讨匈奴，窃谓不死于王事非忠，生降于戎虏非勇，弃前功非智，召后祸非孝。四者无一可，而遂亡其宗。哀哉！予览《史记》《汉书》，皆无明讥，窃甚惑之。司马迁虽以陵获罪，而无讥可乎？班孟坚亦从而无讥，又可乎？[③]

从中可见，白居易对《史记》《汉书》的批评与对《左传》的批评几乎相同。他不是将《左传》的义理视为圣人之义，而是将其视为类似于《史记》《汉书》中的史评。他对《左传》的贬斥和批评正是在这样一种态度下发生的，并不关涉《左传》《公羊》的“春秋学”之争。

由此可见，白居易这种文学式经典诠释方式由于强调个人观点

---

① 阮元．十三经注疏［M］．清嘉庆刊本．北京：中华书局，2009：3893.
② 阮元．十三经注疏［M］．清嘉庆刊本．北京：中华书局，2009：3895.
③ 谢思炜．白居易文集校注［M］．北京：中华书局，2011：390.

的表达而非经典义理的阐扬，遂使经典在无形中成了佐证个人观点合理性的史料。如此一来，经典便失去了它原有的面貌，成为一些看似神圣却缺乏尊严的文字材料，其作用不过是印证某种个人的观点而已。

上述分析表明，白居易文学式经典诠释方式虽然可以摆脱章句注疏之学的束缚并能催生富有创意的经典诠释，但也存在严重的局限性。这种局限性可概括为四点：第一，较为自由随意，缺乏严肃性，不对某部经典、某种立场、某个流派负责；第二，注重自由联想，缺乏严密论证，往往不是通过严密的考据与论证来说明经典的真实意义，而是通过自由联想使个人观点与经典产生关联；第三，注重个人观点的表达，而非经典意义的阐扬，虽然十分依赖经典，但只是利用经典来证明个人观点的合理性；第四，对经典的援引和解释往往是片面的、零碎的，而非全面的、系统的，很难对经典形成系统的诠释。

第二节　文学式经典诠释方式与白居易自由开放的思想

从当前白居易思想研究的成果来看，白居易同时受到儒、道、佛思想的影响已经成为学界的共识。学界所争议的问题主要有二：一是白居易思想的核心内容主要来源于儒、道、佛中的哪一家；二是白居易思想主要经历了几个阶段，每个阶段的基本内容是什么。按照常理来讲，只要能够清楚了解白居易思想每个阶段及其核心内容，然后与儒、释、道思想加以比对，就能解决这两个问题。但前文已经说明了学界争论的情况以及这两个问题的复杂性。本节试图摆脱原有的研究框架，从经典诠释方式角度重新审视这些问题。

在思想、信仰与社会秩序混乱的时代背景下，白居易有意通过思想重构来回应时代问题。他将儒、释、道思想分别限定在不同的生活领域，以明确它们之间的界限。谢思炜在总结白居易宗教信仰的特点时就指出："他在宗教信仰与政治生活之间划出了明确的界限，政治上的抑佛、限佛与义理上的崇佛、私生活中的信佛（甚至佞佛）并行不悖。"① 这说明白居易看到了儒、释、道之间的差异和矛盾，并没有独尊某一家，而是在努力调和这种矛盾。从白居易在不同的领域重视不同的思想来看，他并不认为儒、释、道之间存在孰优孰劣的问题，而是认为它们能够在不同的生活领域发挥各自的优长。

总体上讲，白居易对儒、释、道思想持一种自由开放的态度。他积极吸收儒、释、道思想的优长，并且将它们应用在不同的生活领域之中。这就使儒、释、道达成了和解，在一定程度上实现了三教融合。另外，从白居易对儒、释、道经典的诠释来看，他也努力在调和它们之间的矛盾，并力图将它们视为百虑一致、殊途同归的整体。除此之外，白居易还援引了杂家、法家以及一些文学、史学经典。这些不同类别、不同流派的经典糅合在一起，相互印证，相互解释，形成了极为自由开放的整体。白居易这种思想的形成与文学式经典诠释方式有着密切联系。

事实上，除了明确儒、释、道经典的界限外，白居易还试图对儒家经典重新进行层次上的区分和结构上的排布。他在《与元九书》中就说："夫文尚矣。三才各有文。天之文三光首之，地之文五材首之，人之文六经首之。就六经言，《诗》又首之。"② 这就将《诗经》视为六经之首。除此之外，他又对一些经典进行了功能上的区分：

---

① 谢思炜. 白居易集综论［M］. 北京：中国社会科学出版社，1997：292.

② 谢思炜. 白居易文集校注［M］. 北京：中华书局，2011：322.

"《大易》致人之制，《周官》劝人之典，《论语》利人之道，三科具举，有条而不紊矣。"[①] 这种做法明确了六经的主次地位。另外，白居易一生涉猎许多佛教经典。他曾在《醉吟先生传》中宣称自己"栖心释氏，通学小中大乘法"[②]。虽然不能明确白居易所习佛教经典究竟有哪些，理解程度如何，但可以从他的诗歌文章中看到，他对佛教经典有些只是义理或者理论上的兴趣，有些则是修行方法上的兴趣，还有一些是宗教信仰上的兴趣。这说明佛教经典在白居易那里亦有功能上的区分。

这种区分与文学式经典诠释方式不无关系。诠释者采用这种方式诠释经典时，往往是借助经典援引和解释来表达个人观点，因此对经典的援引和解释不像经学训诂式经典诠释方式那样会立足于经学传统，通过章句注疏的形式，对经典进行系统的解释。这种诠释往往是片面的和零碎的，而不是深刻的、全面的、系统的。由于注重的是个人观点的表达，而非经典本义的呈现，诠释者就会把经典中部分内容的价值与意义无形放大，而将另一些虽十分重要却并未引起兴趣的内容加以淡化或忽略。如此，经典就会被诠释者简约化、概括化，经典间的界限也就显得特别明晰。这与通过理性辨析内容异同来明确经典间的界限有着本质不同，前者是实质的区别，后者只是形式的区别。

所以，白居易对经典的区分是通过模糊和忽视经典之间的种种矛盾来实现的。这种区分并没有解决经典间的矛盾，而是回避了这种矛盾。这种圆融无碍的思想形态是通过自由的联想实现的，并未能从根本上解决不同经典间的矛盾。正因如此，白居易虽然对儒、道、佛思想的适用范围进行了划分，但是它们在内容上的界限并不清晰，三

---

① 谢思炜. 白居易文集校注［M］. 北京：中华书局，2011：426.

② 谢思炜. 白居易文集校注［M］. 北京：中华书局，2011：1981.

家的思想观念相互交织、彼此类比、互相论证的现象时有发生。例如，在《三教论衡》中，白居易就将儒、佛进行了类比。

可见，白居易虽然对儒、释、道进行了区分，但是这种区分并不清晰和明确；有时又会有意无意地模糊这种区分，并拉近儒、释、道之间的距离。

之所以产生这种现象，首先是因为白居易在将经典简约化、概括化的过程中，忽视了不同经典间的矛盾。其次，文学式经典诠释方式本身缺乏严谨论证，不注重义理辨析，也容易使得经典间的矛盾通过自由随性的联想转化为“同出异名”“殊途同归”的圆融。此外，文学式经典诠释方式注重个人观点的表达，这便使得白居易的经典诠释带有浓厚的实用主义色彩，往往只是针对特定的问题来表达个人的观点。在白居易个人观点的统摄下，不同经典便成了论证其观点合理性的材料，它们彼此之间的差异和矛盾也因此消解。在此诠释语境下，不同流派的经典之间的差异性被诠释者的主体意识所摧毁，经典在诠释者那里获得了更大的诠释空间。

因此，白居易通过经典诠释所形成的思想便获得了极强的开放性。白居易通过这种开放的思想形态实现了他融通三教的理想。白居易的“身委逍遥篇，心付头陀经”（《和思归乐》）；“身着居士衣，手把南华篇”（《游悟真寺诗一百三十韵》）；“栖心释梵，浪迹老庄”（《病中诗十五首序》）；“上遵周孔训，旁鉴老庄言”（《遇物感兴因示子弟》）等[①]，都表明了其思想形态的开放性特点。这种思想形态让白居易自由旷达的文人情怀得到了释放，也让他本来矛盾的政治理想、世俗追求、宗教信仰达成了和解。

但此种思想形态，内容十分繁杂，结构并不稳定，有着不同来源

① 谢思炜. 白居易诗集校注［M］. 北京：中华书局，2006：214，561，2627，2726.

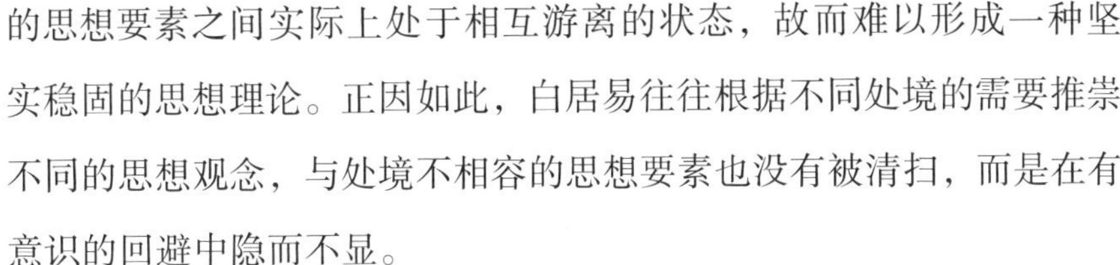

的思想要素之间实际上处于相互游离的状态，故而难以形成一种坚实稳固的思想理论。正因如此，白居易往往根据不同处境的需要推崇不同的思想观念，与处境不相容的思想要素也没有被清扫，而是在有意识的回避中隐而不显。

第三节　文学式经典诠释方式与白居易的宇宙人生观

一个人的思想往往是以其对宇宙人生的基本认识为基础的。白居易通过诠释儒、道、佛经典建立了一套较有特色的宇宙观和人生观，对宇宙生成、有形世界以及人生的整体思考充满了智慧，也包含许多矛盾。本节试图从整体上讨论白居易宇宙人生观的主要内容与儒道佛经典之间的关系。

一、白居易的宇宙观和人生观概述

白居易吸收道家学说，认为宇宙最初处于混沌之中，无声无色，无形无臭，强名为道。道体通过自身变化而生成阴阳二气，阴阳交感而生天地万物，故白居易《上元日叹道文》曰："道本无象，功成强名。生一气之先，为万物之母。吹煦寒暑，阴阳节而岁功成；辅相乾坤，上下交而生物遂。"[①] 白居易认为宇宙最初就处于一种和谐状态，由于"道不可以终静"，所以这种状态随着时间的推移不断发生变化，最终形成了不断变化的有形世界。有形世界中的一切事物虽然千

---

① 谢思炜. 白居易文集校注［M］. 北京：中华书局，2011：1131.

差万别，但从根本上来讲皆同出一源。所以他说："亦由水火之相戾，同根于冥数。……亦由寒暑之相反，同本于元气。"①

不管是宇宙生成的过程，还是自然的有形世界，在白居易看来，皆处在无常的变化之中。所以，他常感叹"天地无常心"（《礼部试策五道·第四道》）、"天地之数无常"（《礼部试策五道·第五道》）、"人无常心……国无常俗"（《策林·策项》）等。② 这无常的变化具体表现出来就是阴阳的交替不息。

> 吾观天文，其中有程。日明则月晦，日晦则月明。明晦交养，昼夜乃成。吾观岁功，其中有信。阳进则阴退，阳退则阴进。进退交养，寒暑乃顺。（《动静交相养赋》）③

> 夫天地之数无常，故岁一丰必一俭也。衣食之生有限，故物有盈则有缩也。（《礼部试策五道·第五道》）④

这一切的变化总是为客观存在的阴阳定数所规定，不以人的主观意志为转移。

> 臣闻水旱之灾，有小有大。大者由运，小者由人。由人者，由君上之失道，其灾可得而移也。由运者，由阴阳之定数，其灾不可得而迁也。……其大者，则唐尧九载之水，殷汤七年之旱是也。夫以尧之大圣，汤之至仁，于时德俭人和，刑清兵偃，上无狂僭之政，下无怨嗟之声，而卒有浩浩滔天之灾，炎炎烂石之沴。非君上之失道，盖阴阳之定数矣。此臣所谓由运不可迁之灾也。⑤

可以看到，白居易的宇宙观主要是强调天地万物同出一源且变

---

① 谢思炜. 白居易文集校注［M］. 北京：中华书局，2011：430.
② 谢思炜. 白居易文集校注［M］. 北京：中华书局，2011：436，439，1355.
③ 谢思炜. 白居易文集校注［M］. 北京：中华书局，2011：1.
④ 谢思炜. 白居易文集校注［M］. 北京：中华书局，2011：439.
⑤ 谢思炜. 白居易文集校注［M］. 北京：中华书局，2011：1407-1408.

化无常，即天地万物皆是天地元气依照一定的规律而生成并不断变化着的。就不可改变的阴阳定数而言，则“天地有常道，万物有常性”；就不断变化的自然世界而言之，则“天地之数无常”。[①]

但是，承认阴阳有定数，并不意味着认为人在命运面前总是被动的承受者。相反，白居易认为人可以通过发挥自身的主观能动性去调和固有的阴阳变化。

> 然则圣人不能迁灾，能御灾也；不能违时，能辅时也。将在乎廪积有常，仁惠有素。备之以储蓄，虽凶荒而人无菜色；固之以恩信，虽患难而人无离心。储蓄者聚于丰年，散于歉岁。恩信者行于安日，用于危时。夫如是，则虽阴阳之数不可迁，而水旱之灾不能害。故曰：人强胜天，盖是谓矣。……夫天之道无常，故岁有丰必有凶；地之利有限，故物有盈必有缩。圣王知其必然，于是作钱刀布帛之货，以时交易之，以时敛散之。所以持丰济凶，用盈补缩。则衣食之费，谷帛之生，调而均之，不啻足矣。（《策林·辨水旱之灾明存救之术》）[②]

同时，白居易还强调人作为万物之灵可以感应天地万物。“惟天地万物父母，惟人万物之灵。盖天地无常心，以人心为心。苟能以最灵之心感善应之天地，至诚之诚感无私之日月，则必如影随形、响随声矣，而况于水火草木乎?”[③] 在白居易看来，天地间的万物皆有定数，并依其常性不断变化，唯人可以感知天地万物及其变化。换言之，只有人能感应天地万物，能知天地万物之道。

基于此，白居易提出了“动静进退随时从宜”的人生观，这成

---

① 谢思炜. 白居易文集校注［M］. 北京：中华书局，2011：1，439.

② 谢思炜. 白居易文集校注［M］. 北京：中华书局，2011：1408.

③ 谢思炜. 白居易文集校注［M］. 北京：中华书局，2011：436.

为白居易处世哲学的核心内容。白居易依照阴阳交感的原则，也将动静视为一对交相为用、相互依存的概念。他认为天地万物总是处于动静交替当中，动静之于天地万物而言，各有其用，相互依存，不可偏废其一。《动静交相养赋》曰：

天地有常道，万物有常性。道不可以终静，济之以动；性不可以终动，济之以静。养之则两全而交利，不养之则两伤而交病。……所以动之为用，在气为春，在鸟为飞，在舟为楫，在弩为机。不有动也，静将畴依？所以静之为用，在虫为蛰，在水为止。在门为键，在轮为梶。不有静也，动奚资始？则知动兮静所伏，静兮动所倚。①

白居易此处所讨论的动静并非物理意义上的动静，而是一对对立统一的抽象概念。他多将动静与进退并用，以表示积极进取与消极隐退两种处世态度。他认为这两种态度的选择必须合理：合乎时宜，则为利；不合乎时宜，则为害。

今之人，知动之可以成功，不知非其时，动亦为凶。知静之可以立德，不知非其理，静亦为贼。大矣哉！动静之际，圣人其难之。先之则过时，后之则不及时。②

同时，白居易认为动静进退又必须以道作为原则。

审其时，有道舒而无道卷；慎其德，舍之藏而用之行。……动与时合，静与道俱。时或用之，必开臧武之智；道不行也，则守宁子之愚。至乎哉！冥心无我，无可而无不可；应用不疲，无为而无不为。信大成而大受，非小惠而小知。故庶类曲从，则轮辕适用；若一隅偏执，则凿枘难施。

---

① 谢思炜．白居易文集校注［M］．北京：中华书局，2011：1-2.
② 谢思炜．白居易文集校注［M］．北京：中华书局，2011：2.

是以《易》尚随时，《礼》贵从宜。[①]

以此为理据，白居易提出了“志在兼济，行在独善”的处世原则和中和论。《与元九书》曰：

> 大丈夫所守者道，所待者时。时之来也，为云龙，为风鹏，勃然突然，陈力以出。时之不来也，为雾豹，为冥鸿，寂兮寥兮，奉身而退。进退出处，何往而不自得哉？故仆志在兼济，行在独善。[②]

白居易的中和论是以中为核心原则的“和者生于中”。值得注意的是，理解白居易此处所说的“中”必须与他的宇宙观联系在一起，《策林·兴五福，销六极》中曰：

> 臣闻圣人兴五福，销六极者，在乎立大中，致大和也。至哉中和之为德，不动而感，不劳而化。以之守则仁，以之用则神。卷之可以理一身，舒之可以济万物。然则和者生于中也，中者生于不偏也，不邪也，不过也，不及也。若人君内非中勿思，外非中勿动，动静进退，皆得其中。故君得其中，则人得其所；人得其所，则和乐生焉。是以君人之心和，则天地之气和；天地之气和，则万物之生和。于是乎三和之气，欣合细缊。[③]

在白居易看来，宇宙间由阴阳定数所规定的变化很难改变。人作为天地间的存在，应合乎时宜地去顺应这种变化。所谓的“中”就是这种合乎时宜的顺应。这种顺应不是逆来顺受，其中也包括积极的应对。天地及其他万物依照阴阳定数的规定不断变化，人应该自主地支配自己的行为，去感知和顺应天地万物的变化。只有当人

---

① 谢思炜. 白居易文集校注［M］. 北京：中华书局，2011：68.

② 谢思炜. 白居易文集校注［M］. 北京：中华书局，2011：326.

③ 谢思炜. 白居易文集校注［M］. 北京：中华书局，2011：1401-1402.

合乎时宜地顺应了这种变化，天、地、人才能够真正达成一种和谐。

因为白居易承认了阴阳有定数，所以他的思想具有浓郁的神秘主义和宿命论色彩。

二、白居易宇宙人生观与儒、道、佛经典

白居易的宇宙观可分为两个方面，一是对宇宙本原及生成过程的思考，二是对自然有形世界的思考。

白居易对宇宙本原及生成过程的思考主要吸收了道家学说，其核心内容来源于《老子》。比如《动静交相养赋》曰："有者生于无也，斯则无为母，有为子。"① 这是对《老子》"天下万物生于有，有生于无"的吸收。《求玄珠赋》曰："玄珠之为物也，渊渊绵绵，不知其然。存乎视听之表，生乎天地之先。其中有象，与道相全。"② 这是《老子》"道之为物，惟恍惟惚。惚兮恍兮，其中有象。恍兮惚兮，其中有物"的另一种表述。《上元日叹道文》曰："道本无象，功成强名。生一气之先，为万物之母。"③ 这是对《老子》"有物混成，生天地先。寂兮寥兮，独立不改，周行而不殆，可以为万物母。吾不知其名，字之曰道，强为之名曰大"的吸收。

白居易对自然有形世界的思考则与《周易》及道家经典有关，其中《周易》"一阴一阳之谓道"的思想观念是其核心内容。白居易认为宇宙万物总是处于阴阳交替的无常变化中，阴与阳并生并存，相依相济，永不消亡，两者此消彼长，交替变化。这种观念贯穿白居易

---

① 谢思炜. 白居易文集校注［M］. 北京：中华书局，2011：2.

② 谢思炜. 白居易文集校注［M］. 北京：中华书局，2011：30.

③ 谢思炜. 白居易文集校注［M］. 北京：中华书局，2011：1131.

思想的始终。他以“明晦交养”“阴阳交养”解释昼夜、寒暑交替，以“贤愚消长”来解释社会治乱循环，“善恶相复”解释君臣之礼的形成。这些显然都受到了《周易》“一阴一阳之谓道”的影响。同时白居易对自然有形世界的思考与道家经典也有着密切的联系，这首先可从白居易表述这种观念时所用的句式看出。例如，《动静交相养赋》中“动兮静所伏，静兮动所倚”，这在句式上就是效仿《老子》的“祸兮福之所倚，福兮祸之所伏”。白居易的宇宙论还表现出循环论倾向。他常以昼夜交替、寒暑更迭作比来表达这种思想观念，如《策林·去谄佞从谠直》：“昼夜相代，寒暑相推，必然之理也。”[①]《策林·使臣尽忠人爱上》：“日月不复，则昼夜不生。阴阳不复，则寒暑不行。”[②] 道家学说同样有这种循环论倾向。

总之，白居易的宇宙观深受儒道经典的影响。值得注意的是，白居易对抽象的宇宙论问题所论并不多，他更多的是关注现实人生、政治等问题。谢思炜甚至认为“白居易不善思考抽象的宇宙论问题，仅在讨论政治问题和人性问题时偶有涉及”[③]。正因如此，白居易的宇宙观与人生观形成了一种特别的结构，即以宇宙观来说明和论证人生观的合理性。换言之，白居易讨论宇宙论问题的主要目的是论证其人生观和政治观的合理性。

白居易认为，与宇宙一样，最初的人性也是一种至朴至简的淳和状态。正因他将人性的本初状态与宇宙的本初状态对应起来，所以他也常将道与人性一同提及。例如，在《策林·刑礼道》中说“以道率人性，故人反淳和”，又说“反和复朴，致人于敦厚，莫大于道”。[④] 所谓“反淳和”“反和复朴”的“反”与“复”均是“回

---

① 谢思炜. 白居易文集校注［M］. 北京：中华书局，2011：1608.

② 谢思炜. 白居易文集校注［M］. 北京：中华书局，2011：1612.

③ 谢思炜. 白居易集综论［M］. 北京：中国社会科学出版社，1997：233.

④ 谢思炜. 白居易文集校注［M］. 北京：中华书局，2011：1544.

到、返回”之意，这就说明白居易将人性的本初状态预设为“淳和”“和朴”状态。从思想观念上看，与这种“反淳和”“反和复朴”的观念最相近的就是道家学说。

在探讨白居易的人性论时，不少学者都引用了《省试性习相远近赋》中的“是以君子稽古于时习之初，辨惑于成性之所。然则性者中之和，习者外之徇。中和思于驯致，外徇戒于妄进”[①]，认为这是“引用《中庸》‘喜怒哀乐之未发谓之中，发而皆中节谓之和。中也者，天下之大本也。和也者，天下之达道也’，来阐发孔子的‘性相近习相远’说”[②]。这种理解有一定的合理性，但并不准确。白居易此处的“中”与“外”相对，与《中庸》所谓的“中”所表达的意思并不相同。这里的“和”亦非《中庸》所谓“发之皆中节”，而更为接近“淳和”的意思。另外，从《省试性习相远近赋》的全文来看，白居易对人性的认识不仅受到儒家思想的影响，也与道家学说存在密切联系。此文开篇说：“下自人，上达君，德以慎立，而性由习分。”文中论“德”的两处，“德莫德于老氏，乃道是从矣”，“德在修身，将见素抱朴”，皆与道家关联。后文所言“慎之义，莫匪乎率道为本”中的“道”与“乃道是从”中的“道”所指相同。由此可见，此文所言之“道”主要是道家所说之道。白居易认为人性受到习气影响而相去甚远，其过程“犹一源派别，随混澄而或浊或清；一气脉分，任吹煦而为寒为暑”[③]。后一比拟与《上元日叹道文》中所说“道本无象，功成强名。生一气之先，为万物之母。吹煦寒暑，阴阳节而岁功成”的宇宙论观点十分相似。[④] 白居易在《故京兆元少尹文集序》中也说：“天地间有粹灵气焉，万类皆得之，而

① 谢思炜. 白居易文集校注［M］. 北京：中华书局，2011：25.
② 谢思炜. 白居易集综论［M］. 北京：中国社会科学出版社，1997：245.
③ 谢思炜. 白居易文集校注［M］. 北京：中华书局，2011：25.
④ 谢思炜. 白居易文集校注［M］. 北京：中华书局，2011：1131.

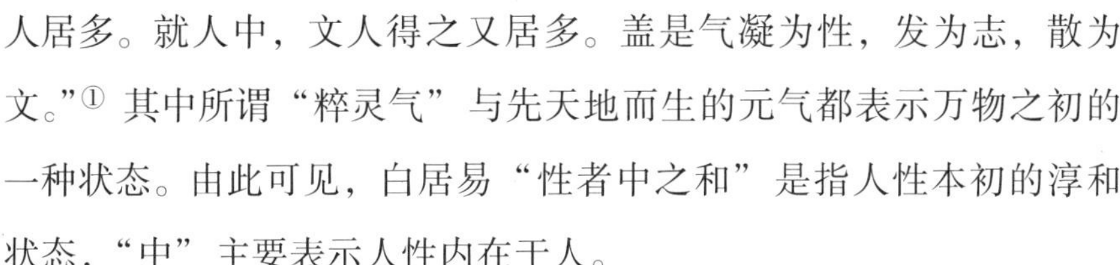

人居多。就人中，文人得之又居多。盖是气凝为性，发为志，散为文。”[①] 其中所谓“粹灵气”与先天地而生的元气都表示万物之初的一种状态。由此可见，白居易“性者中之和”是指人性本初的淳和状态，“中”主要表示人性内在于人。

虽然白居易的人性论与道家学说存在密切的联系，但是，这并不意味着它与儒家学说没有关系。应当说，白居易看到了儒道思想的契合之处，因而试图在儒道之间实现互释和融通。上述《省试性习相远近赋》一文就明显带有这种特点。此文一开始就表示认同儒家经典《论语》当中“性相近也，习相远也”的论断，随后在展开论述时又吸收道家学说，认为人性本初处于一种至简至朴的淳和状态，只是这种状态并不是固态的，而是动态的，因习气不同而有不同的变化。由此白居易提出了两种心性修养论，一种以“见素抱朴”为核心，强调要慎思；另一种则以“得所习而习”为核心，强调慎行。这些说法，显然融合了儒道两家的思想观念。

白居易的政治观同样糅合了儒道两家的思想。例如，尚俭务清、与民休息的政治主张就明显受到道家学说的影响，而尊王重礼、内圣外王的政治思想则带有强烈的儒家色彩。

白居易对有形世界的思考，亦是为他“动静进退随时从宜”的人生观建立宇宙论依据，并且这种人生观同样与儒、道经典都存在密切联系。首先，与这种人生观直接相关的是两部儒家经典《周易》与《礼记》。白居易《君子不器赋》一文就是在论述这种人生观，此文便是以“《易》尚随时，《礼》贵从宜”为结语。其次，这种人生观又吸收了《论语》“君子不器”及“无可而无不可”的观念，并在阐述过程中多次援引《论语》中的其他语句。例如，“道不行也，

① 谢思炜. 白居易文集校注［M］. 北京：中华书局，2011：1823.

则守宁子之愚”即是对《论语·公冶长》“邦无道，则愚”的吸收；“舍之藏而用之行”又是对《论语·述而》“用之则行，舍之则藏，唯我与尔有是夫”的援引。如此之例极多。但白居易的这种人生观也与道家学说相关。他直言：“岂如我顺乎通塞，含乎语默；何用不臧，何响不克？施之乃伊吕事业，蓄之则庄老道德。”[①] 可见白居易将老庄思想与他的人生观直接对应了起来，认为老庄是无道则隐的典范。同时，白居易还吸收了道家经典当中的许多思想观念。例如，“有道舒而无道卷”即是对《淮南子·俶真训》“至道无为，一蛇一龙，盈缩卷舒，与时变化”[②] 的吸收；“无为而无不为”又是对《老子》“道常无为而无不为”的直接援引。

此外，白居易也吸收了佛教的“空妄”观和维摩诘精神。前文已经提及白居易早年便吸收了佛家的“空妄”观。在政治失意后，为调和世俗乐趣与宗教信仰之间的矛盾，他又在生活方式上极力模仿维摩诘，并以“中隐”概括自己的生活状态。当然，我们并不能由此认为白居易的“空妄”观与“中隐”思想仅仅受到佛教思想的影响。白居易的《齿落辞》说：

> 君何嗟嗟，独不闻诸道经：我身非我有也，盖天地之委形。君何嗟嗟，又不闻诸佛说：是身如浮云，须臾变灭。由是而言，君何有焉？所宜委百骸而顺万化，胡为乎嗟嗟于一牙一齿之间？[③]

“我身非我有也，盖天地之委形”出自《庄子·知北游》，“是身如浮云，须臾变灭”则出自《维摩诘经》。由这段引文可以明显看出其中所表达的思想同时受到佛道两家思想的影响。值得注意的是，白

① 谢思炜. 白居易文集校注［M］. 北京：中华书局，2011：68.

② 刘安. 淮南子［M］. 上海：上海古籍出版社，1989：19.

③ 谢思炜. 白居易文集校注［M］. 北京：中华书局，2011：1980.

居易在此对于两家思想的本质区别并不关注。道家并没有完全舍弃身体，庄子认为身体乃“天地之委形”，这是强调身体是天地变化的一部分，由此衍生出的观念是，人应当顺应天地变化，自然而然地与天地万物融为一体。但《维摩诘经》所谓“是身如浮云，须臾变灭”则指现实存在的身体乃是一种虚妄的假象，是不真实的，之于真如的获得是一种障碍，是有待被破除和舍弃的。可见，这两种观念存在极大的差异。但是，白居易依照这两家经典获得了相同的观念，即顺应变化。

总之，白居易的宇宙人生观是儒、释、道经典共同影响的结果。其中的部分观念虽然存在极大差异，但白居易通过文学式经典诠释方式，把这些源自不同流派、不同经典中的思想观念自由随性地关联起来，形成了一个松散而开放的思想系统。

第四节　文学式经典诠释方式与白居易的政治思想

白居易一生以“穷则独善其身，达则兼济天下”为处世原则。学界一般以元和十年（815）白居易左迁江州为界，将其思想分为前后两期：前期以兼济天下、积极入世为主要内容，后期则以独善其身、消极退隐为核心内容。白居易的政治思想主要形成于前期，融合了儒道两家的政治观念。本节主要考察白居易的政治思想与文学式经典诠释方式的内在关联。

一、白居易政治思想概述

白居易的政治思想中包含许多内容，其最终目的是希望社会达到“上下交和，内外胥悦”的状态，也就是成为“升平”之世。他在《策林·采诗》中说：“故政有毫发之善，下必知也；教有锱铢之失，上必闻也。则上之诚明，何忧乎不下达？下之利病，何患乎不上知？上下交和，内外胥悦。若此而不臻至理，不致升平，自开辟以来未之闻也。”[①] 他还在《策林》中以“致和平雍熙”为题，讨论如何实现王化。

白居易所谓“上下交和，内外胥悦”的局面实际上包含两重意思：天、地、人三才的交感；君、臣、民之间的交感。

白居易由天、地、人三才交相感应的观念出发，形成了一种带有神秘色彩的政治观念。在他看来，人类社会会影响宇宙整体的运转：“是以君人之心和，则天地之气和；天地之气和，则万物之生和。于是乎三和之气，欣合细缊。……是以君人之心不和，则天地之气不和；天地之气不和，则万物之生不和。”[②] 同时，他又将灾异现象分为两类：一类是由不可变迁的阴阳定数规定的灾异，一类是由人自身所造成的灾异。“臣闻水旱之灾，有小有大。大者由运，小者由人。由人者，由君上之失道，其灾可得而移也。由运者，由阴阳之定数，其灾不可得而迁也。”[③] 对于不可迁变的灾异，人只能通过一些措施来防御：

> 然则圣人不能迁灾，能御灾也；不能违时，能辅时也。

---

① 谢思炜. 白居易文集校注［M］. 北京：中华书局，2011：1600.

② 谢思炜. 白居易文集校注［M］. 北京：中华书局，2011：1402.

③ 谢思炜. 白居易文集校注［M］. 北京：中华书局，2011：1407.

> 将在乎廪积有常，仁惠有素。备之以储蓄，虽凶荒而人无菜色；固之以恩信，虽患难而人无离心。储蓄者聚于丰年，散于歉岁。恩信者行于安日，用于危时。夫如是，则虽阴阳之数不可迁，而水旱之灾不能害。故曰：人强胜天，盖是谓也。斯亦图之在早，备之在先，所谓思危于安，防劳于逸。①

但是对于可改变的灾难，君王可以通过修德而感召天地，进而转灾为祥：

> 然则人君苟能改过塞违，率德修政，励敬天之志，虔罪己之心，则虽逾月之霖，经时之旱，至诚所感，不能为灾。……况王者为万乘之尊，居兆人之上。悔过可以动天地，迁善可以感神明。天地神明尚且不违，而况于水旱风雨虫蝗者乎？②

由此可以看出，白居易虽然强调天人相应，但是天在宇宙的地位是高于人的。天所降之灾，人只能加以消极地防御；人君德行有亏，天则会降以祸患。在这种天人关系下，人的主观能动性被限制在防御自然灾害和提升德行修养上。有学者指出，这种观念“反映了唐初以来，尤其是安史乱后政治理念的变化。这种变化即是，由强调天道世运，转向注重君道人事，注重君主的政治责任并要求其必须遵守一定的政治行为规范”③。值得注意的是，白居易无形中也将天事（宇宙的自然运转）与人事（现实社会的发展变化）加以分离。他在强调人可以通过主观努力对灾异加以防御时，提出了“人强胜天”的主张。在白居易看来，自然宇宙的运转并不完全与现实社会的发展变

---

① 谢思炜. 白居易文集校注［M］. 北京：中华书局，2011：1408.

② 谢思炜. 白居易文集校注［M］. 北京：中华书局，2011：1407-1408.

③ 谢思炜. 白居易集综论［M］. 北京：中国社会科学出版社，1997：234.

化相对应，它们在某种程度上是两个独立的系统。

白居易对现实政治的思考包含君、臣、民三个层面。他在《新乐府序》中明确表示自己的讽喻诗是“为君、为臣、为民、为物、为事而作”[①]。此处虽然提出了“五为”，但学者们指出，就讽喻诗干预时政的目的性而言，主要是为君、为臣、为民这三个层面；而为物与为事，不过是前三者的延伸与具体化而已。[②] 白居易希望实现君、臣、民交感互通的政治理想，促使国家社会和谐稳定。

白居易认为君道与臣道不同：“臣闻上下异位，君臣殊道。盖大者简者，君道也；小者繁者，臣道也。臣道者，百职小而众，万事细而繁，诚非人君一聪所能遍察，一明所能周览也。故人君之道，但择其人而任之，举其要而执之而已矣。”[③] 君在政治管理中主要承担选拔和任用官员的任务，臣则主要处理具体的事宜。正因君臣之道殊，故君臣之道不可乱，君不能行臣道，臣不能行君道，“臣行君道则政专，君行臣道则事乱”[④]。这不仅指明了君臣政治分工的不同，也阐明了君臣上下之别。

白居易要求捍卫君王的神圣地位，臣子应对君王绝对忠诚。这表现出明显的“尚忠”“尊王”的倾向。白居易在《汉将李陵论》中批评李陵投降匈奴是不忠、不勇、不智、不孝的行为：“汉李陵策名上将，出讨匈奴，窃谓不死于王事非忠，生降于戎虏非勇，弃前功非智，召后祸非孝。四者无一可，而遂亡其宗。哀哉！予览《史记》《汉书》，皆无明讥，窃甚惑之。司马迁虽以陵获罪，而无讥可乎？班孟坚亦从而无讥，又可乎？”[⑤] 这显然将臣以死忠君视为必然之理，

① 谢思炜．白居易诗集校注［M］．北京：中华书局，2006：267.
② 蹇长春．白居易评传［M］．南京：南京大学出版社，2002：338.
③ 谢思炜．白居易文集校注［M］．北京：中华书局，2011：414.
④ 谢思炜．白居易文集校注［M］．北京：中华书局，2011：1490.
⑤ 谢思炜．白居易文集校注［M］．北京：中华书局，2011：390.

带有明显的尊王色彩。谢思炜在《白居易集综论》一书中已指出了这一点，并认为白居易尊王思想的形成是受到啖赵学派的影响。

虽然白居易政治思想中包含强烈的尚忠尊王之意，但是他并未将君臣关系视为一方主宰另一方的关系，而是将其视为一种双向互动关系。他认为君臣关系犹如阴阳关系一般，是不断交感变化的："阴阳不复，则寒暑不行。善恶不复，则君臣不成。昔者五帝接其臣以道，故臣致其君以德也。三王使其臣以礼，故其臣事君以忠也。秦汉以降，任其臣以利，故其臣奉君以贾道。贾道者，利则进，不利则退。"[①] 由此亦可见，白居易认为正当的君臣关系应当建立在仁德礼义基础上，而非建立在利益的基础上。

对于君民关系，白居易提出了"君无常心""君无常欲"的主张。这种主张强调君王应以天下百姓之心为心，以天下百姓之欲为欲，施政设教。"臣闻三皇之为君也无常心，以天下心为心；五帝之为君也无常欲，以百姓欲为欲。顺其心以出令，则不严而理；因其欲以设教，则不劳而成。"[②] 在白居易看来，唯有如此才能真正地实现国家社会的和合太平。这就将民看成了政治的归宿。这也是一些学者将白居易的政治思想定义为"民本主义"的原因所在。[③] 基于此，白居易认为君王应当体察民情、聆听民声、知民所欲、去民忧苦，《策林·致和平复雍熙》曰：

> 伏惟陛下，知人安之至难也，则念去烦扰之吏；爱人命之至重也，则念黜苛酷之官；恤人力之易罢也，则念省修葺之劳；忧人财之易匮也，则念减服御之费；惧人之有馁也，则念薄麦禾之税；畏人之有寒也，则念轻布帛之征；虑人之

① 谢思炜. 白居易文集校注［M］. 北京：中华书局，2011：1612.

② 谢思炜. 白居易文集校注［M］. 北京：中华书局，2011：1367.

③ 蹇长春等人所著的《白居易评传》将白居易的前期思想定位为激进的民本主义思想。

有愁苦也，则念节声乐之娱；虑人之有怨旷也，则念损嫔嫱之数。故念之又念之，则人心交感矣；感之又感之，则天下和平矣。[①]

同时，白居易还认为君王的善恶是可以为民所知的，《策林·辨兴亡之由》曰：

君苟有善，人必知之。知之又知之，其心归之。归之又归之，则载舟之水由是积焉。君苟有恶，人亦知之。知之又知之，其心去之。去之又去之，则覆舟之水由是作焉。[②]

这就使君民的交感互通成为可能，同时也意味着“君主的地位虽然至高无上，却并不意味着可以不辨是非善恶，肆意妄为，其言动举措，终究要受到人心向背的制约”[③]。

正是基于这种观念，白居易赋予了《诗经》以及诗歌极高的政治意义。在他看来，借助诗歌可实现君、臣、民的交感互通，进而实现王化：

夫文尚矣。三才各有文。天之文三光首之，地之文五材首之，人之文六经首之。就六经言，《诗》又首之。何者？圣人感人心而天下和平。感人心者莫先乎情，莫始乎言，莫切乎声，莫深乎义。《诗》者，根情，苗言，华声，实义。上自圣贤，下至愚騃，微及豚鱼，幽及鬼神，群分而气同，形异而情一。未有声入而不应，情交而不感者。圣人知其然，因其言，经之以六义；缘其声，纬之以五音。音有韵，义有类。韵协则言顺，言顺则声易入；类举则情见，情见则感易交。于是乎孕大含深，贯微洞密。上下通而一气泰，忧

① 谢思炜. 白居易文集校注［M］. 北京：中华书局，2011：1375.
② 谢思炜. 白居易文集校注［M］. 北京：中华书局，2011：1388.
③ 蹇长春. 白居易评传［M］. 南京：南京大学出版社，2002：344.

乐合而百志熙。五帝、三皇所以直道而行、垂拱而理者，揭此以为大柄，决此以为大窦也。①

值得注意的是，尊王思想和民本思想都是白居易政治思想中十分重要的内容，但是并不能直接将白居易的政治思想定义为尊王思想或者民本思想。因为白居易所要实现的是整个社会和政治系统的和合，而不是单纯地为君、臣、民中某一方服务。

白居易政治思想主要体现在《策林》中，而《策林》的诉说对象是君王。仅从文本上来看，君王是白居易所勾画的政治系统运行时的最重要的一环。他在《策林·策项》中说：

臣闻人无常心，习以成性；国无常俗，教则移风。故亿兆之所趋，在一人之所执。……臣闻教无常兴，亦无常废；人无常理，亦无常乱。盖兴废理乱，在君上所教而已。故君之作为为教兴废之本，君之举措为人理乱之源。若一出善言，则天下之人获其福；一违善道，则天下之人罹其殃。若一肆其心，而事有以阶于乱；一念于德，而邦有以渐于兴。②

显然，白居易认为君王的言行举止直接影响着国家社会的治乱兴衰。所以，他期待君王能够修养德行教化万民。这样一种政治主张明显受到儒家内圣外王观念的影响。白居易似乎也看到了这种政治运行模式的局限性，所以他以君王德行教化为政治运行主线的同时，还提出了“刑礼道迭相为用”的主张，《策林·刑礼道》曰：

臣闻人之性情者，君之土田也。其荒也，则剃之以刑。其辟也，则莳之以礼。其植也，则获之以道。故刑行而后礼立，礼立而后道生。始则失道而后礼，中则失礼而后刑，终

① 谢思炜. 白居易文集校注［M］. 北京：中华书局，2011：322.

② 谢思炜. 白居易文集校注［M］. 北京：中华书局，2011：1355-1356.

则修刑以复礼，修礼以复道。故曰：刑者礼之门，礼者道之根。知其门，守其根，则王化成矣。然则王化之有三者，犹天之有两曜，岁之有四时。废一不可也，并用亦不可也。在乎举之有次，措之有伦而已。何者？夫刑者可以禁人之恶，不能防人之情。礼者可以防人之情，不能率人之性。道者可以率人之性，又不能禁人之恶。循环表里，迭相为用。故王者观理乱之深浅，顺刑礼之后先。当其惩恶抑淫，致人于劝惧，莫先于刑。划邪窒欲，致人于耻格，莫尚于礼。反和复朴，致人于敦厚，莫大于道。是以衰乱之代，则弛礼而张刑；平定之时，则省刑而宏礼；清净之日，则杀礼而任道。①

白居易看到社会政治的变化是无常的，对于不同的政治状态应当采取不同的政治管理策略。“臣闻步骤殊时，质文异制。五帝以道化，三王以礼教。”② 基于此，白居易提出了“刑礼道迭相为用”的主张，并认为刑、礼、道各有其用，且有层次高低之别：道高于礼，礼高于刑。

总之，白居易依照内圣外王的理念，要求君王修养德行，施仁政，行仁教，化万民，实现天地人和的政治局面。同时白居易也看到社会政治总是处在动态的变化中，所以他提出了“刑礼道迭相为用”的主张，以应对不同的政治局面。

二、白居易的政治思想与儒道经典

白居易政治思想的形成一方面受到当时政治需求的影响，另一

① 谢思炜．白居易文集校注［M］．北京：中华书局，2011：1544-1545.
② 谢思炜．白居易文集校注［M］．北京：中华书局，2011：1391.

方面也受到儒道经典的影响。内圣外王的思想观念在白居易的政治思想中占据十分重要的地位，白居易强调君王必须修养自身的德性，并以此教化万民。这与《礼记·大学》中“自天子以至于庶人，一是以修身为本”以及“修身齐家治国平天下”的主张如出一辙。但是，这并不意味着白居易内圣外王的思想观念只是受到儒家的影响，事实上道家学说在其中也起到了重要的作用。

内圣外王的理念本就来自道家经典《庄子·天下》。梁涛指出：“《天下》篇‘内圣外王’的‘内圣’主要是指‘以天地为宗’，‘恬静寂寞虚静无为’，指一种超脱物外、逍遥自在的精神境界；而‘外王’则是指通过‘因循为用’、君无为而臣有为所达到‘海内归’‘天下服’的具体事功，指‘无为而功下’。”① 白居易对黄老学说的理解与此颇为类似。他在《策林·黄老术》中说：“‘我无为而人自化，我好静而人自正，我无事而人自富，我无欲而人自朴。’此四者皆黄、老之要道也。”他以此劝导君王应该“尚宽简，务俭素，不眩聪察，不役智能”，清静无为。在白居易看来，只要君王能够如此，就能如汉文帝时期一样，“刑罚不用而天下大理”②。

梁涛还指出，在内圣外王之道的完成过程中，“圣人之所以承上启下、内圣外王，并不是因为其乾纲独断，事必躬亲，越俎代庖，恰恰相反，乃是因为其‘因循为用’，虚静无为，既发挥君子的教之功，也借用百官的治之能，这才是黄老派圣人观的体现”③。白居易在解释“无为而无不为”的过程中，也表达了类似的观点。

昔九臣各掌其事，而唐尧乘其功以帝天下；十乱各效其能，而周武总其理以王天下；三杰各宣其力，而汉高兼其用

① 梁涛.《庄子·天下》篇“内圣外王”本意发微［J］. 哲学研究，2013（12）：32-39，124.
② 谢思炜. 白居易文集校注［M］. 北京：中华书局，2011：1380.
③ 梁涛.《庄子·天下》篇“内圣外王”本意发微［J］. 哲学研究，2013（12）：32-39，124.

以取天下。三君者不能为一焉，但执要任人而已。亦犹心之于四肢九窍百骸也，不能为一焉，然而寝食起居、言语视听皆以心为主也。故臣以为，君得君之道，虽专之于上，而下自有以展其效矣；臣得臣之道，虽委之于下，而人亦无以用其私矣。[①]

白居易这里对君道与臣道的区分与《庄子·在宥》中的表述十分类似："无为而尊者，天道也；有为而累者，人道也。主者，天道也；臣者，人道也。天道之与人道也，相去远矣，不可不察也。"[②]

事实上，白居易政治思想的很多表述源自道家经典。如"道者无为，无为故无失，无失故无革"[③] 源自《老子》六十四章"是以圣人无为，故无败；无执，故无失"；"臣闻三皇之为君也无常心，以天下心为心；五帝之为君也无常欲，以百姓欲为欲"[④] 源自《老子》四十九章"圣人无常心，以百姓心为心"。

除此之外，白居易还吸收了道家"执古御今"的观念。他在《策林·致和平复雍熙》中指出："政不念今，则人心不能交感；道不思古，则王化不能流行。"[⑤] 在白居易看来，历史可以为当下的政治实践提供丰富的经验，而专注于当下的时代问题可以与民心交感。所以他主张借鉴历史经验，以把握社会发展规律，有助于解决当下问题。他在《策林·不劳而理》中就劝谏君王应"执古御今"，以三王五帝之心施政设教："伏惟陛下去彼取此，执古御今，以三五之心为心，则政教何忧乎不洽？以亿兆之欲为欲，则惩劝何畏乎不行？政教洽则不殷忧而四海宁，惩劝行则不勤劳而万人化。"[⑥] 与这种观念直

① 谢思炜. 白居易文集校注［M］. 北京：中华书局，2011：414.
② 郭象，成玄英. 庄子注疏［M］. 曹础基，黄兰发，整理. 北京：中华书局，2011：217.
③ 谢思炜. 白居易文集校注［M］. 北京：中华书局，2011：1391.
④ 谢思炜. 白居易文集校注［M］. 北京：中华书局，2011：1367.
⑤ 谢思炜. 白居易文集校注［M］. 北京：中华书局，2011：1375.
⑥ 谢思炜. 白居易文集校注［M］. 北京：中华书局，2011：1368.

接相关的就是《老子》十四章中的“执古之道，以御今之有，能知古始，是谓道纪”[①]。

当然，白居易对道家经典的援引和吸收还有很多。他在论述战争时，主张不可好战，亦不可忘战，对于战争只有不好不忘才能王天下。《策林·议兵》曰：“臣闻天下虽兴，好战必亡；天下虽安，忘战必危。不好不忘，天下之王也。”[②] 在阐述这一观点时，他援引了《老子》三十一章“兵者，不祥之器，非君子之器。不得已而用之”[③]。对于政治管理，白居易又强调政令刑罚要简易，《策林·政化速成》曰：“夫欲使政化速成，则在乎去烦扰，弘简易而已。”[④] 在白居易看来，越简要的东西越能随时以变，越能使人情俭朴、时俗清和。这种观念可以说是直接源自道家。故其《策林·黄老术》说：“夫欲使人情俭朴，时俗清和，莫先于体黄、老之道也。其道在乎尚宽简，务俭素，不眩聪察，不役智能而已。盖善用之者，虽一邑一郡一国，至于天下，皆可以致清净之理焉。”[⑤]

总之，白居易内圣外王的思想不仅与儒家思想相契合，也颇受道家思想影响。

当然，白居易政治思想中与儒家经典相关的内容更多，甚至可以说它就是基于儒家的政治观念建立起来的。可确切地反映这一点的是《策林·黜子书》。

> 臣闻仲尼没而微言绝，七十子丧而大义乖。大义乖则小说兴，微言绝则异端起。于是乎歧分派别，而百氏之书作焉。然则六家之异同，马迁论之备矣。九流之得失，班固叙

---

① 楼宇烈. 老子道德经注［M］. 北京：中华书局，2011：35.
② 谢思炜. 白居易文集校注［M］. 北京：中华书局，2011：1506.
③ 楼宇烈. 老子道德经注［M］. 北京：中华书局，2011：83.
④ 谢思炜. 白居易文集校注［M］. 北京：中华书局，2011：1383.
⑤ 谢思炜. 白居易文集校注［M］. 北京：中华书局，2011：1380.

之详矣。是非取舍，较然可知。今陛下将欲抑诸子之殊途，遵圣人之要道，则莫若弘四术之正义，崇九经之格言。故正义著明，则六家之异见不除而自退矣；格言具举，则九流之偏说不禁而自隐矣。夫如是，则六家九流尚为之隐退，况百氏之殊文诡制，得不藏匿而销荡乎？斯所谓排小说而扶大义，斥异端而阐微言，辨惑向方，化人成俗之要也。伏惟陛下必行之。①

可见，白居易对孔子以及儒家经典十分推崇。同时，此文的主张也颇有效法董仲舒“罢黜百家，独尊儒术”的倾向。

谢思炜认为，白居易明显受到当时啖赵学派经学思想的影响，“不但其观点承袭啖氏之说，所谓‘以微旨考之’‘以凡例推之’，似乎也来自陆淳的两部书。文中对子、臣行为的要求和评价，几近于苛刻，但作者的用意则在于阐发君臣大义，发扬《春秋》公羊学的尊王思想”②。这说明白居易不但受到儒家经典《春秋》的影响，而且跟随当时的学术潮流，有意识地将儒家经典应用到现实的政治理解中，以满足当时的政治需求，这足以看出儒家经典对于白居易的影响。

白居易还吸收了《论语》中的“忠恕”观念，强调君王要推己及人，恕己及物，以教化万民。《策林·王泽流人心感》曰：“夫欲使王泽旁流，人心大感，则在陛下恕己及物而已。夫恕己及物者无他，以心度心，以身观身，推其所为以及天下者也。”③

综上所析，白居易的政治思想同时深受儒道经典的影响。其中，儒家经典是白居易建构其政治思想的基础。在此基础之上，白居易又

---

① 谢思炜. 白居易文集校注［M］. 北京：中华书局，2011：1571.

② 谢思炜. 白居易集综论［M］. 北京：中国社会科学出版社，1997：214.

③ 谢思炜. 白居易文集校注［M］. 北京：中华书局，2011：1378.

吸收了道家经典中的很多思想观念。而文学式经典诠释方式，在调和儒道经典矛盾、缓解不同思想观念的紧张关系时拥有巨大的发挥空间，这就使得白居易政治思想形成了一个儒主道辅的结构，各种来源不同的思想观念通过自由联想得以相互关联和相互印证，较为和谐地统一了起来。

第五节　文学式经典诠释方式与白居易的宗教信仰

前文已经指出，白居易的佛教与道教信仰很早就开始了。白居易于贞元二十年（804）的《八渐偈·序》说："初，居易常求心要于师，师赐我八言焉。曰观，曰觉，曰定，曰慧，曰明，曰通，曰济，曰舍。繇（由）是入于耳，贯于心，达于性，于兹三四年矣。"[①] 由此可知，白居易向凝公求教佛法至少应在贞元十七年（801）之前。[②] 白居易开始接触佛学的时间当更早。谢思炜指出，"白居易的道教信仰开始得并不比佛教信仰晚，持续时间也很长"[③]。总之，白居易很早就已开始接触佛教与道教。只是他最初并不是将佛教与道教作为信仰，而仅是对富含义理的佛道经典有了解的兴趣。

当前学界对白居易宗教信仰的研究已经十分详尽和深入。在此，不再对白居易的宗教信仰进行过多的描述，只是试图探讨白居易宗教信仰的形成与佛道经典的关系。肖伟韬认为："白居易佛、禅信仰的文本资源是相当丰富的，他曾非常自信地宣称自己'通学大中小

---

① 谢思炜. 白居易文集校注［M］. 北京：中华书局，2011：104.
② 谢思炜. 白居易集综论［M］. 北京：中国社会科学出版社，1997：253.
③ 谢思炜. 白居易集综论［M］. 北京：中国社会科学出版社，1997：293.

乘佛法’（卷第七十，《醉吟传》）、‘礼彻佛名百部经’（卷第三十，《欢喜二偈》）。因此，像《维摩》《楞伽》《涅槃》《法严》《华严》等佛、禅经典，无不包容在他的视域中。”① 最早表现白居易佛学修养的作品就是《八渐偈》。白居易曾求心要于凝公，其《东都十律大德长圣善寺钵塔院主智如和尚茶毗幢记》曰：

> 年十二，受经于僧皎。二十二受具戒于僧晤，学《四分律》于昙浚律师，通《楞伽》《思益》心要于法凝大师。②

谢思炜据此推断“法凝大师”即《八渐偈》中所载的“凝公”，其“所传‘《楞伽》《思益》心要’当亦即居易所受之‘心要’”③。按照常理来讲，白居易在贞元二十年（804）左右应当已经受到《楞伽》《思益》的影响。经谢思炜考证，白居易所作《八渐偈》“可基本断定属北宗禅法。……‘八言’与北宗的‘五方便门’相对照，次第亦大体相同”，但是“五方便门”所引各经已不含《楞伽》，这就与白居易所受心要为《楞伽》《思益》心要的观点有所出入。对此，谢思炜给出的解释是，凝公“严格秉承了普寂、弘正一系法门”④。马现诚亦赞同此一观点，认为白居易在《八渐偈》中“以偈的形式对所习得的禅法加以铺陈发挥，成六句四言的偈颂，概括出具有紧密相关的定慧禅观的几个阶段，即由心观物而辨真伪，觉真空，止六识，生真慧直至无障自在而生慈悲之心。白居易这一独到的对禅法心要的体悟深得北宗禅的修习要旨，对其晚年的修习实践产生了深远影响”⑤。但孙昌武则认为白居易《八渐偈》主要吸收的是“洪州禅的观念”⑥。这与谢思炜的观点存在很大差别。从两者论证的过

① 肖伟韬．白居易生存哲学本体研究［M］．南京：南京大学出版社，2009：123．
② 谢思炜．白居易文集校注［M］．北京：中华书局，2011：1921．
③ 谢思炜．白居易集综论［M］．北京：中国社会科学出版社，1997：254．
④ 谢思炜．白居易集综论［M］．北京：中国社会科学出版社，1997：258，260．
⑤ 马现诚．白居易与佛教［J］．江汉论坛，1999（2）：85-88．
⑥ 孙昌武．禅思与诗情［M］．北京：中华书局，1997：182．

程来看，谢思炜认定白居易所受心要与凝公所传心要并无差别，所以他着重分析凝公的师承关系，进而说明《八渐偈》的思想来源。孙昌武则主要从《八渐偈》文本及白居易当时所处历史环境出发来分析《八渐偈》的思想来源。我们认为，凝公禅法确属北宗禅法，白居易也确实受到凝公的影响，但是从接触凝公至写作《八渐偈》期间，白居易也可能受到其他佛教思想的影响，例如孙昌武所说的洪州禅。所以，《八渐偈》的思想来源可能并非一家。也就是说，白居易至贞元二十年（804）左右，所接触和了解的佛教门派已有多家。

《与济法师书》也是研究白居易佛教信仰的重要文献。谢思炜将白居易在此文中提出的主要问题归纳如下："为众生说佛法是应视其根本性之别而'应病与药'，以方便说法呢？还是应坚持法无分别、众生平等，不可妄分高下？为什么同为如来所说，《维摩经》《首楞严三昧经》《法华经》主张前一义，而《法王经》《金刚经》《金刚三昧经》主张后一义？"① 由这些问题可以看出，白居易所接触的佛教经典已很多。谢思炜还注意到白居易在该文中"既不辨《法王经》之真伪，而引用《金刚经》说虽有贯通实相说与一乘说的用意，但又难免牵强为说、理路不清之病"，并说"这大概也是白居易的佛学不够纯正的一个证明"。② 这也表明白居易前期只是对佛教的思想理论感兴趣，并未将其视为一种信仰。这导致白居易虽然涉猎许多佛教经典，但是尚未形成深刻的理解。

从白居易的诗文中也可以看到白居易一生所涉猎的禅法及佛典颇多。白居易在元和十一年（816）的《答户部崔侍郎书》中说："顷与阁下在禁中日，每视草之暇，匡床接枕，言不及他，常以南宗

① 谢思炜. 白居易集综论［M］. 北京：中国社会科学出版社，1997：262.
② 谢思炜. 白居易集综论［M］. 北京：中国社会科学出版社，1997：267.

心要互相诱导。"[①] 可见白居易曾倾心南宗禅。又如其晚年曾作《答客说》曰：

> 吾学空门非学仙，恐君此说是虚传。海山不是吾归处，归即应归兜率天。（自注：予晚年结弥勒上生业，故云。）[②]

可见白居易晚年乃皈依净土宗。

出现在白居易诗文中的佛教经典也有很多。例如，白居易于元和十五年（820）写的《钱虢州以三堂绝句见寄因以本韵和之》一诗的注文中说："予早岁与钱君同习读《金刚三昧经》。"由此可知，白居易早年曾研习《金刚经》。《见元九悼亡诗因以此寄》中有："夜泪暗销明月幌，春肠遥断牡丹庭。人间此病治无药，唯有楞伽四卷经。"《僧院花》一诗写道："欲悟色空为佛事，故栽芳树在僧家。细看便是华严偈，方便风开智慧花。"[③] 白居易还有《读禅经》一诗：

> 须知诸相皆非相，若住无余却有余。言下忘言一时了，梦中说梦两重虚。空花岂得兼求果，阳焰如何更觅鱼？摄动是禅禅是动，不禅不动即如如。[④]

谢思炜考证认为白居易此诗所引禅经乃"佛陀跋陀罗所译《修行方便禅经》，又名《达摩多罗禅经》"[⑤]。此外白居易还十分爱读《维摩诘经》，不少作品都引用过这部佛经。可以说，白居易所学禅法以及佛教经典十分繁杂。这表明，白居易几乎摒弃了宗教中的门户观念，对佛教各派都持一种包容态度，与他的人生观不谋而合。

白居易早期就清楚地看到现实世界的无常，到晚年，政治上的失意加上母亲的亡故、女儿的夭折，这一连串的挫折让他更加深刻地感

---

① 谢思炜. 白居易文集校注［M］. 北京：中华书局，2011：345.

② 谢思炜. 白居易诗集校注［M］. 北京：中华书局，2006：2784.

③ 谢思炜. 白居易诗集校注［M］. 北京：中华书局，2006：1474，1073，2092.

④ 谢思炜. 白居易诗集校注［M］. 北京：中华书局，2006：2425.

⑤ 谢思炜. 白居易集综论［M］. 北京：中国社会科学出版社，1997：287.

受到现实生活中的无常变化以及种种烦恼。在这种现实境遇下，白居易对佛教经典的理解逐渐深入，原本的理论兴趣开始逐渐上升为宗教信仰。白居易在《画弥勒上生帧记》中说：

> 南赡部洲大唐国东都香山寺居士太原人白乐天，老年病风，因身有苦，遍念一切恶趣众生，愿同我身离苦得乐。由是命绘事，按经文，仰兜率天宫，想弥勒内众，以丹素金碧形容之，以香火花果供养之。一礼一赞所生功德，若我老病苦者，皆得如本愿焉。本愿云何？先是，乐天归三宝，持十斋，受八戒者，有年岁矣。常日日焚香佛前，稽首发愿，愿当来世与一切众生同弥勒上生，随慈氏下降，生生劫劫与慈氏俱。永离生死流，终成无上道。[①]

此外，白居易在临终前“遗命不归下邽，可葬于香山如满师塔之侧”，“家人从命而葬焉”。[②] 由此可见，白居易晚年对待佛教的态度已与早年大大不同：早年更多只是理论兴趣，晚年则逐渐向信仰靠拢。

虽然在白居易的宗教信仰中，佛教占据着重要地位，但是道教也对白居易产生了深远影响。陈寅恪曾在《元白诗笺证稿》中指出白居易“中年曾惑于丹术”，直至六十六岁“犹烧药”。[③] 可见白居易对道教的沉迷程度。

白居易早年也只是对道家学说感兴趣，并未沉迷于丹术。在白居易的讽喻诗中有《梦仙》一诗，诗中讽刺了沉迷于丹术的行为：“徒传辟谷法，虚受烧丹经。只自取勤苦，百年终不成。”[④] 但是，当时

① 谢思炜. 白居易文集校注［M］. 北京：中华书局，2011：2011.
② 刘昫，等. 旧唐书［M］. 北京：中华书局，1975：4358.
③ 陈寅恪. 元白诗笺证稿［M］. 北京：生活·读书·新知三联书店，2001：333-334.
④ 谢思炜. 白居易诗集校注［M］. 北京：中华书局，2006：19.

与他相交的友人中颇有喜好丹术者，例如吴丹、崔玄亮、元稹、李建等。[①] 白居易开始沉迷于丹术应在元和十年（815）贬官江州之后。陈寅恪依《同微之赠别郭虚舟炼师五十韵》判定此诗“乃乐天纪其于元和十三年任江州司马时烧丹之事者”[②]。由此可推论，白居易开始沉迷于丹术应在元和十年（815）至元和十三年（818）之间。

白居易的诗文中多处记载了自己烧炼和服食丹药。如说“何以疗夜饥，一匙云母粉”（《宿简寂观》）；至今残丹砂，烧干不成就”（《不二门》）；“漫把参同契，难烧伏火砂”（《对酒》）等。[③] 据谢思炜考证白居易为炼丹药，研读了许多道书，其中包括《周易参同契》《黄庭内景经》《真诰》。[④]

虽然白居易沉迷于丹术，但是他对道教所谓的成仙以及外丹术始终持一种怀疑态度。他在《三教论衡》中就曾质问道士：“《黄庭经》中有养气存神、长生久视之道。常闻此语，未究其由。其义如何，请陈大略。”[⑤] 这是针对道教主要的思想提出根本性的质疑。谢思炜据此认为“白居易的道教信仰相对而言较有节制，对道教的看法也比较理智”[⑥]。白居易晚年曾写《戒药》诗曰：

> 促促急景中，蠢蠢微尘里。生涯有分限，爱恋无终已。早夭羡中年，中年羡暮齿。暮齿又贪生，服食求不死。朝吞太阳精，夕吸秋石髓。邀福反成灾，药误者多矣。以之资嗜欲，又望延甲子。天人阴骘间，亦恐无此理。域中有真道，所说不如此。后身始身存，吾闻诸老氏。[⑦]

---

① 谢思炜. 白居易集综论［M］. 北京：中国社会科学出版社，1997：294.
② 陈寅恪. 元白诗笺证稿［M］. 北京：生活·读书·新知三联书店，2001：333.
③ 谢思炜. 白居易诗集校注［M］. 北京：中华书局，2006：602，864，1384.
④ 谢思炜. 白居易集综论［M］. 北京：中国社会科学出版社，1997：297.
⑤ 谢思炜. 白居易文集校注［M］. 北京：中华书局，2011：1854.
⑥ 谢思炜. 白居易集综论［M］. 北京：中国社会科学出版社，1997：298.
⑦ 谢思炜. 白居易诗集校注［M］. 北京：中华书局，2006：2723.

同时，他还在《思旧》中反思当时的炼丹行为：

闲日一思旧，旧游如目前。再思今何在，零落归下泉。退之服硫黄，一病讫不痊。微之炼秋石，未老身溘然。杜子得丹诀，终日断腥膻。崔君夸药力，经冬不衣绵。或疾或暴夭，悉不过中年。唯予不服食，老命反迟延。况在少壮时，亦为嗜欲牵。但耽荤与血，不识汞与铅。饥来吞热物，渴来饮寒泉。诗役五藏神，酒汩三丹田。随日合破坏，至今粗完全。齿牙未缺落，肢体尚轻便。已开第七秩，饱食仍安眠。且进杯中物，其余皆付天。[①]

值得注意的是，白居易虽然明知不可能成仙，但是仍然沉迷于丹术直至66岁。这期间他曾因炼丹失败，或政治前途的好转而试图戒掉丹药，但是都未成功。这说明白居易虽不信奉道教，却沉迷于丹术，也就是说他虽在理性上排斥道教，却又无法摆脱期待长生的欲望。这种矛盾在白居易的身上一直存在。

总之，在通过经典诠释达到宗教信仰这一方面我们也可以看到，白居易在以文学式经典诠释方式诠释经典时，吸收了不同派别的经典思想，并且不注重严谨的考据和论证，故而无法建立起经得起考验和辩难的信仰思想，而多是在人生境遇逼迫和欲望驱使下走向宗教信仰。这就直接导致白居易的宗教信仰并不虔诚，而是带有浓郁的功利色彩和实用色彩。正因如此，蹇长春等学者认为白居易“栖心释梵，浪迹老庄”只是门面话。[②] 同时，白居易一生都以“栖心释梵，浪迹老庄”自我标榜，这在一定程度上也表明，文学式经典诠释方式并没有使他从儒家经典中获得坚实的思想基础和人生信仰。

① 谢思炜. 白居易诗集校注［M］. 北京：中华书局，2006：2273-2274.

② 蹇长春. 白居易思想散论［J］. 西北师大学报（社会科学版），1981（4）：88-89.

第六节　文学式经典诠释方式对白居易思想的制约

白居易虽然看到了时代的问题，试图通过融通儒、释、道来解决社会思想、信仰混乱的问题，并以此来推动社会秩序的调整，但文学式经典诠释方式制约了他的思想格局和思想深度，因而他在诠释经典的过程中并不能提出足以回应和解决时代问题的思想。

首先，白居易文学式经典诠释方式有背离经典诠释传统的倾向。白居易文学式经典诠释方式虽然有阐扬经典义理的面向，但更多的是出于论证和表达个人思想的目的。白居易试图通过援引和解释经典来为自己的观点找到合适的依据，这就使得他难以真正立足于经典本身去阐发经典义理，并且也不甚重视用经典诠释传统，而一旦与经典传统脱节，经典诠释就沦为了个人意见的表达。面对复杂的社会问题，个人的孤立思想未免显得单薄而无力。

在白居易的政治思想中，可以明显看到这一点。例如，他在《策林·刑礼道》中提出了“刑礼道迭相为用”的主张。这种主张与儒家思想颇为契合，但又不尽相同，十分具有新意，一定程度上可以补充儒家政治思想的内容。谢思炜在考证白居易“刑礼道迭相为用”的思想来源时分别列举了三条材料：

> 《左传》僖公二十八年：“礼以行义，信以守礼，刑以正邪，舍此三者，君将若之何？”①
>
> 《左传》成公十六年：“德、刑、详、义、礼、信，战

① 阮元. 十三经注疏［M］. 清嘉庆刊本. 北京：中华书局，2009：3966.

之器也，德以施惠，刑以正邪，详以事神，义以建利，礼以顺时，信以守物。”①

《礼记·乐记》：“故礼以道其志，乐以和其声，政以一其行，刑以防其奸，礼乐刑政，其极一也，所以同民心而出治道也。……礼节民心，乐和民声，政以行之，刑以防之。礼乐刑政，四达而不悖，则王道备矣。”②

这三条材料虽与白居易的观点有相似之处，但皆不尽相同。所以谢思炜总结说：“经典或言礼乐政刑，或言礼信刑等，此称刑礼道三者，乃自发新意。”③ 由此可见，白居易在阅读和诠释经典的过程中并没有完全拘泥于经典，而是提出了一些新奇且有价值的解释。但是，这样一种观点并没有与经典产生强烈的联系。白居易文中“道者可以率人之性”一句显然受到《中庸》“率性之谓道”的影响。但是，他并没有立足于《中庸》来阐发这种观点，相反他几乎背弃了《中庸》原意，将道与刑、礼并列，认为道、刑、礼各有其功用，亦各有其不足，必须根据情况发挥它们的功用。这种对经典的背弃直接导致白居易“刑礼道迭相为用”的主张沦为一种没有理论支撑的意见，虽有新意，却充满矛盾。其中有待思考的问题颇多，例如：刑、礼、道有没有层次上的差别？刑、礼、道迭相为用的人性论基础是什么？为什么“刑行而后礼立，礼立而后道生”？这些问题白居易都没有给出合理的解释，他只是在表达自己的观点。

其次，白居易文学式经典诠释方式无力化解儒、释、道思想在理论上的根本矛盾与冲突。这种经典诠释方式往往是对文章中所援引的零碎片段和经典文辞进行随文解释，由此形成的经典诠释也是一

① 阮元．十三经注疏［M］．清嘉庆刊本．北京：中华书局，2009：4162.
② 阮元．十三经注疏［M］．清嘉庆刊本．北京：中华书局，2009：3311-3315.
③ 谢思炜．白居易文集校注［M］．北京：中华书局，2011：1546.

种片面的、充满联想成分的理解。这意味白居易通过文学式经典诠释方式无力呈现儒、释、道思想的全貌。同时，文学式经典诠释方式不注重义理性论证，而是主要依靠自由的联想，这就使得白居易不能直接面对儒、释、道之间的差别和矛盾。

例如在《策林·黄老术》一文中，白居易对道家的政治思想进行了肯定，并且认为按照道家的政治主张可以实现“天下大理”的理想：

> 夫欲使人情俭朴，时俗清和，莫先于体黄、老之道也。其道在乎尚宽简，务俭素，不眩聪察，不役智能而已。盖善用之者，虽一邑一郡一国，至于天下，皆可以致清净之理焉。昔宓贱得之，故不下堂而单父之人化。汲黯得之，故不出阁而东海之政成。曹参得之，故狱市勿扰而齐国大和。汉文得之，故刑罚不用而天下大理。其故无他，清静之所致耳。故《老子》曰：“我无为而人自化，我好静而人自正，我无事而人自富，我无欲而人自朴。”此四者皆黄、老之要道也。陛下诚能体而行之，则人俭朴而俗清和矣。[①]

白居易并未考虑儒家与道家的政治思想存在根本性的矛盾：儒家强调通过积极的礼乐制度建构来实现天下大治；道家则主张清静无为以使社会回归自然。所以，他一方面强调礼乐制度的建构，另一方面又肯定道家的政治思想。这种矛盾是尖锐的，白居易却忽视不顾。

最后，文学式经典诠释方式无法使白居易建立坚定的思想立场。白居易从政治角度出发，明显看到了佛教思想盛行所带来的社会问题。所以当他在《策林·议释教》表现出明显的排佛倾向：

---

① 谢思炜．白居易文集校注［M］．北京：中华书局，2011：1380.

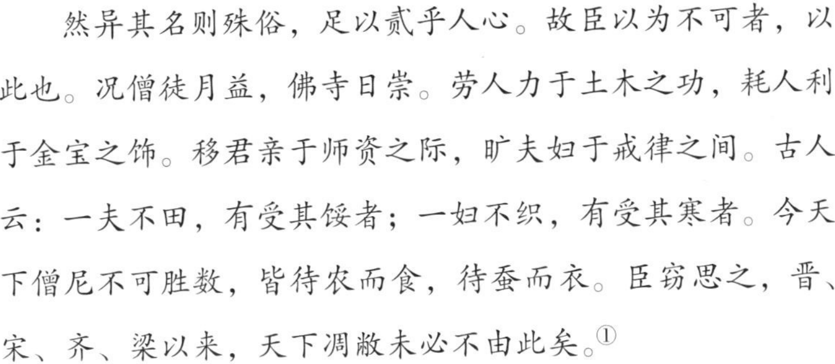

> 然异其名则殊俗，足以贰乎人心。故臣以为不可者，以此也。况僧徒月益，佛寺日崇。劳人力于土木之功，耗人利于金宝之饰。移君亲于师资之际，旷夫妇于戒律之间。古人云：一夫不田，有受其馁者；一妇不织，有受其寒者。今天下僧尼不可胜数，皆待农而食，待蚕而衣。臣窃思之，晋、宋、齐、梁以来，天下凋敝未必不由此矣。①

然而，白居易一旦脱离政治生活，他又会沉溺于佛教信仰。他的佛教信仰亦不纯粹，其中掺杂了许多杂念和功利目的。他期待通过佛教来消解内心的烦恼，但又放不下一些世俗的需求。他似乎从未真正皈依佛教，而是以一种自由的姿态游荡于三教之中。白居易早年自述其生活的环境是“堂中设木榻四，素屏二，漆琴一张，儒道佛书各三两卷”②。这是白居易生活真实写照。

即便在佛教信仰最为虔诚的晚年，白居易也对世俗享乐甘之如饴而可暂时忘怀佛道之事。白居易对道教的态度也同样如此。他在《三教论衡》中明确表达了自己对道教长生论的怀疑。③ 然而，尽管他清楚地看到道教长生理想的不切实际，却依然沉迷于外丹术。由此可见白居易宗教信仰的随机性和功利性。

这意味着文学式经典诠释方式只能使白居易从经典中获得零散的思想观念，而无法由此建立起对宇宙人生的系统性的思想理论。每一种文化都有其经典，理解经典的过程就是个体生命融入文化传统的过程，只有真正融入深厚的文化传统，个体生命才能真正树立自己的理性精神，建立坚定的思想立场。

总之，文学式经典诠释方式无法使白居易真正回归和拥有经典

---

① 谢思炜. 白居易文集校注［M］. 北京：中华书局，2011：1590.

② 谢思炜. 白居易文集校注［M］. 北京：中华书局，2011：254.

③ 谢思炜. 白居易文集校注［M］. 北京：中华书局，2011：1854.

诠释传统，亦无法从理论上回应和解决儒、释、道三家的矛盾与冲突，更无法由此建立坚定的思想立场。这些制约使得白居易只能徜徉在文学世界，而不能真正走进义理世界，创造性地提出可以回应和解决时代问题的思想理论。

第七章　文学式经典诠释方式与唐宋学术转型

文学式经典诠释方式并不仅仅是白居易阐发经典义理的主要方式，也是中晚唐文士所普遍采用的经典诠释方式。在已有的学术思想史研究中，一般将韩愈、柳宗元等视为唐代学术思想转变的关键人物。通过分析可见，他们均采用了文学式经典诠释方式，并且对经典的诠释呈现出与白居易相似的特点。因此，我们可以进一步考察文学式经典诠释方式对中晚唐文士精神世界的形成乃至中晚唐学术思想转型所产生的影响。

第一节　文学式经典诠释方式与中晚唐其他文士

韩愈作为唐代文学和思想界的代表人物之一，同样采用了文学式经典诠释方式。韩愈试图以此对儒家经典进行全新的诠释，以捍卫儒家思想的地位。凭借文学式经典诠释方式，韩愈摆脱了传统解经范式的束缚。但是，这种诠释方式也导致韩愈对儒家经典的诠释缺乏令人信服的理论基础，甚至产生了一些内在矛盾。

在唐朝之前，儒家思想主要通过经学训诂式经典诠释方式不断敞开其意义世界。这种诠释方式经过长久的发展形成了十分谨严的诠释理念、诠释规则以及诠释方法。唐朝建立之后，随着《五经正义》的颁行，儒家思想进一步固化，逐渐丧失了其意义和价值扩展能力以及回应社会问题的能力。在此背景下，韩愈试图打破传统的经典诠释方式，摆脱固有观念的束缚，建构全新的思想形态。这在韩愈对儒、释、道经典的诠释和吸收上得到了较充分的体现。

韩愈的经典诠释是围绕“道”展开的。韩愈将“仁”“义”视为道的核心内容：“博爱之谓仁，行而宜之之谓义，由是而之焉之谓道，足乎己无待于外之谓德。仁与义为定名，道与德为虚位。故道有君子小人，而德有凶有吉。”① 韩愈此处所谓的“道”并不是一个抽象的概念，而是指呈现于人伦日用之中的伦理色彩浓厚的人道。

韩愈直言自己所说的道与佛、老之道不同：“斯吾所谓道也，非向所谓老与佛之道也。”② 由此可以看出，韩愈的“道”并不是一种本体论意义上的抽象的绝对普遍的道，而是一种有着具体内容的道。正因为如此，韩愈又明确地区分了天道、地道与人道：“故天道乱而日月星辰不得其行，地道乱而草木山川不得其平，人道乱而夷狄禽兽不得其情。”③ 这里的“天道”“地道”“人道”皆是有具体内容的“道”。韩愈此处的“天”“地”“人”是按照空间来区分的，并不是一组思辨性的哲学性的概念。他说：“形于上者谓之天，形于下者谓之地，命于其两间者谓之人。形于上，日月星辰，皆天也；形于下，草木山川，皆地也；命于其两间，夷狄禽兽，皆人也。”④ 所以，韩愈区分“天道”“地道”“人道”并不是为了抽象地辨析三者之间的关系，而是将“道”的探讨落实到“人道”上面来。

以“仁义”为核心内容来说明“道”就与佛、道两家的道论划

---

① 屈守元，常思春. 韩愈全集校注［M］. 成都：四川大学出版社，1996：2665.
② 屈守元，常思春. 韩愈全集校注［M］. 成都：四川大学出版社，1996：2665.
③ 屈守元，常思春. 韩愈全集校注［M］. 成都：四川大学出版社，1996：2699.
④ 屈守元，常思春. 韩愈全集校注［M］. 成都：四川大学出版社，1996：2699.

清了界限，同时也为韩愈批佛反道提供了理论基础。他说："夫佛本夷狄之人，与中国言语不通，衣服殊制，口不言先王之法言，身不服先王之法服，不知君臣之义、父子之情。""且愈不助释氏而排之者，其亦有说。《孟子》云：'今天下不之杨则之墨。'杨、墨交乱而圣贤之道不明，则三纲沦而九法斁，礼乐崩而夷狄横，几何其不为禽兽也！……释老之害，过于杨、墨。韩愈之贤不及孟子。孟子不能救之于未亡之前，而韩愈乃欲全之于已坏之后。"[①] 由此可看出韩愈排佛言论与其道论的一致性，它们皆是立足于伦理展开论述的，而非从义理出发从根本上理清儒、佛思想的矛盾。这就导致韩愈排佛更多的是情感上的不认同，而非义理上的批判。

韩愈对大颠禅师的态度就颇能说明这一点。他在《与大颠师书》中说："大颠师论甚宏博，而必守山林，义不至城郭，自激修行，独立空旷无累之地者，非通道也。劳于一来，安于所适，道故如是。"[②] 又在《与孟尚书书》中说："潮州时，有一老僧号大颠，颇聪明，识道理。远地无可与语者，故自山召至州郭，留十数日，实能外形骸以理自胜，不为事物侵乱。与之语，虽不尽解，要自胸中无滞碍。以为难得，因与来往。"[③] 从"虽不尽解"来看，韩愈对大颠所言的佛法并不十分清楚。而从"大颠师论甚宏博""颇聪明，识道理""实能外形骸，以理自胜，不为事物侵乱"等语可以看出，韩愈对大颠所言的佛法颇为欣赏。朱熹就注意到这两点："韩公所说底，大颠未必晓得；大颠所说底，韩公亦见不破。""退之晚来觉没顿身已处，如招聚许多人博塞为戏，所与交如灵师惠师之徒，皆饮酒无赖。及至海上见大颠壁立万仞，自是心服。"[④] 由此可以看出，韩愈对佛理了解

---

① 屈守元，常思春．韩愈全集校注［M］．成都：四川大学出版社，1996：2289，2351，2352.

② 屈守元，常思春．韩愈全集校注［M］．成都：四川大学出版社，1996：3036.

③ 屈守元，常思春．韩愈全集校注［M］．成都：四川大学出版社，1996：2350.

④ 黎靖德．朱子语类［M］．王星贤，点校．北京：中华书局，1986：3274-3275.

虽不深入，但遇到佛法造诣深厚的高僧时，也会不由自主地加以肯定。

所以，韩愈排佛态度虽然坚定，但是更多的是源于一种情感上的不认同，而非从义理上明晰儒、佛两家之间的差异，进而对佛教加以排斥。正因如此，他的排佛态度显得十分激进。“人其人，火其书，庐其居”①，“乞以此骨，付之有司，投诸水火，永绝根本，断天下之疑，绝后代之惑”②。

值得注意的是，韩愈在诠释儒家经典的过程中，也吸收了一些佛教思想观念。例如，在《原道》一文中，他援引《大学》中的“古之欲明明德于天下者，先治其国；欲治其国者，先齐其家；欲齐其家者，先修其身；欲修其身者，先正其心；欲正其心者，先诚其意”，并将“诚意”“正心”解读为“治心”，但有学者指出“治心”是佛家的惯用语。同时，韩愈的道统论“在某种程度上也有受佛学法统影响的痕迹。除此外，韩愈在诗文体裁和内容诸方面对佛教文化均有吸收和借鉴，如借鉴《佛所行赞》等佛经中的长篇叠句之体式。韩愈上宰相书自荐求官书中连用七个‘皆已’、十一个‘岂金’，《南山诗》中连用五十一个‘或’字、《送孟东野》连作十二个‘鸣’、《鸱鸮》连下十个‘予’、《蓼莪》连用九个‘我’等遣词排比的用法，明显借鉴佛经体式”③。由此可见，韩愈身上表现出排佛与融佛行为并存的现象。

以上分析表明，虽然韩愈非常明确且坚定地排斥佛教，但是他并不能从根本上明晰儒、佛在义理系统上的差异，甚至没有意识到儒、佛经典中一些概念的不同。这种现象的产生与其文学式经典诠释方

---

① 屈守元，常思春. 韩愈全集校注［M］. 成都：四川大学出版社，1996：2665.

② 屈守元，常思春. 韩愈全集校注［M］. 成都：四川大学出版社，1996：2290.

③ 李伏清，彭文桂. 辟佛与融佛：韩愈儒释观新论［J］. 湘潭大学学报（哲学社会科学版），2014，38（2）：123-126.

式存在一定的关系。因为文学式经典诠释方式不太强调概念的辨析，亦不注重思想义理的内在差别，所以在解释经典时就会将看似相同的概念等同起来。上述以佛家“治心”概念解释《大学》中的“正心”“诚意”即是一例。

这种现象在韩愈的经典诠释中多次出现。例如，在《读墨子》一文中，韩愈就将儒家的诸多概念与墨家等同起来。“孔子泛爱亲仁，以博施济众为圣，不兼爱哉？孔子贤贤，以四科进褒弟子，疾殁世而名不称，不上贤哉？孔子祭如在，讥祭如不祭者，曰：我祭则受福，不明鬼哉？”[①] 由此，他认为“儒墨同是尧舜，同非桀纣，同修身正心以治天下国家”，并提出“儒墨交相用”的主张：“孔子必用墨子，墨子必用孔子，不相用，不足为孔、墨。”[②] 由此看来，韩愈“博爱之谓仁”的观点虽是以儒家思想为根本，但亦受到墨家思想的影响。韩愈忽视了儒、墨思想之间的差异。

在《原性》一文中，韩愈提出了著名的性三品说。“性之品有上中下三：上焉者，善焉而已矣；中焉者，可导而上下也；下焉者，恶焉而已矣。”[③] 这个说法主要是受到《论语》“上智与下愚不移”的影响。以性三品说为理据，韩愈将孟子的“性善论”、荀子的“性恶论”以及扬雄的“善恶相混论”统合在一起。“孟子之言性曰：人之性善；荀子之言性曰：人之性恶；扬子之言性曰：人之性，善恶混。夫始善而进恶，与始恶而进善，与始也混而今也善恶，皆举其中而遗其上下者也，得其一而失其二者也。”[④] 这种统合显然缺乏理性分析。孟子、荀子、扬雄的人性论都是一种普遍意义上的，而不是针对某一特殊群体所言的；并且基于不同的人性论，孟子、荀子、扬雄所建立

---

① 屈守元，常思春．韩愈全集校注［M］．成都：四川大学出版社，1996：2725.
② 屈守元，常思春．韩愈全集校注［M］．成都：四川大学出版社，1996：2726.
③ 屈守元，常思春．韩愈全集校注［M］．成都：四川大学出版社，1996：2686.
④ 屈守元，常思春．韩愈全集校注［M］．成都：四川大学出版社，1996：2687.

起来的思想体系存在结构性的差异。韩愈将孟子、荀子、扬雄的人性论统合在性三品说之下，忽视了它们之间的理论性差别。这种统合是借助自由的联想实现的，缺乏理性的分析。

韩愈的思想中还存在一些极富创造性但又缺乏详细论证的论断。对后世产生深远的影响的道统论就是一例。韩愈的道统论出自《原道》一文："尧以是传之舜，舜以是传之禹，禹以是传之汤，汤以是传之文、武、周公，文、武、周公传之孔子，孔子传之孟轲。轲之死，不得其传焉。"① 但是，这不过是韩愈道统论的一个版本。其《读荀》一文说："以为孔子之徒没，尊圣人者，孟氏而已。晚得扬雄书，益尊信孟氏。因雄书而孟氏益尊，则雄者亦圣人之徒欤！……及得荀氏书，于是又知有荀氏者也。考其辞，时若不粹；要其归，与孔子异者鲜矣。抑犹在轲、雄之间乎？……余欲削荀氏之不合者附于圣人之籍，亦孔子之志欤！孟氏，醇乎醇者也；荀与扬，大醇而小疵。"② 这便将荀子和扬雄纳入道统。在《进学解》中，韩愈对荀子有更高的评价："昔者孟轲好辩，孔道以明，辙环天下，卒老于行。荀卿守正，大论是弘，逃谗于楚，废死兰陵。是二儒者，吐辞为经，举足为法，绝类离伦，优入圣域。"③

针对此现象，周炽成从时间先后上做出了解释："年轻时肯定其（荀子、扬雄）在道统之地位，后来则拒之于道统外。随着年龄增大，韩愈更自信，对两人的评价降低，事实上暗示自己接上孟子。他大胆地把荀、扬排除于道统之外，表明他思想上更成熟、更定型。"④ 但从另外一种视角来看，这种变化表明韩愈所建构起来的道统是一种主观性的带有独断色彩的道统。它会随着个人思想观念的变化而

① 屈守元，常思春. 韩愈全集校注［M］. 成都：四川大学出版社，1996：2665.

② 屈守元，常思春. 韩愈全集校注［M］. 成都：四川大学出版社，1996：2717.

③ 屈守元，常思春. 韩愈全集校注［M］. 成都：四川大学出版社，1996：1910.

④ 周炽成. 唐宋道统新探［J］. 哲学研究，2016（3）：29-36，128.

发生改变。钱穆就曾指出这一点，他认为自韩愈始，经宋明两代所建立起来的道统“只可称之为是一种主观的道统，或说是一种一线单传的道统。此种道统是截断众流，甚为孤立的；又是甚为脆弱，极易中断的；我们又可说它是一种易断的道统。此种主观的单传孤立的易断的道统观，其实纰漏甚多”[①]。

钱穆并没有对这种道统论的产生做出详细解释，但是从他对韩愈的评价来看，这种道统论的产生实与文学式经典诠释方式有关。他认为：“韩愈之古文运动，其实乃是将儒学与散体文学之合一化。韩愈散体文之真价值，一面能将魏晋以下之纯文学观念融入，一面又能将孔孟儒学融入。此是韩愈在文学史上一大贡献，亦是在儒学史上一大贡献。……自杜诗韩文始，儒学复进入了文学之新园地。自此以后，必须灌入儒家思想才始得成为大文章。此一新观点，实为以前所未有。必至此后，经学史学与文学均成为寄托儒学发挥儒学之工具。”[②] 在钱穆看来，韩愈融合了儒学与文学，使得文学成为有别于经学和史学的儒学传播及意义呈现的新途径和新方式。

韩愈将道与辞联系得相当紧密，他认为言辞有助于明道。韩愈直言：“君子居其位，则思死其官；未得位，则思修其辞以明其道。”[③] 与此同时，韩愈还强调行之于道的重要意义：“然观古人，得其时行其道，则无所为书。书者，皆所为不行乎今而行乎后世者也。”[④] 这意味着辞能载道，道却只在实际的社会践履中才得以真正呈现。因此韩愈将道视为根本的概念，并主张以辞明道、以行践道，道、辞、行是一个不可分开的整体。基于此，韩愈强调传道必须注重言辞上的创新：“师其（古圣贤人）意不师其辞。……若圣人之道不用文则已，

① 钱穆. 中国学术通义［M］. 台北：台湾学生书局，1975：94.

② 钱穆. 中国学术通义［M］. 台北：台湾学生书局，1975：80.

③ 屈守元，常思春. 韩愈全集校注［M］. 成都：四川大学出版社，1996：1170.

④ 屈守元，常思春. 韩愈全集校注［M］. 成都：四川大学出版社，1996：1334.

用则必尚其能者。能者非他，能自树立，不因循者是也。”①

文学式经典诠释方式相较于经学与史学更为自由，也更富有创造性。经学和史学的经典诠释方式都有严格的诠释原则，若以这两种经典诠释方式吸收佛教法统思想建立儒学道统论，均会因儒学与佛学的根本差异而遭遇无法建立的困境。文学式经典诠释方式则不同，它的自由性和开放性使得佛学与儒学之间的矛盾弱化，进而可以生成颇具创造性的思想。所以，道统论至唐代之后方真正兴起，一方面与佛学的传入有关，一方面也与文学式经典诠释方式有关。但由于文学式经典诠释方式本身带有主观性并缺乏深入的义理论证，以此建立起来的道统论总是带有明显的主观和独断色彩。虽然，宋明儒者针对道统论有过许多讨论，并不断阐明其合法性，丰富其内容，但仍然无法从根本上克服这种主观性和独断性。

在儒、释、道三教并行的时代，与白居易类似，柳宗元试图通过统合儒、释、道来调和三家之间的紧张关系。在此过程中，文学式经典诠释方式发挥了十分重要的作用。

“道是柳宗元思想和行为的立足点，在他的学术思想和生平事业中具有中心地位和主导作用。”② 柳宗元的道论思想是以儒家思想为基础的，他曾明确表示自己“唯以忠正信义为志，以兴尧、舜、孔子之道，利安元元为务”③。但值得注意的是，柳宗元认为道的真实呈现必须能“辅时及物”，是“以辅时及物为道”。④ 所谓“辅时及物”就是能够切实地回应和解决时代的社会问题。以此为基础，柳宗元肯定了可以“佐世”的学术思想。虽然柳宗元清楚地看到不同

---

① 屈守元，常思春. 韩愈全集校注［M］. 成都：四川大学出版社，1996：2050-2051.

② 张铁夫. 柳宗元新论［M］. 长沙：湖南大学出版社，2005：82.

③ 柳宗元. 柳宗元集［M］. 北京：中华书局，1979：780.

④ 柳宗元. 柳宗元集［M］. 北京：中华书局，1979：824.

的学术思想流派以及不同的文化体系之间存在着矛盾，但是这一切都在“辅时及物”观念下得到了缓和：“太史公尝言，世之学孔氏者，则黜老子，学老子者，则黜孔氏，道不同不相为谋。余观老子，亦孔氏之异流也，不得以相抗，又况杨墨申商，刑名纵横之说，其迭相訾毁、抵牾而不合者，可胜言耶？然皆有以佐世。”①

之所以产生这种现象是因为柳宗元将道与言辞割裂开来。在柳宗元看来，言辞是道的载体，道的呈现有赖于言辞，但是言辞终究还是外在的。摒弃章句之学而以弘道为宗旨，破除浮靡文风而“以适己为用”，这是柳宗元所推崇的文章之道，故其曰：

> 凡为学，略章句之烦乱，采摭奥旨，以知道为宗；凡为文，去藻饰之华靡，汪洋自肆，以适己为用。②

他认为对道有所领悟并在社会实践中将其呈现出来才是真正的“明道”，所以他反对沉溺于言辞本身。所谓沉溺于言辞有两个层面，一是写文章时只是追求华丽的辞藻，而不能真正地对道有所领悟；二是解释经典时只是注重对经典文本的字面解释，而不能探求圣人之道及圣人的微言大义。针对前者，柳宗元提出了“文以明道”的主张：“始吾幼且少，为文章，以辞为工。及长，乃知文者以明道，是固不苟为炳炳烺烺，务采色、夸声音而以为能也。”③ 针对后者，柳宗元强调摆脱章句之学的束缚，汲取一切经典文本有价值的内容，而使道得以呈现。柳宗元《答韦中立论师道书》曰：

> 故吾每为文章，未尝敢以轻心掉之，惧其剽而不留也；未尝敢以怠心易之，惧其弛而不严也；未尝敢以昏气出之，惧其昧没而杂也；未尝敢以矜气作之，惧其偃蹇而骄也。抑

① 柳宗元．柳宗元集［M］．北京：中华书局，1979：662.
② 柳宗元．柳宗元集［M］．北京：中华书局，1979：181.
③ 柳宗元．柳宗元集［M］．北京：中华书局，1979：873.

之欲其奥，扬之欲其明，疏之欲其通，廉之欲其节，激而发之欲其清，固而存之欲其重，此吾所以羽翼夫道也。本之《书》以求其质，本之《诗》以求其恒，本之《礼》以求其宜，本之《春秋》以求其断，本之《易》以求其动，此吾所以取道之原也。参之《穀梁氏》以厉其气，参之《孟》《荀》以畅其支，参之《庄》《老》以肆其端，参之《国语》以博其趣，参之《离骚》以致其幽，参之太史公以著其洁，此吾所以旁推交通而以为之文也。①

由此可以看出，柳宗元是以五经为本，并参照其他经典文本以求道。这种做法事实上与白居易借助经典阐发个人观点的做法存在诸多相似之处。

柳宗元虽然十分强调经典文本之于探求圣人之道的重要意义，但他认为："圣人之言，期以明道，学者务求诸道而遗其辞。辞之传于世者，必由于书。道假辞而明，辞假书而传，要之，之道而已耳。"② 其目的在于说明经典文本或言辞是道之载体，读书与写文章应当以求道、明道为终极追求。这就将道置于核心位置，而将经典文本视为外在的工具。如此一来，道就成了脱离经典文本的抽象物，而非与经典文本相统一的实物。所以他说："文以行为本，在先诚其中。其外者当先读六经，次《论语》、孟轲书，皆经言；《左氏》《国语》、庄周、屈原之辞，稍采取之；穀梁子、太史公甚峻洁，可以出入。"③ 这意味不论六经还是其他经典文本都不过是外在的对象，不是与生命紧密相关的精神实在。这直接导致柳宗元更加注重对道的

① 柳宗元. 柳宗元集［M］. 北京：中华书局，1979：873.
② 柳宗元. 柳宗元集［M］. 北京：中华书局，1979：886.
③ 柳宗元. 柳宗元集［M］. 北京：中华书局，1979：880.

极端追求，而对经典文本表现出一定程度的轻视。这种认识使得柳宗元与白居易一样在诠释经典时往往更加注重个人观点的表达，以呈现自己对道的认识。

正因如此，柳宗元忽视了经与传之间的紧密联系，没有看到传是对经的进一步阐发，致使传与经相脱离。所以柳宗元在阐释一些经典文本时，出现了以经驳传、以传驳传的现象。在此过程中柳宗元对诸家经典文本做出了较新的解释。

例如，在《天爵论》一文中，柳宗元就利用《论语》批驳孟子的天爵论。《孟子·告子上》说："仁义忠信，乐善不倦，此天爵也；公卿大夫，此人爵也。古之人修其天爵，而人爵从之。今之人修其天爵，以要人爵；既得人爵，而弃其天爵，则惑之甚者也。"[①] 针对孟子以"仁义忠信"定义天爵的做法，柳宗元提出了反对意见："仁义忠信，先儒名以为天爵，未之尽也。"他认为人之所以为天地间至贵至灵者，乃是因为天赋予人"刚健之气"和"纯粹之气"。"刚健之气，钟于人也为志，得之者，运行而可大，悠久而不息，拳拳于得善，孜孜于嗜学，则志者其一端耳。纯粹之气，注于人也为明；得之者，爽达而先觉，鉴照而无隐，盹盹于独见，渊渊于默识，则明者又其一端耳。"由此他得出结论："故善言天爵者，不必在道德忠信，明与志而已矣。"以此为基础，他还阐明了"志明""道德""仁义忠信"三者之间的关系："道德之于人，犹阴阳之于天也；仁义忠信，犹春秋冬夏也。举明离之用，运恒久之道，所以成四时而行阴阳也。"[②] 此即是说，天赋予人以"刚健纯粹之气"，而使人能够有志与明。凭借志、明之道，道德、仁义忠信才得以呈现。由此看来，柳宗

① 朱熹. 四书章句集注［M］. 北京：中华书局，1983：336.

② 柳宗元. 柳宗元集［M］. 北京：中华书局，1979：79-80.

元的天爵观是以“气本论”作为基础的，他据此“否认了孟子的先验主义道德起源论”。[①]

在批驳孟子天爵论的过程中，柳宗元援引了《论语》中的两个观点：“敏以求之”“为之不厌”。“敏以求之”出自《论语·述而》：“我非生而知之者，好古，敏以求之者也。”[②] “为之不厌”也出自《论语·述而》：“若圣与仁，则吾岂敢？抑为之不厌，诲人不倦，则可谓云尔已矣。”[③] 柳宗元认为“圣人曰‘敏以求之’，明之谓也；‘为之不厌’，志之谓也。”[④] 此即是以“气本论”来解释《论语》中的“敏以求之”“为之不厌”。这种解释既非《论语》本义，亦非继承前人诠释，不过是柳宗元个人思想的表达罢了。并且，在解释《论语》等儒家经典文本的过程中，柳宗元还吸收了道家思想。柳宗元天爵论的哲学理据是“天赋的气本论”。柳宗元明确表示他所谓的“天”是吸收了庄子“天曰自然”的观念：“庄周言天曰自然，吾取之。”[⑤] 这意味着柳宗元“天爵论”是儒道互释的结果。这种诠释方式正与白居易类似：注重个人思想的表达，并根据自己的思想将儒道经典视为不相矛盾的和谐整体。

又例如，在《守道论》一文中，柳宗元根据《礼记》《孟子》对《左传》中的“守道不如守官”的论断进行了批评，认为此非圣人之意。据《左传》记载，昭公二十年十二月，齐侯以弓召见虞人，虞人认为弓是用来召见士的，召见掌管田猎的自己应当用皮冠，所以辞而不往。《左传》引用孔子“守道不如守官”之语批评虞人君召而

① 张岂之. 侯外庐著作与思想研究：第14卷［M］. 长春：长春出版社，2016：383.

② 杨伯峻. 论语译注［M］. 北京：中华书局，1980：70.

③ 杨伯峻. 论语译注［M］. 北京：中华书局，1980：75.

④ 柳宗元. 柳宗元集［M］. 北京：中华书局，1979：80.

⑤ 柳宗元. 柳宗元集［M］. 北京：中华书局，1979：80.

不往的行为。[①] 柳宗元认为“官者也，道之器也”，而道与器是不离的，道乃器之体，器乃道之用，两者是一种不离的关系，存则俱存，失则俱失。所以，他得出“未有守官而失道，守道而失官者也”的结论。基于此，他支持虞人的做法，认为“夫皮冠者，是虞人之物也。物者，道之准也。守其物，由其准，而后其道存焉”。在此过程中，他引用了《礼记》中的“道合者则服从，不可则去”和《孟子》中的“有官守者，不得其职则去”来证明自己的观点，批评《左传》“非圣人之言，传之者误也”。[②] 但值得注意的是，柳宗元批评《左传》“守道不如守官”的观点是以“道器不离”作为核心理据的。但《礼记》《孟子》皆是以“守道高于、重于守官”为核心理据的。所以从根本上来说，柳宗元与《礼记》《孟子》并不相同。这表明柳宗元以经驳传、以传驳传的做法并不是为了调和经传矛盾以及传与传之间的矛盾，或者立足于经或传来驳正其他文本的错讹，而是为了表达自身对圣人之道或道本身的认识。

同白居易一样，柳宗元也试图调和儒佛之间的矛盾。柳宗元同白居易都深刻地认识到佛教对社会造成的不良影响。所以，他区分了“迹”与“言”，即外在的表现形式与内在的思想精神。[③] 在他看来，韩愈提出的排佛意见“髡而缁，无夫妇父子，不为耕农蚕桑而活乎人”[④] 是针对佛之迹而言的。立足于社会及政治，对佛之迹加以批驳

---

① 《左传·昭公二十年》：十二月，齐侯田于沛，招虞人以弓，不进。公使执之，辞曰：“昔我先君之田也，旃以招大夫，弓以招士，皮冠以招虞人。臣不见皮冠，故不敢进。”乃舍之。仲尼曰：“守道不如守官，君子韪之。”阮元. 十三经注疏：清嘉庆刊本［M］. 北京：中华书局，2009：4546.

② 柳宗元. 柳宗元集［M］. 北京：中华书局，1979：82-83.

③ 徐远和《柳宗元与儒学复兴》（《哲学研究》1984 年第 3 期第 56 页）一文对此有过详细讨论。

④ 柳宗元. 柳宗元集［M］. 北京：中华书局，1979：674.

是柳宗元所赞成的。但是，柳宗元认为佛教的思想与儒家思想并不矛盾，而是相合的。他明确表示“浮图诚有不可斥者，往往与《易》《论语》合，诚乐之，其于性情奭然，不与孔子异道”①，甚至还认为“孔子无大位，没以余言持世，更杨、墨、黄、老益杂，其术分裂，而吾浮图说后出，推离还源，合所谓生而静者”②。在柳宗元看来，从社会及政治层面来看，佛之迹应当加以批驳，但从思想及心性修养来看，佛之言则多与儒家契合。

柳宗元的这一论断是存在问题的。从《守道论》一文可明显看出柳宗元认为“道”与“器”是不离的，面对佛教他却舍弃了这种认识，而将佛之迹与佛之言分开看待。这表明柳宗元为了“统合儒释”，不惜在思想上出现了前后矛盾的现象。这种矛盾的产生与其文学式经典诠释方式不无关系。从思想内容来看，儒佛确有相通之处，但是儒佛之间的差异是结构性和根本性的。立足于儒家，借鉴和吸收佛教思想自然不成问题，但是认为儒佛在根本上相合则是一种自由联想。故罗宗强认为柳宗元“虽亦标榜孔子之道，但他其实处处考虑的是化人及物，而不在于是否符合经义”③。

从以上分析，可以清晰地看到柳宗元同白居易一样，也将文学式经典诠释方式作为他诠释经典的主要手段。他们都试图打破章句之学的束缚，扭转华而不实的浮躁文风，主张以文明道。但是，文学式经典诠释方式不能让他们真正地回归儒家经典本身，创造性地提出能够回应时代问题的思想理论。

---

① 柳宗元. 柳宗元集［M］. 北京：中华书局，1979：673.
② 柳宗元. 柳宗元集［M］. 北京：中华书局，1979：150.
③ 罗宗强. 隋唐五代文学思想史［M］. 北京：中华书局，1999：251.

第二节 文学式经典诠释方式与中晚唐学术

张跃以安史之乱为节点将唐代儒学分为明显不同的前后两期：

> 唐代儒学，前后期发展明显不同。前期重训诂、循章句、守经疏，进士以浮文媚世，明经仅以记诵见长。安史之乱以后，儒学转入后期，以韩愈、柳宗元、刘禹锡、李翱等为代表的一批儒家学者，以批判和创新精神积极进行理论探索，使儒学具有了活力，呈现出新的发展趋势。[①]

张跃的分析涉及一个很重要的问题，即讨论唐代儒学发展时，涉及一批文学家。在其他的历史时期，论及儒学发展时极少讨论文学，文学史一般不会被纳入学术思想史。但是，在讨论唐代学术思想时，无法绕开文学。安史之乱以后，唐代学术思想的发展主要是由一批文士推动的，并且他们主要是以文学的方式表达自己的思想。因此，讨论文学式经典诠释方式与中晚唐学术之间的关系显得极有必要。

为进一步说明文学式经典诠释方式与中晚唐学术之间的关系，我们在此有必要重新梳理唐代尤其是中晚唐时期文士内部对文学式经典诠释方式的理解及争论。

汉王朝建立之后，在独尊儒术的文化语境下，文学与儒学之间一直存在着密切的联系，甚至可以说儒学一直支配着文学，文学始终以捍卫儒家义理和政教观念为根本要务。并且，就儒家思想而言，文学也作为其中重要的组成部分被儒家所肯定。直到汉末魏晋以后，尚文风气渐浓，独立的纯文学观念才出现在中国文化史中，不过文学依然

① 张跃. 唐代后期儒学［M］. 上海：上海人民出版社，1994：3-4.

无法彻底摆脱儒学对它的影响。进入唐代之后，文学与文化或者说文学与儒学之间的关系重新激起了学者的兴趣，尤其至中唐古文运动兴起，文学与儒学又重新得以融合。关于这一点，钱穆先生有过详细的说明，前文已有提及；陈弱水的《唐代文士与中国思想的转型》和包弼德的《斯文：唐宋思想的转型》也有详细的说明和分析，在此不再赘述。[①] 我们只需指出，到了中唐，文士们逐渐普遍将文学视为阐发儒家义理和捍卫儒家传统的一种方式，但是他们所要捍卫的内容和对待文学的态度是多样的。正因如此，他们对文学式经典诠释方式的理解也有所差别，并由此引发了一些争论。

陈弱水注意到王勃之于中国文化转型的重要意义。他援引了三则材料：

> 文章经国之大业，不朽之能事，而君子所役心劳神，宜于大者远者，非缘情体物，雕虫小技而已。（《平台秘略论·艺文三》）

> 至若身处魏阙之下，心存江湖之上，诗以见志，文宣王有焉。（《平台秘略论·艺文三》）

> 夫文章之道，自古称难。圣人以开物成务，君子以立言见志。遗雅背训，孟子不为；劝百讽一，扬雄所耻。苟非可以甄明大义，矫正末流，俗化资以兴衰，家国由其轻重，古人未尝留心也。自微言既绝，斯文不振，屈宋导浇源于前，枚马张淫风于后。谈人主者，以宫室苑囿为雄；叙名流者，以沉酗骄奢为达……周公孔氏之教，存之而不行于代。天下之文，靡不坏矣。（《上吏部裴侍郎启》）

---

① 钱穆在《中国学术思想史论丛》中曾详细讨论过这一问题。后来，罗宗强《魏晋南北朝文学思想史》（中华书局 1996 年版）也对此多有论述。陈弱水《唐代文士与中国思想的转型》（广西师范大学出版社 2009 年版）也详细论述了这一点。

陈弱水据此认为王勃肯定了“文章须有助于儒教的实现，否则即缺乏价值”，并“直接否定独立的文学传统”，王勃“似乎是南朝文学大兴以来，第一位曾对文学的独立意义表达拒斥之意的文坛翘楚，历史意义不可小觑”。① 但值得关注的是，王勃将文学与儒学联系在一起，并试图强调以文学捍卫儒家政教传统，将文学看作“经国之大业”，但这与中唐柳宗元、韩愈将文学视为“明道”的载体和方式显然存在一定差别。王勃更为强调借助文学来表现儒学的现实价值，甚至体现儒学的经世意味；柳宗元与韩愈虽然也重视这一点，但他们所关注的是更抽象亦更普遍的“道”。

一直为中唐文士所重视的陈子昂也将“道”纳入到文学的讨论之中：

> 文章道弊，五百年矣。汉魏风骨，晋宋莫传，然而文献有可征者。仆尝暇时观齐、梁间诗，彩丽竞繁，而兴寄都绝，每以永叹。思古人，常恐逶迤颓靡，风雅不作，以耿耿也。（《与东方左史虬修竹篇序》）②

虽然从陈子昂的言辞中，我们无法确定他所说的“道”与韩愈、柳宗元所说的“道”是否属于同等层次的概念，但从其好友卢藏用对他的评价来看，陈子昂“道”的概念已具备抽象意味：“道丧五百岁而得陈君。”（《右拾遗陈子昂文集序》）③ 基于此，陈弱水认为自陈子昂始，“文学评价的根本标准就落在外部，文化可以在某种程度上指导文学了”④。

这意味着从唐初开始，文学已被视为文化或者儒学呈现意义与价值的方式。对于这种方式，当时至少有两种理解，一是将文学视为

---

① 陈弱水. 唐代文士与中国思想的转型［M］. 桂林：广西师范大学出版社，2009：20-21.

② 彭定求，等. 全唐诗［M］. 北京：中华书局，1960：895.

③ 董诰，等. 全唐文［M］. 北京：中华书局，1982：2402.

④ 陈弱水. 唐代文士与中国思想的转型［M］. 桂林：广西师范大学出版社，2009：26.

表现文化或儒学经世价值的载体和方式，二是将文学视为呈现抽象的“道”的载体和方式。前者更为注重实用性和经世意蕴，后者则凸显了某种义理性和抽象性。这种差异直接导致了中唐文士对于以文学式经典诠释方式诠释经典所要实现的目的的认识和理解有所不同。

以白居易、元稹为代表的文士，提出了一种功利主义或者说经世主义的文学观。他们主张“文章合为时而著，诗歌合为事而作”，符合儒家的思想观念。从这个角度出发，诸多学者将元、白归于儒家。陈弱水虽然承认这一点，却把元、白所领导的古乐府运动排除在中唐儒家思想运动之外：

> 元、白所掀动的诗歌创作潮流是否也是当时儒家思想运动的一部分呢？简单的答案是：并非如此。元、白的文学观念也许可以视为士人群中不断上升的儒家意识的一个表现，但谈不上是思想运动的一部分，原因在于，元、白的诗歌与文论不具思想探索的性质，和古文运动相比，最明显的差别是缺乏对“道”——儒家之道——的关心。①

显然，陈弱水是以一种单线条的叙事方式讲述唐宋文化转型。事实上，当时的文化和思想运动并没有形成严格的共同规则，因此唐代学术思想的发展不是单线展开，而是多线并行的。包弼德就深刻地看到了这一点，故将元、白的复古观念也纳入中唐思想运动：

> 现在出现了一套关于道和关于文的看法，道必须由个人亲身认识和体验，文则指个人亲自创造的风格与作品。个人被要求独立地去认识，以及转变自身，这就使人们在共同价值上难以取得共识。同时，重视个人拥有价值观念，而不

① 陈弱水. 唐代文士与中国思想的转型［M］. 桂林：广西师范大学出版社，2009：64.

是模仿好的文化形式，这使人们越来越难以看清价值观如何能够共享。……新的一代有许多学者的群体，每一个都有自己的宗旨。例如，韩愈（768—824）就获得了李翱、皇甫湜（777—约835）以及张籍（约767—约830）的崇拜。柳宗元（773—819）与韩愈有很多共识，但也与吕温（772—811）、刘禹锡（772—842）以及像陆淳这样的《春秋》学的后学联合在一起。白居易和元稹（779—831），他们将复古（restorationist）的观念运用在诗歌体裁中，代表了另一个思想中心。对其中的很多人来讲，继承古代是一个延续价值观、继承古人之道的问题。①

不能将白居易排除在中唐学术思想运动之外的另一理由是，虽然白居易没有像柳宗元、韩愈那样围绕"道"或"儒家之道"建立一套思想理论，但是他通过文学式经典诠释方式对儒家经典的重新诠释和解读并不能被忽视，更何况，他对文学式经典诠释方式的理解和他的文学观念与当时许多文士相契合。例如，柳宗元指出"文有二道，辞令褒贬，本乎著述者也；导扬讽谕（喻），本乎比兴者也"②。白居易亦曰："古之为文者，上以纫王教，系国风；下以存炯戒，通讽谕（喻）。故惩劝善恶之柄，执于文士褒贬之际焉；补察得失之端，操于诗人美刺之间焉。今褒贬之文无核实，则惩劝之道缺矣；美刺之诗不稽政，则补察之义废矣。"③ 两者之间多有契合之处。

谢思炜认为白居易"对比较抽象的哲学本体论和宇宙论问题不甚感兴趣"，且"对儒学的吸取主要集中于从政治国方面，致力于封建社会基本秩序的挽救、重新设计和巩固维护"，所以并没有形成系

① 包弼德. 斯文：唐宋思想的转型［M］. 南京：江苏人民出版社，2001：129-130.
② 柳宗元. 柳宗元集［M］. 北京：中华书局，1979：579.
③ 谢思炜. 白居易文集校注［M］. 北京：中华书局，2011：1595.

统的思想理论。但从历史阶段来看，“白居易与中唐儒学的关系只是儒学意识形态革新的整体进程中的一个过渡现象，反映了中唐儒学自身在理论上尚不够成熟、在意识形态目的上雄心有余而力所不及的状况。这一时期，儒学本身正处在将思想重点从外在方面转向内在方面的转折阶段……他的儒学保留了较多的纯朴性和现实性”[①]。从这个角度来看，白居易的儒学思想代表了中唐儒学转型的一个阶段。

其实，柳宗元与韩愈对文学式经典诠释方式的理解也有所不同。柳宗元有割裂文与道的倾向，而在韩愈那里，文与道的联系显然更为紧密，对此前文已有分析，陈弱水在《唐代文士与中国思想的转型》中的《“道”与文学的脱中心化》一节也有过讨论。这种观念上的差异引发了柳宗元与韩愈对于佛学态度的差异。柳宗元将“道”视为一个更抽象的、与言辞无必然联系的精神实体，所以，他立足于道并肯定一切与儒家精神相契合的学说。他认为儒家之道的核心在于“辅时及物”，故而能够“辅时及物”的思想都得到了他的肯定。由此他反对韩愈以“佛之迹”否定“佛之言”的做法，并认为韩愈对佛理没有深刻的认识。从柳宗元的角度来看，文的作用是明道，即是说文学式经典诠释方式是为了呈现儒家的核心思想及其价值。而在韩愈看来，文不仅是道呈现的方式和手段，亦是儒家文化传统的一部分，文学式经典诠释方式不仅要明道，而且要保留这种诠释方式本身的特质。

由于对儒学精神内核的重视和对纯文学观念的反叛，中唐儒学呈现了“重文学”与“反文学”的二律背反。白居易认为“周之文弊，今有遗风”，反对雕章镂句的浮华文学，同时又肯定了文学“上以端教化，下以通讽谕（喻）”的作用。前者表现出“文学无用”

① 谢思炜. 白居易集综论［M］. 北京：中国社会科学出版社，1997：249.

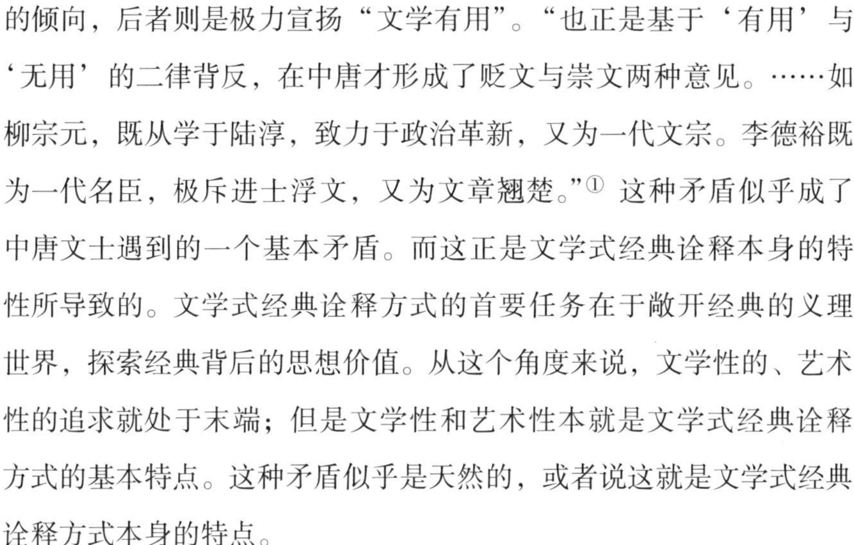

的倾向，后者则是极力宣扬“文学有用”。“也正是基于‘有用’与‘无用’的二律背反，在中唐才形成了贬文与崇文两种意见。……如柳宗元，既从学于陆淳，致力于政治革新，又为一代文宗。李德裕既为一代名臣，极斥进士浮文，又为文章翘楚。”① 这种矛盾似乎成了中唐文士遇到的一个基本矛盾。而这正是文学式经典诠释本身的特性所导致的。文学式经典诠释方式的首要任务在于敞开经典的义理世界，探索经典背后的思想价值。从这个角度来说，文学性的、艺术性的追求就处于末端；但是文学性和艺术性本就是文学式经典诠释方式的基本特点。这种矛盾似乎是天然的，或者说这就是文学式经典诠释方式本身的特点。

无论如何，中晚唐文士通过文学式经典诠释方式对儒家经典进行了新的解读，推动了中晚唐儒学的发展。另外，文学在中晚唐虽与儒学关系密切，但是儒学并没有主宰文学。文学在当时具有独立性和自主性。在中晚唐学术思想发展中存在两种不同的路向：一是融通三教的路向，二是尊儒排佛的路向。假定文学为儒学所主宰，那么借助文学式经典诠释方式融通三教的路向就是根本行不通的。正因文学在中晚唐具有独立性和自主性，所以才能凭借文学式经典诠释方式诠释各家经典。可以说中晚唐学术思想并没有形成统一路径，而是表现出多种发展路向。这与文学式经典诠释方式不无关系。文学式经典诠释方式没有门户，甚至没有固定的原则，极为自由和开放。这使中晚唐学术能够打破章句注疏之学的束缚，极具批判性和创新性。但也因其自由性、开放性和随意性，中晚唐学者无法通过文学式经典诠释方式创造出深刻而系统的思想，形成极富特点的学术流派。

总之，中晚唐学者通过文学式经典诠释方式，打破了章句注疏之

① 谢思炜．白居易集综论［M］．北京：中国社会科学出版社，1997：345.

学的束缚，使儒学重新获得了活力，并改变了当时浮华的文风和以记诵为长的学风，形成了自由开放的学术风格，开辟了多种学术发展路向，从而开启了唐宋学术文化的转型历程。

第三节 文学式经典诠释方式与唐宋学术转型

文学式经典诠释方式作为中晚唐文士诠释经典的方式，对当时学术思想阐发和研究范式产生了深远影响。一方面，它使得儒学获得了更为宽广的诠释空间，获得了新的意义扩展方式和传播方式；另一方面，它也使得文学不再只是一种纯粹表现个人情感的艺术形式，而是需要承担文化继承和文化创新的责任，文学由此成为关心个体、社会、国家问题的经世之学。注重雕章镂句的轻浮华丽文风与只沉迷于训诂记诵的华而不实的章句之学，在中晚唐成为有识之士共同批判的对象。在这种语境下，文士们都不喜欢被人视为一般的文人，自觉强调其儒者身份。从这个角度来看，中晚唐文士明确具有改变整个时代学术及文化思想的抱负。因而有必要将中晚唐文士广泛采用的文学式经典诠释方式放在整个唐宋学术转型的语境下来思考其学术意义。

文学式经典诠释方式的兴起有两个重要原因：一是反对章句注疏之学，二是反对轻浮华丽文风。反章句注疏之学是为了破除旧有学术范式的束缚，使学术思想研究更具开放性和自由性。这种要求符合学术本身的特性。但是反轻浮华丽文风则在一定程度上抑制了文学对形式美的追求，这使得文学式经典诠释方式表现出某种矛盾，即强调义理阐发与追求形式之美的矛盾。

这一矛盾最终成为唐宋学术转型的关键。宋初文学依然为统治

阶层所重视，当时的文士也依然延续了文学式经典诠释方式，并试图通过这种方式来探求儒家之道。所以，在宋初，韩愈的地位被推至孟子之上。比如柳开《昌黎集后序》谓韩愈："淳然一归于夫子之旨而言之，过孟子与扬子云远矣。"① 石介又将韩愈纳入道统体系："周公、孔子、孟轲、扬雄、文中子、韩吏部之道，尧、舜、禹、汤、文、武之道也。"② 欧阳修对韩愈的推崇更是达到了空前的高度。他在和宋祁主修的《新唐书》中如此颂扬韩愈：

> 自晋汔隋，老佛显行，圣道不断如带。诸儒倚天下正议，助为怪神。愈独喟然引圣，争四海之惑，虽蒙讪笑，跲而复奋，始若未之信，卒大显于时。昔孟轲拒杨、墨，去孔子才二百年。愈排二家，乃去千余岁，拨衰反正，功与齐而力倍之，所以过况、雄为不少矣。自愈没，其言大行，学者仰之如泰山、北斗云。③

虽然宋初文士极为推崇韩愈，但他们在思想观念上与韩愈并不完全相同。张毅指出：

> 他们（宋代文士）以写作"古文"相号召，主张文由道出，想重建儒家的"道统"和"文统"，以矫舍本逐末之弊。由于对"道"的理解和认识不尽相同，在重建道统与文统的过程中形成了两种不同的走向：一是学韩愈古文，以六经为文章楷模，强调文学的政教作用，但上溯先秦儒家的思孟学派，以心性的道德修养为"道"之根本。二是对儒家道统持开放态度，以儒家为主，包容老庄，在创作中以儒家的道德人格融合道家的艺术精神，在一定程度上避免了

---

① 曾枣庄，刘琳．全宋文：第6册［M］．上海．上海辞书出版社，合肥：安徽教育出版社，2006：355.

② 石介．徂徕石先生全集［M］．陈植锷，点校．北京：中华书局，1984：62.

③ 欧阳修，宋祁，等．新唐书［M］．北京：中华书局，1975：5269.

传统儒学的理性偏执。[①]

较之韩愈，宋初文士所强调的“道”更加注重心性修养，“这样就把文学创作和理论批评的重心，导向对审美主体心灵自由和艺术人格的肯定，导向作家自身才性和品格的探索”[②]。这与中晚唐偏重政教的思想观念已有所不同。正因这种变化，宋人逐渐关注中晚唐文士的才性和品格，于是在宋初备受推崇的韩愈成为他们主要的批评对象。

宋人对韩愈的批评涉及两个方面：人格操守和对儒家经典的诠释。

首先是人格操守方面。司马光批评韩愈说：“观其文，知其志，其汲汲于富贵，戚戚于贫贱如此，彼又乌知颜子之所为哉?”[③] 这种批评即认为韩愈的品格有违儒家“贫而乐道”的精神旨趣。苏轼则针对韩愈《示儿》一诗批评他：“所示皆利禄事。”[④] 程颐也批评韩愈说：“退之正在好名中。”[⑤]《朱子语类》中载：“韩退之虽是见得个道之大用是如此，然却无实用功处。它当初本只是要讨官职做，始终只是这心。他只是要做得言语似六经，便以为传道。至其每日工夫，只是作诗，博弈，酣饮取乐而已。观其诗便可见，都衬贴那《原道》不起。至其做官临政，也不是要为国做事，也无甚可称，其实只是要讨官职而已。”[⑥] 可见朱熹对韩愈的好名好利提出了严厉的批评。

朱熹认为“文”“道”的关系，关键在于“践履”二字。在朱熹看来，韩愈所言之“道”虽得大体，但由于脱离“践履”二字，

---

① 张毅. 宋代文学思想史：修订本［M］. 北京：中华书局，2006：23.
② 张毅. 宋代文学思想史：修订本［M］. 北京：中华书局，2006：7.
③ 李文泽，霞绍辉. 司马光集［M］. 成都：四川大学出版社，2010：1401.
④ 胡仔. 苕溪渔隐丛话［M］. 廖德明，校点. 北京：人民文学出版社，1962：102.
⑤ 程颢，程颐. 二程集［M］. 王孝鱼，点校. 北京：中华书局，1981：232.
⑥ 黎靖德. 朱子语类［M］. 王星贤，点校. 北京：中华书局，1986：3260.

就只是一个空中楼阁，徒有其表而经不起仔细推敲：

退之却见得大纲，有七八分见识。如《原道》中说得仁义道德煞好，但是他不去践履玩味，故见得不精微细密。伊川谓其学华者，只谓爱作文章。如作诗说许多闲言语，皆是华也。①

韩退之则于大体处见得，而于作用施为处却不晓。如《原道》一篇，自孟子后无人，似它见得。“郊焉而天神假，庙焉而人鬼享。以之为人，则爱而公；以之为心，则和而平；以之为天下国家，无所处而不当”，说得极无疵。只是空见得个本原如此，下面工夫都空疏，更无物事撑住衬簟，所以于用处不甚可人意。缘他费工夫去作文，所以读书者，只为作文用。自朝至暮，自少至老，只是火急去弄文章；而于经纶实务不曾究心，所以作用不得。每日只是招引得几个诗酒秀才和尚度日。有些工夫，只了得去磨炼文章，所以无工夫来做这边事。兼他说，我这个便是圣贤事业了，自不知其非。②

通过对韩愈等人的反思，宋儒所强调的思想世界与现实行为的关系，以知行关系体现出来，知行脱节正是中晚唐文士所表现出来的通病。宋儒批评韩愈等文士的知行脱节，主要表现为政治上推崇儒家，精神上倾向佛道，但在现实生活之中既不践履儒家的“孔颜乐处”，又不遵循佛家的戒律规条和道家的清心寡欲原则，因而语言文字上虽高尚典雅，实际行动上却并没有超越世俗欲望。二程对此有过鞭辟入里的论述：

至如后世贤良，乃自求举耳。若果有曰“我心只望廷

① 黎靖德. 朱子语类［M］. 王星贤，点校. 北京：中华书局，1986：3262.
② 黎靖德. 朱子语类［M］. 王星贤，点校. 北京：中华书局，1986：3255.

对，欲直言天下事”，则亦可尚矣。若志在富贵，则得志便骄纵，失志则便放旷与悲愁而已。①

韩愈贬为潮州刺史、柳宗元被贬为永州司马时，均表现出抑郁悲摧之状，忧愁愤懑溢于言表，颇有困死蛮荒、此生休矣之感。

其次是对儒家经典的诠释。苏轼在《韩愈论》中批评韩愈说：

韩愈之于圣人之道，盖亦知好其名矣，而未能乐其实。何者？其为论甚高，其待孔子、孟轲甚尊，而拒杨、墨、佛、老甚严。此其用力，亦不可谓不至也。然其论至于理而不精，支离荡佚，往往自叛其说而不知。……儒墨之相戾，不啻若胡越。而其疑似之间，相去不能以发。宜乎愈之以为一也。②

苏轼的这种批评已经含有对文学式经典诠释方式的反思。中唐文士大多在随文诠释经典时，把原本宗旨相异的思想观念以一种文学式的自由联想加以关联和等同。苏轼正是针对韩愈将儒墨思想等同的做法进行了批评。程颐在对待韩愈的态度上相对而言比较平和，他肯定了韩愈《原道》一文，认为“孟子而后，却只有《原道》一篇，其间语固多病，然要之大意尽近理”，但也对韩愈将儒墨等同提出了批评：“大凡儒者学道，差之毫厘，谬以千里。杨朱本是学义，墨子本是学仁，但所学者稍偏，故其流遂至于无父无君，孟子欲正其本，故推至此。退之乐取人善之心，可谓忠恕，然持教不知谨严，故失之。至若言孔子尚同兼爱，与墨子同，则甚不可也。”③ 至于朱熹对韩愈的相关批评，学者们指出：“理学大师朱熹虽然肯定韩愈‘所以自任者不为不重’，但又指出他‘平生用力深处，终不离文字言语

① 程颢，程颐. 二程集［M］. 王孝鱼，点校. 北京：中华书局，2004：7-8.

② 苏轼. 苏轼文集［M］. 茅维，编；孔凡礼，点校. 北京：中华书局，1986：114.

③ 程颢，程颐. 二程集［M］. 王孝鱼，点校. 北京：中华书局，2004：37，231.

之工’，评韩愈《原道》是‘无头学问’，评《读墨》也说韩公‘第一义是学文字，第二义方究道理’。”①

宋人对韩愈这两个方面的批评实际上是一体的，都指向如何诠释经典的问题。在宋人看来，经典诠释是要在心性修养上切实有得，而非仅停留于文字表面，唯有如此，才能真正把握道，进而认识到不同流派思想观念的差异。正是基于这种观念，宋人在诠释经典时更加注重心性修养、义理探究和践履功夫。他们开始进一步反思文与道的关系，并试图采用新的经典诠释方式来诠释儒家经典。

周敦颐在《通书》中说：

> 文所以载道也。轮辕饰而人弗庸，徒饰也；况虚车乎？……文辞，艺也；道德，实也。笃其实，而艺者书之，美则爱，爱则传焉。贤者得以学而至之，是为教。故曰：“言之无文，行之不远。”此犹车载物，而轮辕饰也。然不贤者，虽父兄临之，师保勉之，不学也；强之，不从也。此犹车已饰，而人不用也。不知务道德而第以文辞为能者，艺焉而已。噫！弊也久矣！②

在周敦颐看来，文学只是一种技艺，其功用在于将道德本体以一种富有美感的形式呈现出来，以使生命个体能亲近道德。

程颐则表现出一定程度的反文学倾向，他说：

> 问：“作文害道否？”曰：“害也。凡为文，不专意则不工，若专意则志局于此，又安能与天地同其大也？《书》曰‘玩物丧志’，为文亦玩物也。吕与叔有诗云：‘学如元凯方成癖，文似相如始类俳。独立孔门无一事，只输颜氏得心

① 王世红，许颖. 韩愈“急于仕进”原因探讨［J］. 重庆师范大学学报（哲学社会科学版），2013（1）：47-52.

② 周敦颐. 周敦颐集［M］. 陈克明，点校. 北京：中华书局，2009：35-36.

斋。'此诗甚好。古之学者，惟务养情性，其他则不学。今为文者，专务章句，悦人耳目。既务悦人，非俳优而何?"曰："古者学为文否?"曰："人见《六经》，便以谓圣人亦作文，不知圣人亦摅发胸中所蕴，自成文耳。所谓'有德者必有言'也。曰："游、夏称文学，何也?"曰："游、夏亦何尝秉笔学为词章也。且如'观乎天文以察时变，观乎人文以化成天下'，此岂词章之文也!"①

又曰：

经所以载道也，器所以适用也。学经而不知道，治器而不适用，奚益哉?一本云："经者载道之器，须明其用。如诵诗须达于从政，能专对也。"今之学者，歧而为三：能文者谓之文士，谈经者泥为讲师，惟知道者乃儒学也。②

古之学者一，今之学者三，异端不与焉。一曰文章之学，二曰训诂之学，三曰儒者之学。欲趋道，舍儒者之学不可。今之学者有三弊：一溺于文章，二牵于训诂，三惑于异端。苟无此三者，则将何归?必趋于道矣。③

这种反文学倾向实际上是对文、道关系的重新思考。程颐认为文学要达到很高成就，就必须花费很大心力沉潜其中，但如此一来就有可能对道难以深入体悟。程颐甚至认为"能文章"为人生一大不幸。"人有三不幸：年少登高科，一不幸；席父兄之势为美官，二不幸；有高才能文章，三不幸也。"④ 这实际上是由于以道为本而衍生出反文学倾向。当然，这种反文学倾向只是反对单纯沉迷于词章之学。程颐对文、道关系的反思亦是对文学式经典诠释方式的反思。中晚唐文

① 程颢，程颐. 二程集［M］. 王孝鱼，点校. 北京：中华书局，2004：239.
② 程颢，程颐. 二程集［M］. 王孝鱼，点校. 北京：中华书局，2004：95.
③ 程颢，程颐. 二程集［M］. 王孝鱼，点校. 北京：中华书局，2004：187.
④ 程颢，程颐. 二程集［M］. 王孝鱼，点校. 北京：中华书局，2004：443.

士虽然主张“文以明道”，但如程颐所说文学“不专意则不工，若专意则志局于此”，以文学的方式来明道，可能会导致儒家之道不能真正摆脱文学式思维和表述的局限，不能真实地呈现出来。基于此，程颐才认为“有德者必有言”，要求以心性修养为本去求道，有所得而后有所言。

究竟“学者”求学“知道”的根本目的和途径为何？“二程”认为：

学者必求其师。记问文章不足以为人师，以所学者外也。故求师不可不慎。所谓师者何也？曰理也，义也。（《伊川先生语十一》）[①]

记问文章不足以为人师，以其学者外也。师者何也？谓理义也。学者必求师，从师不可不谨也。（《论学篇》）[②]

今之学者，惟有义理以养其心。若威仪辞让以养其体，文章物采以养其目，声音以养其耳，舞蹈以养其血脉，皆所未备。（《二先生语上》）[③]

程颐认为文章记问之学乃是心外言语之事，唯有把握和贯彻义理才是植根于心、落实于行的功夫。程颐曰：“未有知之而不能行者，谓知之而未能行，是知之未至也。”[④] 程颐认为若知之甚多，行之甚寡，则其所知也就无所谓真知。这就为“知”设定了一个检验的准则，即践履功夫的落实程度，决定了对“道”的掌握和理解的程度。在此基础上，程颐进一步提出“道之大本”的问题：

人问某以学者当先识道之大本，道之大本如何求？某告

① 程颢，程颐. 二程集［M］. 王孝鱼，点校. 北京：中华书局，2004：323.
② 程颢，程颐. 二程集［M］. 王孝鱼，点校. 北京：中华书局，2004：1198.
③ 程颢，程颐. 二程集［M］. 王孝鱼，点校. 北京：中华书局，2004：21.
④ 程颢，程颐. 二程集［M］. 王孝鱼，点校. 北京：中华书局，2004：1191.

之以君臣父子夫妇兄弟朋友，于此五者上行乐处便是。[①]

程颐认为学者当求道之大本，其途径就是从五伦上下功夫。学者不单要认识到五伦于个人、家庭与社会的重要性，以华美的语言表达对五伦的重视，更要身体力行，层层落实到具体行动之中，这可归结为宋儒所高度重视的对“道”的“践履”功夫。

朱熹继承周敦颐、程颐的观点，将道视为根本，文只是末节。他反对韩愈“文者，贯道之器”的观点，认为：“这文皆是从道中流出，岂有文反能贯道之理？文是文，道是道，文只是如吃饭时下饭耳。若以文贯道，却是把本为末。以末为本，可乎？”[②] 朱熹受到程颐的影响，也认为“作文害道”，故说：“大率文章盛，则国家却衰。如唐贞观开元都无文章，及韩昌黎柳河东以文显，而唐之治已不如前矣。”[③] 当然，这不意味着朱熹完全反对文学，相反，他认为“有治世之文，有衰世之文，有乱世之文。六经，治世之文也”[④]。这也意味着能充分彰显道的文学具有自身的价值。

苏轼为北宋运用文学式经典诠释方式诠释经典、发挥义理的代表性人物。与欧阳修对韩愈的赞誉不同，苏轼批评韩愈“论至于理而不精，支离荡佚，往往自叛其说而不知”[⑤]。在经典义理的阐扬上，苏轼相对韩愈而言更为准确、深入和全面，著有专门的论著。然而，苏轼作为文学式经典诠释方式的运用者，虽较中晚唐文士在经典义理阐扬方面有所进步，依然避免不了受到后世的批评。朱熹首先将苏轼的“儒者”身份剥离开来，认为苏轼解经具有文士的特点。朱熹说，后世之解经者有三：一类是儒者之经；一类是文人之经，东坡、

① 程颢，程颐．二程集［M］．王孝鱼，点校．北京：中华书局，2004：187.

② 黎靖德．朱子语类［M］．王星贤，点校．北京：中华书局，1986：3305.

③ 黎靖德．朱子语类［M］．王星贤，点校．北京：中华书局，1986：3302.

④ 黎靖德．朱子语类［M］．王星贤，点校．北京：中华书局，1986：3297.

⑤ 苏轼．苏轼文集［M］．茅维，编；孔凡礼，点校．北京：中华书局，1986：114.

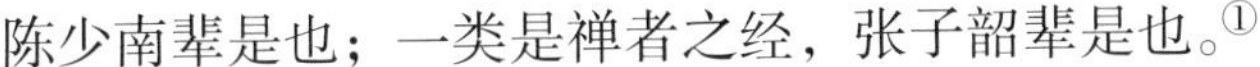

陈少南辈是也；一类是禅者之经，张子韶辈是也。[①]

朱熹认为苏轼等人的经学是有别于“儒者之经”的“文人之经”。程刚认为：“在朱熹看来，也只有程、朱一系的‘儒者之经’才是符合儒家思想的对于经典的阐释，所以他对于‘文人之经’多有批评。朱熹对于‘文人之经’的批评多集中在其儒家义理的挖掘的一面，如他说的‘东坡经解不甚纯’。”[②] 朱熹将苏轼看作韩愈一类的文士，认为韩愈、欧阳修、王安石、苏轼等是从文人的角度说道理，或主于文辞、析理不精准，或流于形式、践履不力，或上述二者兼而有之，曰：

> 自孟子后，圣学不传……至韩退之唤做要说道理，又一向主于文词。[③]
>
> （韩愈、欧阳修、苏轼）大概皆以文人自立。平时读书，只把做考究古今治乱兴衰底事，要做文章，都不曾向身上做工夫，平日只是以吟诗饮酒戏谑度日。东坡平时为文论利害，如主意在那一边利处，只管说那利。其间有害处，亦都知，只藏匿不肯说，欲其说之必行。[④]
>
> 苏文害正道，甚于老佛，且如《易》所谓“利者义之和”，却解为义无利则不和，故必以利济义，然后合于人情。若如此，非惟失圣言之本指，又且陷溺其心。[⑤]
>
> 韩退之、欧阳永叔所谓扶持正学，不杂释老者也。然到得紧要处，更处置不行，更说不去。便说得来也拙，不分晓。缘他不曾去穷理，只是学作文，所以如此。东坡则杂以

① 黎靖德. 朱子语类［M］. 王星贤，点校. 北京：中华书局，1986：193，194.
② 程刚. 欧阳修、苏轼、杨万里的易学与诗学［D］. 广州：中山大学，2010：46.
③ 黎靖德. 朱子语类［M］. 王星贤，点校. 北京：中华书局，1986：2952.
④ 黎靖德. 朱子语类［M］. 王星贤，点校. 北京：中华书局，1986：3113.
⑤ 黎靖德. 朱子语类［M］. 王星贤，点校. 北京：中华书局，1986：3306.

佛老，到急处便添入佛老，相和倾瞒人。如装鬼戏、放烟火相似，且遮人眼。如诸公平日担当正道，自视如何！及才议学校，便说不行，临了又却只是词赋好，是甚么议论！如王介甫用三经义取士。及元祐间议废之，复词赋，争辩一上，临了又却只是说经义难考，词赋可以见人之工拙易考。所争者只此而已，大可笑也！韩退之及欧苏诸公议论，不过是主于文词，少间却是边头带说得些道理，其本意终自可见。[①]

朱熹认为韩愈、欧阳修、王安石、苏轼等终归是以文人的身份从事读书明理的事业，借文章名世，以辞采博得社会认可，并非纯粹儒者。朱熹所谓“少间却是边头带说得些道理”，揭示了文学式经典诠释方式的基本特点之一，即随文援引、零散而缺乏系统深入的论证。韩愈、苏轼等文章所弘扬的大道虽高妙，却漠视自身的践履功夫，似乎所论所言与自身行为并不相干。这就揭示出文学式经典诠释方式的又一个特征，即虽号为重视义理阐发，但忽视社会实践，无法将所倡导的经典大义落实到实际行动之中。既然自身无须对所发之论负责，则一切道德、崇高与至善尽可信笔发挥开去。这样一来，虽文学式表达酣畅淋漓、动人心魄，往往只是纸上谈兵、快意口舌，而意欲阐扬的义理无所依托，居于漂浮游移的状态而落不到实处。

总体说来，尽管文学式经典诠释方式在宋初仍很流行，但随后司马光等人就开始从心性论角度批评以韩愈为代表的中晚唐文士，进而指出了文学式经典诠释方式所存在的问题。周敦颐认为文学只是呈现道的一种技艺，程颐在此基础上，看到了“以文明道”的文学式经典诠释方式本身存在的内在矛盾，即专注于道则文学的艺术性会受到影响，专注于文学的艺术性又有害于道。至朱熹才真正确立了

① 黎靖德. 朱子语类［M］. 王星贤，点校. 北京：中华书局，1986：3276.

文、道的正确关系，在重道的同时也肯定了文学的价值。这使得道与文的关系不再像中晚唐及宋初那样联系得极为紧密，道的地位逐渐攀升，文则逐渐被视为一种技艺，“道为本，文为末”的观念开始盛行。

文学式经典诠释方式所形成的思想的载体是文学作品，诗歌是唐代代表性文体。科举制度使得士人必须既要稔熟经典又要擅长诗赋，才有仕进的机会。多有文士在诠释经典的同时，通过诗赋享受着世俗生活的乐趣。诗赋具有的世俗娱乐功能、性灵抒发特性使得文士多具备强烈的情感、丰富的想象和自由的联想，行文往往无所拘束。这样一来，经典诠释的严肃严谨、方正厚重的传统，往往为文学形式所遮蔽。置身于诗的国度，多才多艺、善于表达性灵的文士的生活实践浪漫旷放，这种文人崇尚魏晋以来风流倜傥的遗风，与经典强调的修身自省精神相违背，于是造成文人的经典诠释停留于语言文字层面，难以深入内心世界，更加不能落实到具体的行动之中。朱熹对韩愈、苏轼等多有这方面的批评，认为这些文士言行不一。这是宋儒重视经典内在思想的弘扬，从强调文质相符，走向知行关系的深入研析过程中的反思。通过对文人经典诠释的反思，宋儒意识到他们除了诠释经典不甚精准之外，更为重要的一个缺憾就是说理与践履、知与行的脱离。这就牵涉理学的根本宗旨，即通过心性修养、践履功夫等，达成完善自我、有益社会的目标。唯有对文学式经典诠释方式的弱点具有清醒的认识和充分的把握，才能更加准确地认识到经典思想的本质及研习经典的根本目的，在此基础上形成更为完整、更为稳定、更为理想的思想理论体系。

在充分反思中晚唐和宋初等文士经典诠释于理不精、践履不力弊端的同时，宋人将心性修养提高到重要位置，因此更加关注人本身。张毅认为：

> 他们在人文生活和文化素养方面远胜于唐人，琴、棋、书、画无所不通，儒、道、佛及百家杂说无所不晓，除了诗文创作以外，还有经史著作，具有宏通广博的知识和文化上集大成的自觉意识。……他们所具备的“学问”，不仅指读书时融会贯通前人的各种思想知识和创作技巧，以丰富自己在用典、句法和炼字等方面所需的才学和功力，更重要的在于高尚品格的陶冶和清旷胸襟的养成。[①]

在宋人看来，“各种艺术表现形式和技艺方面的区别并不重要，重要的是具有清旷胸襟的艺术人格的树立，是主体内心对生活和人生的体验感悟”[②]。宋代的许多文士都是经史大家，这使得他们在诠释经典时不再将文学式经典诠释方式作为主流方式，更愿采取一种从心性修养和义理辨析切入的诠释方式，即经学义理式经典诠释方式。

宋代学者采用经学义理式经典诠释方式诠释经典时，更加注重心性修养和义理辨析，也强调悟入与自得。这种悟入与自得是对生活体验及个人情感的进一步反思和升华。可以说，经学义理式经典诠释方式是在继承文学式经典诠释方式注重生活体验和个人情感表达的基础上，通过进一步肯定诠释主体理性心灵与崇高人格建立起来的。

在个人情感表现和生活体验方面，较之传统的经学训诂式经典诠释方式，文学式经典诠释方式更具优势，这就为经学义理式经典诠释方式注重悟入自得开启了门径。白居易作为中晚唐文学式经典诠释方式的代表人物之一，在这方面亦有所尝试和做出了贡献。罗宗强在分析白居易诗歌创作时指出：

> 尚实、尚俗、务尽的诗歌创作倾向在它的发展过程中引

---

① 张毅. 宋代文学思想史：修订本［M］. 北京：中华书局，2006：6.

② 张毅. 宋代文学思想史：修订本［M］. 北京：中华书局，2006：6-7.

入功利主义的指导思想，把这一创作倾向引向写生民疾苦，引向讽喻诗的道路，是这一诗歌思潮发展过程中最富有积极意义的阶段。但是这个阶段的时间并不长，如前所述，元和十二年以后，无论是元稹还是白居易，无论是创作实践还是理论提倡上，他们事实上都已放弃了这一主张。他们的兴趣，已不再在写生民疾苦，而完全转向写身边琐事了。他们在诗歌创作中尚实、尚俗、务尽的倾向没有变，而俗与实的具体内容却变了，由生民疾苦变为贵族的闲适情趣。[①]

白居易的这种诗歌特点与文学式经典诠释方式具有一致性。文学式经典诠释方式本身十分关注个人生活体验，这一点在白居易对佛教经典的诠释上表现得尤为明显。白居易在研习佛典的过程中，具有自己独特的理解和诠释，虽侧重于解脱忧苦老病的具体问题，但在途径上对“外求”向“内求”转变进行了思考与体悟，这与宋人强调“自得”具有方向上的一致性，并先行一步。

例如，白居易的佛家信仰，所具有的明确的目的之一就是疗救老病，因此求助于佛家“大医王”：

《维摩经》总其义云：“为大医王，应病与药。”（《与济法师书》）[②]

坐看老病逼，须得医王救。唯有不二门，其间无夭寿。（《不二门》）[③]

渐闲亲道友，因病事医王。息乱归禅定，存神入坐亡。（《渭村退居寄礼部崔侍郎翰林钱舍人诗一百韵》）[④]

“大医王”语出鸠摩罗什译《维摩诘所说经・佛国品第一》：“关

① 罗宗强. 隋唐五代文学思想史［M］. 北京：中华书局，1999：308-309.

② 谢思炜. 白居易文集校注［M］. 北京：中华书局，2011：350.

③ 谢思炜. 白居易诗集校注［M］. 北京：中华书局，2006：865.

④ 谢思炜. 白居易诗集校注［M］. 北京：中华书局，2006：1151.

闭一切诸恶趣门，而生五道以现其身。为大医王，善疗众病。应病与药，令得服行。"① "大医王"指佛、菩萨，能根据病状施以药品，疗治众病。白居易在服膺"大医王"的同时，随着时间的推移和参悟的深透，对"大医王"又具有了更进一步的认识，他曰：

身作医王心是药，不劳和扁到门前。（《病中五绝》）②

不须忧老病，心是自医王。（《斋居偶作》）③

白居易"身作医王心是药"的"身""心"之说，归根结底是从自己身上寻求解脱的突破口和途径。从佛是"大医王"，发展到"心是自医王"，显示出白居易从"外求"向"内求"的转化。这一转化有着渐变的过程，表现为白居易随着环境和年岁的变化逐步加深了对"心"的理解，同时也说明白居易对佛教理论的参悟的逐步深入。白居易早年即领悟到"心"的作用和意义，《咏怀》曰："命即无奈何，心可使泰然。"④ 从性命之理层面认识人生，可见儒家思想对其的影响。就"心"的作用而言，在白居易的思想中，儒佛两家颇有殊途同归的意蕴。至晚年，老病交加，白居易进一步认识到外在环境的感受，均囊括于一"心"。禅宗六祖慧能《坛经》曰："何期自性，本自具足。"⑤ "只汝自心，更无别佛。"⑥ 解决精神世界与物质世界的矛盾，自我调适成为重要途径，白居易对此反复思考。在此过程中，白居易充分认识到"心"的意义，使自我意识得到提升，给予后世以重要的启示。由此可见，白居易根据个人对佛家经典的认

① 高楠顺次郎，渡边海旭，小野玄妙，等. 大正新修大藏经：第 14 册 [M]. 台北：佛陀教育基金会，1990：475.

② 谢思炜. 白居易诗集校注 [M]. 北京：中华书局，2006：2632.

③ 谢思炜. 白居易诗集校注 [M]. 北京：中华书局，2006：2820-2821.

④ 谢思炜. 白居易诗集校注 [M]. 北京：中华书局，2006：645.

⑤ 高楠顺次郎，渡边海旭，小野玄妙，等. 大正新修大藏经：第 48 册 [M]. 台北：佛陀教育基金会，1990：349.

⑥ 高楠顺次郎，渡边海旭，小野玄妙，等. 大正新修大藏经：第 48 册 [M]. 台北：佛陀教育基金会，1990：355.

识，体悟到从“外求”转向“内求”的真谛。白居易对“心”的认识和强调，与唐宋之交士人思想观念由“外求”转向“内求”、心性之学的逐步兴起存在重要关联。

白居易的宗教信仰虽并不纯正，不源自一家，但在中晚唐时代，具有重要的意义。当一种固化的思想观念丧失了成长的空间，尤其需要各式各样新型的思想观念的呈现，以打破固有的陈旧思想的桎梏。虽然这些新观念在内涵上并不成熟，在形式上亦未定型，但这些新颖的思想观念的适时呈现，仿佛清泉活水，十分有助于向呆板的观念中注入生机，引发人们对新思想的追求与思考。白居易的宗教信仰也是如此，经过对佛教思想的反复研习、比较之后，白居易更加适应自己的生活，也就是与当时士人较为贴近和容易接受、能引起共鸣和深入思考的禅宗结缘，譬如洪州禅的“触类是道而任心”。究竟是禅法影响了白居易，使其形成了平易、平常、关注当下的风格，还是白居易独特的秉性使其对洪州禅产生了天然的亲近感，虽难于充分厘清，但个人性格与宗教旨趣的接近，方能引起高度的共鸣，从而形成一种水到渠成、水乳交融的状态。①

在讨论唐宋学术转型时，学界一般认为宋代学术思想注重心性修养和义理阐扬受到了佛老思想的影响。这一点自然是毋庸置疑的，但我们的上述考察表明，唐宋学术思想的转型也与文学式经典诠释方式存在密切的联系。宋淑芳指出：

> 白居易的思想特征、处世态度、文化人格、诗学观念等都体现了由贵族士大夫文化向世俗地主文化的转变。正是在这个意义上，我们认为无论是在整个文化意义上还是在单纯文学意义上，白居易都是中唐由唐型文化向宋型文化

① 胡遂. 佛教禅宗与唐代诗风之发展演变［M］. 北京：中华书局，2007：188-198.

转变的代表性人物。[①]

而白居易的思想观念、处世态度、文化人格、诗学理念的形成皆与文学式经典诠释方式有关。这说明文学式经典诠释方式也与唐宋学术转型有着密切关联。

宋儒认为析理不精导致支离荡佚，而没有行动支撑的理论思想更不足取信。虽元稹、白居易在元和年间为文坛主盟，他们的地位在宋初则为高扬道统旗帜的韩愈、柳宗元所替代；随着宋儒对文学式经典诠释方式的反思与批评，经学义理式经典诠释方式的完善，更由于宋儒对心性之学与知行关系的高度重视，韩愈作为儒家正宗传道者的地位逐步下降。虽然韩、柳在中晚唐儒学复兴和学术转型中做出了巨大贡献，但他们的理论相对于纯正儒家学说来说显得粗疏。同时，他们的现实作为与圣贤的主张相比更是相去甚远，故此，宋儒将韩愈归入文士一类。这种情形的形成，与韩愈、柳宗元、白居易等中晚唐人士的经典诠释方式具有很大的关系。由此亦可以见出经学训诂式、文学式、经学义理式经典诠释方式的各自特点，在不同的经典诠释方式的作用下，诠释者的思想结构和经典所呈现的内涵均表现出差异。经典诠释方式的不同，既会使诠释者形成不同的思想结构，也会使经典思想呈现出不同的状态，这就为思想重构与学术转型创造了条件。

唐宋学术转型是在经典思想的正本清源与相互借鉴、吸收之中完成的。毋庸置疑，文学式经典诠释方式打破了经典之间的藩篱，开阔了诠释者的视野、促进了不同学术思想的融合。为解决现实问题，将不同经典置于同一语境下进行诠释与论述，虽有观念杂糅、论述不甚精准甚至相互矛盾的弱点，但不同经典的优长与差异同时展露，为经典之间相互借鉴与吸收创造了良好的条件。理学与心性之学便是

---

① 宋淑芳．白居易在唐宋文化转型中的典型意义［J］．南都学坛（人文社会科学学报），2009（5）：50-54．

在借鉴和吸收佛、道理论的基础上逐步发展和成熟的，由此促进了唐宋学术转型。在理学发展和完善的过程中，处于探索阶段的中晚唐文士普遍采用的文学式经典诠释方式的弱点为宋儒所察觉和避免。在高度强调对经典思想完整准确地诠释和义理发挥、极为注重心性修养和践履功夫的宋儒看来，中晚唐和宋初文士在经典诠释上具有承前启后的贡献，他们对经典义理诠释的不足、知行关系的脱离等弱点的充分认识和批判，是构建纯正、准确、完整、系统的理学思想体系的条件。

文学式经典诠释方式在唐代之所以逐渐走上前台，是因为初唐传统的经学训诂式经典诠释方式走向衰微，以及科举制度规范下文学形式与经典内容二者趋于紧密结合；之所以成为主流，是因为在中晚唐动荡的社会现实条件下，文士推动了古文运动并对经典儒道进行了大力弘扬；之所以衰落，是因为宋代儒者对义理、心性、践履三者有机统一的高度重视，即新型的经学义理式经典诠释方式的确立。由此亦可见出，宋代以来的经典诠释传统，并非单纯注重经义的还原与阐扬，同时讲求心性修养与践履功夫，是一种具有浓厚的信仰性质的经典诠释传统。

传统学术文化建立在经典思想基础之上，是在对经典思想的不断诠释与挖掘中逐渐形成和完善的。一种学术形态具备与之相适应的经典诠释方式，经典诠释方式又促进了学术形态的形成和完善。因此，经典诠释方式与学术思想之间，是一种彼此适应和相互促进的关系。文学式经典诠释方式，适应唐代自由开放的社会政治状态和繁杂兼容的学术体系；经学义理式经典诠释方式，则与宋代内敛保守的社会政治状态和纯粹严谨的学术氛围协调一致。

总之，宋代经学义理式经典诠释方式，是在继承中晚唐文学式经典诠释方式注重生活体验、个人情感以及义理阐扬的基础上建立起来的。它扬弃了文学式经典诠释方式过分偏重语言文字、于理不精、支离荡佚、往往自叛其说而不知和忽视对经典义理的践履的缺陷，并将对生活体验与个人情感的重视转化为对心性修养的强调。宋代学者多采用经学义理式经典诠释方式来诠释经典，以凸显义理辨析、心性修养和践履功夫在经典诠释活动中的重要意义。可以说，经典诠释方式的转变既是唐宋学术转型的一个重要层面，也是其中的一大动因。

第八章　结　论

随着《五经正义》的颁行，对儒家经典的诠释定于一尊，这使得经典思想固化，经学逐渐丧失了提出新理论、新思想的能力。在反章句注疏之学的时代浪潮中，自汉代以来建立的并在唐初占据核心地位的经学训诂式经典诠释方式逐渐为时人所厌弃。随着科举制度的推行和不断完善，经学已沦为记诵之学。科举制度以经过权威诠释的经典思想作为考试内容，又以诗、赋、策、判等文学式表达作为形式，且尤重诗赋取士。科举考试使经典与文学之间具有了前所未有的紧密联系，文学与文人在“文学崇拜”的整体社会氛围中，获得了极高的地位，唐代社会的文化背景也由儒学化逐渐转向文学化。在此时代境遇下，由唐代文士主导的自由、开放、富有感性特征的文学式经典诠释方式，逐渐替代严守规则、注重理性的经学训诂式经典诠释方式，承担起经典义理阐扬和传播的责任，成为中晚唐经典诠释的主要方式。

通过分析白居易对儒、释、道等经典的援引、解释，我们可以看到他以各体文章为载体，通过随文援引和诠释经典来表达个人的思想、情感和体验。此种经典诠释方式就是本文所说的文学式经典诠释方式。这种文学式经典诠释方式主要具有以下特点。

第一，强调义理的阐发和情感体验的表达，但缺乏系统性。文学式经典诠释方式能摆脱章句注疏的束缚，扩展经典的诠释空间，对于经典的创造性诠释具有积极的促进作用。但对经典的援引和解释往往是片断的、零碎的，而非全面的、系统的，因此很难对经典形成整体的、系统的理解，但有可能对某个经典片段形成深刻而有新意的理解，并以此为契机，促成新思想、新观点的形成。

第二，过于功利性和通俗化的诠释，使得对经典的解释大多停留于字面意思，而非立足于经典本身和前人的注解。白居易对经典的诠释有时背离了经典本义和前人注解，进而出现了脱离经典诠释传统的倾向，这虽有助于打破原有经典诠释方式的束缚并形成新型的经典诠释方式，但因脱离经典本义和诠释传统而显得较为单薄无力。

第三，不需要为某部经典、某种立场、某个流派负责，注重自由联想和情感体验，缺乏严谨的分析和论证。这种经典诠释方式往往不是通过严谨的分析来解释经典的真实意涵，而是通过自由联想使个人意见和情感体验与经典产生联系。因此，基于这种诠释方式形成的思想大多缺乏系统的理论和坚实的基础。

第四，注重个人观点的表达而非经典本义的阐扬。这种经典诠释方式虽然十分依赖经典，但它主要是利用经典的权威性来表达个人观点，以使个人观点获得一些合理性。基于这种诠释目的，不同流派、不同类别的经典文本可获得同等的诠释地位。这就在一定程度上破坏了不同经典系统的层级性和结构性。

第五，忽视对经典义理的践履。这种经典诠释方式对经典的诠释往往停留于语言文字层面，难以深入内心世界，更加不能将所倡导的经典大义落到实际行动之中。忽视践履则自身无须以实际行动对所发之论负责，于是经典的严肃性被淡化，成为信手拈来的材料，道德、崇高与至善尽可信笔发挥，加重了义理阐发过程中的随意性。

白居易凭借文学式经典诠释方式建立的思想，呈现出层次分明、内容繁杂、结构松散、张力十足等特点。白居易思想的形成与呈现，与文学式经典诠释方式的关系主要表现在下列几个方面。

第一，文学式经典诠释方式无法使白居易对经典形成系统、全面和深刻的理解，经典往往被白居易简约化。这就使经典丧失了整体性，成为解决特定问题的文本。在这种情形下，不同的经典获得了不同的地位，在不同领域发挥着不同作用。这使白居易在特定的环境下，为适应现实的需要自由地强调某一类经典。

第二，白居易在表达自己观点时，为了显示自己的才学往往对经典内容旁征博引。百余字的文章援引不同类别的经典文辞可达十数条，这种现象在白居易的文章中时常出现。之所以出现这种现象，是因为文学式经典诠释方式，不要求对经典具有严谨、准确和深刻的阐释，经典思想服务于作者意旨的特点在这里展露无遗。

第三，白居易在解释经典时，往往通过自由随性的联想，将原本存在矛盾的经典勾连起来。这虽然在一定程度上缓解了经典之间的矛盾，但也忽视了经典的独立性和完整性。在这些不同的甚至矛盾的经典思想的共同影响和作用下，白居易思想的整体结构较为松散。正因如此，白居易能够根据自己的需要，随时随地从不同的经典思想中获取精神世界的理论支撑，并以此解释自己的生存之道，指导自己的生活实践。

第四，虽然文学式经典诠释方式可使经典之间的矛盾得到缓解，但是无法从根本上解决它们之间的矛盾，这就使得白居易的思想充满了张力，但又不是剑拔弩张，无法调和。因此并非环境的改变与宦途的波折使白居易的思想发生了急剧的变化，而是外部环境的不同，原本隐藏在白居易内心世界的某种思想观念获得了可以彰显的条件，因而呈现出一种“合乎时宜”的状态。

在文学式经典诠释方式的影响下，白居易所呈现出来的思想观念，具有下列特点：第一，从整体来看，自始至终一以贯之的坚定的理论基础和思想立场偏弱；第二，从内容来看，儒、释、道等各家思想观念杂糅，极为繁杂；第三，从思想来源来看，它是多家经典和多家思想观念共同影响的结果；第四，从结构来看，层次分明，但结构松散；第五，从作用来看，各种经典思想在不同的环境下或隐或现、分工明确，可以转换自如。

白居易的宇宙观、人生观同时受儒、释、道三家思想的影响，其政治思想主要受儒、道两家思想影响，其宗教信仰则最终归于佛教。这种思想系统内容丰富，结构松散，极易发生变化。随着人生境遇的不断变化，白居易的思想可以显现出不同的面向，以应对不同的现实问题。许多研究白居易思想的学者通过思想观念的对比，认为白居易在不同的人生阶段，对儒、释、道思想进行了不同程度的吸收和发挥。但是通过相同的研究范式，学者们所得出的结论却不相同，甚至存在很大的分歧。我们通过细致考察白居易对儒、释、道经典的诠释，可以发现他从一开始便同时吸收了儒、释、道经典中的许多思想观念，并由此形成了一定的思想系统。这种思想系统在内容上前后并没有发生太大的变化。白居易思想前后的差别，只不过是为适应外在环境的变化，所呈现的内容和面向有别而已。

文学式经典诠释方式也是中晚唐文士所普遍采用的经典诠释方式。柳宗元和韩愈被视为唐宋学术转型的典型代表，他们也采用了文学式经典诠释方式。这就说明这种经典诠释方式与中晚唐学术思想的发展以及唐宋学术转型存在内在关联。

首先，文学式经典诠释方式对唐代学术思想的发展产生了重要影响。它摆脱了章句之学的束缚，重视经典义理的阐发，这对于新理论、新思想的产生具有重要意义。但由于自身的局限性，文学式经典诠释方式无法立足于经典本身及用经典诠释传统，深刻地揭示和阐扬经典义理，并形成系统的思想和坚实的理论基础。这就造成唐代学术思想多是零散不成体系的，对经典的诠释往往流于表面，不够深刻。在佛教经典的诠释过程中，白居易已经意识到了这一问题。所以，他在中年以后又对佛教经典先后采取了生活式和信仰式的诠释方式，前者主要是通过模仿维摩诘的生活方式来诠释《维摩诘经》，后者则包括禅定和遵守谨严的戒律等内容。

其次，面对文风浮华的时代问题，文学式经典诠释方式使得文学创作与经典诠释结合起来。文章之学不再是注重雕章镂句和情感宣泄的艺术之学，而是推动社会变革、补察时用的经世之学。正因如此，白居易提出了“文章合为时而著，歌诗合为事而作”的文学观。这对于唐代文风的转变具有十分重要的意义。但是，经典诠释的目的本是揭示和呈现道的内容，极具理性和严肃性，文学创作却要求富于感性和艺术性，这便使得经典诠释与文学创作之间充满了张力。也因此，在中晚唐古文运动中，“重文学”与“反文学”的倾向总是纠缠在一起。

最后，宋代经学义理式经典诠释方式是在对中晚唐文学式经典诠释方式的反思与批评中逐渐形成和完善的。北宋初期，以欧阳修为代表的文士依然沿用了文学式经典诠释方式，并给予韩愈极高的评价。但是，很快就有学者注意到文学式经典诠释方式的弊端。王安石、司马光、苏轼、程颐皆以韩愈为批评对象，认为韩愈对儒家经典的诠释流于表面，于理不精，支离荡佚，时常出现自我矛盾而不自知。虽然他们以韩愈为批评对象，但这绝不仅是韩愈的问题。随着讨论的不断深入，文学创作与经典诠释之间的矛盾逐渐显现。宋代儒者逐渐形成了一种“反文学”浪潮。但所谓“反文学”并不是反对文学创作，而是反对以文学形式诠释经典。所以，“文”“道”关系逐渐成为讨论的重点，并且宋儒主张对“道”的掌握，要落实到经典义理的践履功夫上来。程颐“作文害道”的主张，直接揭示了文学与道之间的矛盾。他把修养性情视为把握道体的主要方式，而认为专务章句不过是玩物丧志，这即意味着文学式经典诠释方式逐渐为宋儒所舍弃，更能凸显经典义理、心性修养和现实践履意义的经典诠释方式逐渐走上历史舞台。至南宋，朱熹在二程的基础上，进一步指出中晚唐连同宋初文士诠释经典的缺陷，其中重要一点就是忽视对经典义理的践履。朱熹阐明了“文”“道”关系，即“道”为本，“文”为末，并将文学分为“治世之文”“衰世之文”“乱世之文”，以调和文与道之间的矛盾。至此文学式经典诠释方式不再作为主流的经典诠释方式被使用，唐宋学术转型也随之完成。

文学式经典诠释方式注重体验和关注义理的特点，与宋代逐渐形成的注重心性修养和义理阐扬的经典诠释方式具有内在关联。并且，白居易、元稹、柳宗元、韩愈、李翱等人采用文学式经典诠释方式时，也开始对心性问题加以关注。宋代经学义理式经典诠释方式的兴起，除了受到学者们所指出的佛禅影响之外，实际上也是对中晚唐文学式经典诠释方式的选择性地继承和扬弃。

总之，文学式经典诠释方式在中晚唐的兴起与流行，既是唐宋学术转型的一个重要层面，也是推动这一转型的一大动因。经典诠释方式不只是诠释经典的手段和方法，也是经典内容随时发展延伸的途径。诠释方式不同，诠释者的思想结构和经典所呈现的内容与形态也会随之变化。因此采用不同的诠释方式，就会形成不同样态的学术和思想。这说明，诠释方式的变化与学术思想的发展尤其是学术范式的转型有着密切的关系，因而从经典诠释方式入手，可为我们考察个人思想的形成和学术史的发展提供一个新的视野和思路。

后 记

“千年学府”岳麓书院，钟灵毓秀，人杰地灵，文脉延绵，弦歌不绝，是我从小就向往的神圣学术殿堂。每每游历于此，虽“祇回留之不能去”，却不敢有忝列其间求师问道的奢望。自1986年20岁初上湖南省气象学校讲台，从事语文教学工作，我就立志从教，至今弥坚。其间深感学力不逮，难觅治学门径。几经求索，我有幸于2007年至2010年进入湖南大学文学院，师从郭建勋教授攻读文学硕士学位；从2013年起又终于进入岳麓书院攻读哲学博士学位。每当看到书院“惟楚有材，于斯为盛”这副楹联时，我就感到万分荣幸，深觉应倍加珍惜难得的学习机会。马积高先生所撰的“治无古今，育才是急，莫漫观四海潮流千秋讲院；学有因革，通变为雄，试忖度朱张意气毛蔡风神”，时刻提醒我唯有百倍努力，方能不负前贤。这些年在书院的学习，使我充分感受到老师们传承有序的学术思想、宏阔开放的学术视野和细致入微的研究方法，尤其让我不胜敬仰的是老师们严肃严谨的学术态度和诲人不倦的奉献精神。

衷心感谢恩师郭建勋教授十余年来对我的指点、鼓励和关爱。我攻读硕士学位期间，郭老师正担任文学院院长，他时刻要求门下弟子奋发努力，作出表率。最记得老师说的“内不愧心，外不负俗”，因此我从不敢有懈怠。从郭老师那里得到的教益良多，严谨、认真、用功、责任、担当、使命……但我时刻铭记于心的仍是“读少了书”这句警策，这是治学的根本。

衷心感谢恩师胡遂教授。我 2013 年至 2017 年在胡老师门下攻读中国哲学博士学位，实际上从 2007 年攻读硕士学位起，就一直聆听与谨遵胡老师的教诲。没有她的不断鼓励和悉心指引，我就不可能有在专业领域的进一步深造。胡老师是“全国教书育人楷模”，她将生命融入了学术文化，并为此奉献了一生，终因积劳成疾不幸离世。至今我还记得她与我们一起畅谈学术文化时忘我激扬的样子。

衷心感谢恩师李清良教授。在我因导师胡遂教授不幸去世而万分悲痛、博士学业中途受挫的时候，李老师不嫌学生愚钝，将我收入门下。在我继续学习和毕业论文撰写过程中，李老师倾注了巨大的心力，耗费了大量的时间，对我的毕业论文选题、材料整理、思路拓展、章节设计乃至遣词造句、标点符号都一一悉心指导，并耐心细致、不厌其烦地为我修改，又多次在师门读书会上专门就我的毕业论文征求修改意见和建议，使我少走了很多弯路，对此我万分感激。李老师不但关心我的学业情况，还特别关注我的求学目的和治学态度，随时言传身教，及时纠正我的不良习惯和漂浮心态。从李老师身上，我学到的不仅仅是知识，更为重要的是严谨笃实的治学态度、精益求精的钻研精神和诲人不倦的师者风范，这些使我对“传道、授业、解惑”有了更为深切的体会和认识，让我终身受益。

衷心感谢岳麓书院朱汉民教授、肖永明教授、张松辉教授、姜广辉教授、章启辉教授、吴仰湘教授、陈仁仁教授、张俊教授以及张小玲老师等各位师长的指导和教育，我在学习的各个环节都有幸得到了各位老师的指点和帮助。衷心感谢同门博士同学张丰赟、张洪志，他们为我的毕业论文撰写提供了很多无私的帮助，并多次在读书会上进行专题讨论，提出修改意见和建议，使我的毕业论文得以顺利完成。衷心感谢我的家人和朋友，他们多年以来对我的宽容和鼓励，在各方面提供条件和给予支持，让我能够心无旁骛地学习。

能够安安静静读书本是一大乐事，有幸在群贤辈出的“千年学府”岳麓书院读书更让人快乐。十四年前，我在给郭建勋老师汇报学习情况时写道：“名山古苑，代有醇儒；湖湘文化，源远流长。粗浅学文者毕生若能护一派清脉，续一滴之水，已属侥幸。”现在，我万分幸运地成为这样一滴水，感到弘扬传统文化使命的崇高和责任的重大。学海无涯，在将来的工作和学习中，我将充分认识到各方面的差距和弱点，弥补专业知识的缺陷和治学方法的不足，谦虚谨慎、脚踏实地地向前辈、专家、学者和同学们学习，不断提高理论素养和实际工作能力，将所学知识奉献给社会，为中华文化的传承尽一份绵薄之力。

本书编辑出版的过程中，由于时间仓促，错漏在所难免，敬请专家、学者和广大读者不吝赐教，竭诚致谢！

谭 立

2021 年 7 月